UNITALL

Hermann Wacken

# Die Gotteskrieger
## Islamistische Republik Deutschland 2066

UNITALL

1. Auflage
Juli 2011

Unitall Verlag GmbH
Salenstein, Schweiz
www.unitall.ch

Vertrieb:
HJB Verlag & Shop KG
Schützenstr. 24
78315 Radolfzell
Deutschland

Bestellungen und Abonnements:
Tel.: 0 77 32 – 94 55 30
Fax: 0 77 32 – 94 55 315
www.hjb-shop.de
hjb@bernt.de

Titelbild: Nick (Russia)
Redaktion: Ronald M. Hahn
Printed in EU

© 2011 Unitall Verlag
UNITALL® ist ein eingetragenes Warenzeichen
Alle Rechte vorbehalten

# 1. Kapitel

*Die Moscheen sind unsere Kasernen,
die Minarette unsere Bajonette,
die Kuppeln unsere Helme
und die Gläubigen unsere Soldaten.*

Ziya Gökalp
Türkischer Dichter

»Erhebt Euch, denn das Gebet ist süßer als der Schlaf!«

Der von Lautsprechern verstärkte Ruf des Muezzins hallte über die eisverkrusteten Dächer der klassizistischen Bauwerke hinweg, die vom Minarett der Fadlah-Moschee weit überragt wurden. Die Schultern hochgezogen, um sich gegen den eisigen Februarwind zu schützen, beschleunigte Ludwig Rauber seinen Schritt. Der Kragen seines bis zum obersten Knopf geschlossenen Mantels ließ den blonden Vollbart vorwitzig abstehen. Ludwigs hektisch darüber hinweg streichender Atem hatte sich in dem drahtigen Haar verfangen und bildete Eiskristalle.

Während er durch die Schatten der alten Alleebäume eilte, spähte er zu dem Muezzin unter dem vergoldeten Zwiebeldach des Minaretts empor. Der Mann hatte die Kapuze seines grünen Parka tief in die Stirn gezogen. Aus der Entfernung waren von seinem Gesicht nur der breite dunkle Vollbart und die Augen zu erkennen, in denen sich fahl das Licht der verhangenen Morgensonne spiegelte.

Der Muezzin wandte sich ab, tauchte in den Schatten ein und verschwand.

Nervös presste Ludwig die Lippen aufeinander. Zum Glück hatte er sein Ziel fast erreicht. Es wurde höchste Zeit, dass er sich irgendwo, wo man ihn sah, zum Gebet niederließ.

Ohne sich umzublicken sprang er zwischen den Bäumen hervor, verließ den breiten Mittelstreifen und überquerte die *Straße der Einzigen Wahrheit* mit langen Schritten. Die Fahrbahn lag genau so verwaist da wie die Gehwege: Überall im islamistischen Berlin waren die Bürger in diesem Moment damit beschäftigt, den Gebetsteppich nach Mekka auszurichten und den Tag mit dem Morgengebet zu beginnen.

Ein paar Tauben, von der blechernen Stimme des Muezzins aufgescheucht, landeten flügelschlagend vor dem Institut für Netzsicherheit und pickten nach Brotkrumen, die der alte Pförtner vor den Eingang gestreut hatte.

»Verschwindet!«, fauchte Ludwig ungehalten und sprang in den Vogelschwarm hinein. Während die Tauben seitlich fort stoben, überwand er die drei Eingangsstufen des Gebäudes, drückte die schwere Eichentür mit der Schulter auf, stolperte in die schummerig beleuchtete Eingangshalle und steckte seine Kennkarte in das Erfassungsgerät.

Der Pförtner hatte seinen Posten hinter dem Empfangstresen bereits verlassen und stand barfuß vor seinem nach Südost weisenden Gebetsteppich. Dem Eindringling, der ihn dabei störte, sich auf sein Zwiegespräch mit Gott vorzubereiten, warf er unter unwillig zusammengezogenen buschigen Brauen einen mürrischen Blick zu.

Ludwig nickte dem Mann freundlich zu und zog einen zusammengerollten Gebetsteppich aus dem Regal, das den Wartebereich räumlich von der Eingangshalle trennte. Um diese frühe Morgenstunde hatte sich noch kein Bürger mit besonderem Anliegen im Institut eingefunden. Der Wartebereich war leer, die Teppichrollen lagen an ihrem Platz – abgesehen von dem, den er genommen hatte.

»Mein Wagen ist im Tiergarten stehen geblieben«, erklärte Ludwig und lächelte gezwungen aus seinem langsam auftauenden Bart hervor. »Motorschaden. Nehme ich an.«

Mit einer ausholenden Bewegung entrollte er den Teppich gekonnt in der Luft und ließ ihn neben dem des Pförtners zu Boden gleiten. »Warten Sie einen Moment auf mich, Herr Suhr?«

Der Angesprochene nickte nicht gerade begeistert, dann schielte er zu der Überwachungskamera hinauf, deren Linse direkt auf die beiden Männer gerichtet war.

Ludwig, der seinen Wintermantel ausgezogen und über den Empfangstresen geworfen hatte, eilte zu dem kleinen Waschbecken im Wartebereich. Er schob die Hemdsärmel bis über die Ellenbogen zurück und führte die rituelle Waschung durch, indem er vorgeschriebene Worte murmelte und zuerst sein Gesicht und dann Hände und Arme wusch. Als er sich mit den nassen Händen übers Haar fuhr, war er mit den Füßen schon aus den Stiefeln geschlüpft. Nachdem er auch die Fersen benetzt hatte, kehrte er barfüßig an die Seite des Pförtners zurück.

Einen Moment lang stand Ludwig schweigend da. Dann gab er Suhr mit einem Nicken zu verstehen, dass er bereit war.

Die Männer hoben die Hände neben den Kopf und sprachen: »Allahu akbar.« Dann verschränkten sie die Hände vor dem Bauch und schlossen die Augen.

»Im Namen des barmherzigen und gnädigen Gottes«, rezitierte Ludwig. Er hörte, dass Suhr dieselben Worte sprach.

Während sie zusammen die erste Sure aufsagten, schweiften Ludwigs Gedanken ab. Er machte sich Sorgen um seinen Gläubigen, den er am Rand der *Straße des 11. September* hatte stehen lassen müssen: Der Motor war plötzlich ausgegangen und hatte nicht wieder anspringen wollen. Den Fahrzeugen der traditionsreichen Glaubensgemeinschaftswerke hatte einst der Ruf angehaftet, unverwüstlich zu sein. Doch dies schien ausgerechnet auf die neue Baureihe der „Gläubigen" nicht zuzutreffen. Seit er das Fahrzeug von der Bewilligungsstelle zugewiesen bekommen hatte, war der Ärger nicht abgerissen.

*Offenbar will Allah meine Geduld und meinen Glauben mit diesem Auto prüfen,* dachte er sarkastisch. Er verneigte sich und legte die Handflächen oberhalb der Knie auf die Beine.

»Allahu akbar.«

Während er eine Lobpreisung des Allmächtigen dreimal aussprach, versuchte er die aufkeimenden Gedanken an den Räumdienst zu verdrängen, der seinen am Rand der *Straße des 11. September* unrechtmäßig abgestellten Wagen entfernen würde, falls der schon verständigte Reparaturdienst den Wagen nicht schnell genug abholte.

In den Dreißigerjahren des 21. Jahrhunderts waren in der Dekade der Bekehrung in den deutschen Großstädten regelmäßig Autobomben explodiert. Abgesehen von den zivilen Opfern waren dabei auch zahlreiche Gebäude zerstört oder beschädigt worden. Das damals verhängte Parkverbot in den Stadtzentren war nicht wieder aufgehoben worden: Noch immer gab es religiöse Eiferer, die sich aufgefordert fühlten, Autobomben zu platzieren, wo sie einen Ungläubigen vermuteten oder die Scharia missachtet wähnten. Aus diesem Grund durfte man Fahrzeuge in diesen Stadtgebieten nur in so genannten Parkbunkern abstellen, über die alle größeren öffentlichen Gebäude inzwischen verfügten – und auch das Ifnes, das Institut für Netzsicherheit, in dem Ludwig arbeitete.

Die beiden Männer richteten sich wieder auf. »Möge Gott den erhören, der ihn preist. Dir, mein Herr, die Lobpreisung.«

Ludwig ließ sich mit einem weiteren »Allahu akbar« auf die Knie sinken und berührte mit der Stirn den Gebetsteppich. »Ruhm sei Gott, dem Höchsten«, murmelte er und dachte, dass er sich glücklich schätzen konnte, das Institut zum Morgengebet trotz der Autopanne noch rechtzeitig erreicht zu haben. Hätte er das Gebet in einem anderen öffentlichen Gebäude oder an einem videoüberwachten Platz verrichten müssen, hätte ihm dies einige Unannehmlichkeiten bereitet: Dem für das Ifnes zuständigen Beamten der Glaubenspolizei wäre sein Fehlen vom Überwachungssystem unweigerlich gemeldet worden. Es hätte Ludwig wertvolle Minuten gekostet, den Beweis zu erbringen, dass er das Morgengebet nicht etwa versäumt, sondern nur an einem anderen Ort ausgeführt hatte.

Schwerfällig setze er sich auf die Fersen und legte die Hände auf die Oberschenkel. »Mein Gott, vergib mir, erbarme dich meiner.« *Und bewahre meinen Gläubigen davor, vom Räumdienst abgeschleppt zu werden,* fügte er in Gedanken hinzu. Er berührte abermals mit der Stirn den Boden.

Der erste Gebetsabschnitt war damit abgeschlossen.

Ludwig verharrte einen Moment auf den Fersen. Er musterte die Weltkarte an der Wand neben dem Wartebereich. Sie war der einzige Schmuck in der sonst trostlos erscheinenden Eingangshalle. Die Kontinente und Länder waren ihrer religiösen Zugehörigkeit entsprechend farblich gekennzeichnet. Der islamistische Machtbereich war grün gefärbt, der der Vereinigten Puritanischen Staaten scharlachrot, der des Neo-Katholischen Rom weiß. Die orthodoxen Großreiche im Osten waren in verschiedenen Grautönen gehalten, während die wenigen jüdischen Festungsenklaven pechschwarz waren.

Der grüne Machtbereich erstreckte sich von Indonesien über den südlichen Teil Indiens und den gesamten afrikanischen Kontinent bis zu den Staaten des Baltikums und den hohen Norden Europas. Die verhassten Puritaner hatten Nord- und Südamerika, die Britischen Inseln und Australien für sich erobert, während die Neo-Katholiken auf das Gebiet von Italien zurückgedrängt worden waren. Die orthodoxen Reiche, über die nur wenig bekannt war, hatten ihren Wirkungsbereich nur unwesentlich über Russland und China hinaus ausgedehnt. Die zu Festungen ausgebauten Enklaven der Juden waren hingegen über die gesamte südliche Hemisphäre verteilt und wirkten wie wahllos über die Kontinente gekleckerte Flecke.

Während Ludwig zusammen mit dem Pförtner den zweiten Gebetsabschnitt begann, versuchte er sich die Worte zu vergegenwärtigen, die er auf den Anrufbeantworter des Reparaturdienstes gesprochen hatte. Die Werkstatt wurde von Jussuf Wiedler geleitet. Mit ihm hatte er zusammen in der Koranschule die Schulbank gedrückt.

Damit die Mechaniker nicht in der Vorbereitung des Morgengebets gestört wurden, hatte Wiedler den Anrufbeantworter eingeschaltet. Ludwig, wegen der Panne sehr aufgebracht, konnte sich beim besten Willen nicht mehr erinnern, ob seine auf das Band gesprochene Ortsangabe verständlich gewesen war. Er fürchtete, dass er vor lauter Angst, er könne das Morgengebet versäumen, konfus gewesen war: Er hatte kaum einen zusammenhängenden Satz zustande gebracht. Bestimmt würde der Räumdienst seinen Wagen zu spät aufspüren und mit dem Schleppseil in den kastenförmigen gepanzerten Auflader ziehen. Diese Spezialbehälter konnten die Sprengkraft von dreihundert Kilogramm TNT absorbieren. In ihrem Innern umherschwirrende Nägel, Splitter und Schrapnelle kratzten die Wandung im schlimmsten Fall nur an.

Ludwig nahm sich vor, Wiedler unverzüglich anrufen, sobald das Morgengebet beendet war. Vielleicht konnte er doch noch verhindern, dass sein teurer Gläubiger in die Fänge des Räumdienstes geriet.

Routiniert vollzog er die rituellen Handlungen. Als der letzte Gebetsabschnitt beendet war, schaute er nach rechts. »Der Friede sei mit euch und die Barmherzigkeit Gottes«, murmelte er und hörte, dass Suhr es ihm gleichtat. Als Ludwig nach links schaute und sein Gesicht dem Pförtner zugewandt war, stieg ihm der dumpfe Geruch des alten Mannes in die Nase.

Hastig wiederholte er die Grußworte und erhob sich. Als er sah, wie der Pförtner sich quälte, fasste er seinen Arm und half ihm auf.

»Danke«, murmelte Suhr. Er rieb seine schmerzenden Knie. »Würde mein Glaube mich nicht anhalten, die Gebetsgymnastik fünfmal am Tag durchzuführen, wären meine Gelenke wohl schon eingerostet«, scherzte er lahm.

»Sicher.« Ludwig lächelte unverbindlich. »Es ist eine Wohltat, seinen Glauben täglich mehrmals aufs Neue zu bezeugen.«

Während Suhr seinen Gebetsteppich zusammenrollte und schlurfend hinter dem Empfangstresen verschwand, zog Ludwig seinen Mantel an.

»Sie arbeiten doch eigentlich lange genug für das Ifnes, um zu wissen, wie viel Zeit Sie für die Fahrt ins Büro veranschlagen müssen«, sagte der Pförtner und verstaute die Teppichrolle unter dem Tresen. »Es würde ein schlechtes Licht auf die Belegschaft der zweiten Abteilung werfen, wenn ein Mitarbeiter aus Fahrlässigkeit ein Gebet versäumt.«

»Mein Gläubiger hatte eine Panne – das habe ich doch schon gesagt.« Ludwig hatte sein Mobiltelefon hervorgeholt und drückte die Wahlwiederholungstaste.

Suhr schüttelte den Kopf. »Sie glauben doch nicht, dass die Glaupo diese Ausrede gelten lässt.«

In diesem Moment wurde das Telefongespräch entgegengenommen. Ludwig atmete erleichtert durch, als er nicht die neutrale Stimme des elektronischen Anrufbeantworters vernahm, sondern das raue Organ seines Kameraden aus der Koranschule. Auf dem kleinen Bildschirm war das markante Gesicht eines Deutschstämmigen zu sehen, das trotz des zotteligen Vollbarts einen offenen, freundlichen Eindruck machte.

»El-salam aleikum«, grüßte Wiedler.

»Salam«, erwiderte Ludwig kurz und stapfte barfüßig in den Wartebereich. Er hielt das Mobtel mit leicht angewinkeltem Arm vor sein Gesicht. »Hast du das Band abgehört, Jussuf?«

»Wir haben das Morgengebet eben erst beendet.«

»Du musst sofort mit einem Abschleppwagen in die *Straße des 11. September!*«

Wiedler lachte rau. »Jetzt sag nicht, du hast schon wieder Ärger mit deinem Gläubigen.«

»In diesem Wagen steckt der Schaitan.« Erzürnt setzte sich Ludwig auf den Boden, klemmte das Mobiltelefon zwischen Ohr und Schulter und begann sich die Stiefel anzuziehen. »Der Motor ist während der Fahrt plötzlich ausgegangen. Der Wagen steht am östlichen Ende des Tiergartens am Straßenrand. Du musst ihn da wegholen, ehe der Räumdienst auftaucht.«

»Ich schick gleich ein paar Kollegen los«, versprach Wiedler.

»Und verständige den Räumdienst, dass der Gläubige am Ende der *Straße des 11. September* harmlos ist.«

»Die werden mir kaum glauben, Ludwig. Was glaubst du, was die Mitarbeiter der Sprengabfuhr von potenziellen Glaubenskriegern schon alles gehört haben, wenn die sie davon abhalten wollen, ihre Bombenautos unschädlich zu machen.«

Ludwig seufzte entnervt. »Bei Allah – schick endlich deine Leute los. Ich hab den Gläubigen erst seit vier Monaten und über ein Jahr auf die Zuteilung gewartet. Ich will ihn nicht wieder verlieren. Hörst du?«

»Ich melde mich, wenn es etwas Neues gibt.« Wiedler unterbrach die Verbindung.

Ludwig schnaufte verärgert. Er steckte das Mobtel in die Manteltasche, band sich die Stiefel und räumte den Gebetsteppich fort. Anschließend hastete er den schlecht beleuchteten Hauptkorridor entlang. Wenn er zu spät in seiner Abteilung auftauchte, würde man ihn zum Strafdienst einteilen. Und der endete erst zwei Stunden nach dem Sonnenuntergangsgebet. Da die öffentlichen Verkehrsmittel ihren Betrieb nach Dunkelwerden einstellten, müsste er dann zu Fuß nach Hause gehen oder ein Taxi nehmen.

Ludwig wohnte im zehn Kilometer entfernten Stadtteil Berlin-Westend und konnte sich aussuchen, ob er sich nach dem Strafdienst lieber Blasen an die Hacken laufen oder einen Teil seines Wochenlohns für eine Taxifahrt opfern wollte.

Nichts von beidem erschien ihm im Moment besonders erstrebenswert.

\*

Die Großraumbüros des Instituts für Netzsicherheit befanden sich im Verwaltungsgebäude einer ehemaligen Krankenversicherung, das unmittelbar an das altehrwürdige klassizistische Gebäude angrenzte, in dem in vorislamischer Zeit eine Botschaft untergebracht war und das nun die Büros der Institutsvorstände beherbergte.

Heutzutage waren Krankenversicherungen und Botschaften nicht mehr erforderlich. Wer krank wurde, suchte ein Hospiz auf, wo er unentgeltlich eine angemessene Grundversorgung erhielt. Wer mehr benötigte, musste die nicht unerheblichen Zusatzkosten selbst tragen. So hatte Ludwig, als ihm vor einem Jahr ein Backenzahn gezogen werden musste, lieber auf das Einpflanzen eines kostspieligen Implantats verzichtet und nahm es seitdem in Kauf, schwer zu zerkleinernde Kost mit der linken, noch intakten Gebisshälfte zu zerkauen.

Konferenzen mit Vertretern anderer islamistischer Staaten wurden in repräsentativen Prunkbauten abgehalten; Angelegenheiten mit nichtislamistischen Ländern klärte man auf dem Schlachtfeld.

Da die Eingänge des ehemaligen Verwaltungsgebäudes verrammelt waren, hatte Ludwig, um seinen Arbeitsplatz zu erreichen, zuerst die alte Botschaft betreten müssen, in deren Eingangshalle der alte Suhr residierte und in der auch der Erfassungsapparat stand. Der Hauptkorridor, den er nun entlang eilte, endete vor dem Durchbruch ins Nachbargebäude.

Die Halle, die er nun betrat, lag verlassen da. Die Männer und Frauen hatten die Gebetsräume im Erdgeschoss längst verlassen und waren in ihre Abteilungen gegangen.

Immer zwei Stufen auf einmal nehmend eilte Ludwig die Treppe hinauf. Seine Abteilung befand sich im 2. Stockwerk. Als er das Großraumbüro erreichte, saßen seine Kollegen bereits in den engen Kabinen vor ihren Arbeitsstationen. Die Luft war erfüllt vom Surren der Stationsrechner, dem Scharren von Schuhsohlen und dem Hüsteln, das hin und wieder einer der etwa fünfzig Mitarbeiter von sich gab.

Der Geruch von grüner Seife und Kölnisch Wasser stieg Ludwig in die Nase. Kaum einer blickte über die Schulter zu ihm hin als er durch den Mittelgang strebte. Die wenigen auf dieser Etage arbeitenden Frauen trugen schlichte graue Gewänder, die bis an die Fußknöchel reichten. Ihr Haar war unter einfarbigen Kopftüchern verborgen; die untere Gesichtshälfte verschleiert. Auch die Kleidung der Männer war schlicht und eintönig. Nur wenige hatten den Vollbart getrimmt oder wie Ludwig den Oberlippenbart gestutzt: Er konnte den wüsten Anblick nicht ertragen, den er sonst am Morgen im Badezimmerspiegel bot.

Ludwig hatte die einzige unbesetzte Arbeitsstation fast erreicht, als die Tür des Abteilungsleiterbüros plötzlich aufschwang. Hannes Elia schob seinen korpulenten Leib durch die Öffnung.

Ludwig verdrehte innerlich die Augen und legte den Rest der Strecke zu seinem Arbeitsplatz mit einem Sprung zurück.

»Ludwig!«, rief der Abteilungsleiter polternd. »Sie werden mir doch wohl hoffentlich nicht nachlässig!«

In seiner behäbigen Art kam er auf Ludwig zu, der hastig aus dem Mantel glitt und ihn auf den Kleiderhaken seiner Arbeitskabine hängte. Dann nahm er auf dem Bürostuhl Platz, denn er wusste, dass es dem kleinwüchsigen Elia nicht behagte, wenn sein Gesprächspartner stand und er zu ihm aufblicken musste.

Besitzergreifend stützte sich der Abteilungsleiter mit einer Hand auf die schulterhohe Trennwand und mit der anderen auf die Rückenlehne von Ludwigs Stuhl. Dann neigte er den Oberkörper vor, als wolle er zwischen sich und seinem Untergebenen eine vertrauliche Atmosphäre schaffen. Seine von einem grau melierten Vollbart umgebenen Lippen lächelten gönnerhaft.

»Ich will offen sein, Ludwig«, sagte er mit gedämpfter Stimme. »Sie gehören zu den fähigsten Mitarbeitern meiner Abteilung. Offenbar haben Sie ein gutes Gespür dafür, welche Meldungen für das islamistische Datennetzwerk geeignet sind und welche nicht. Sie haben der uns übergeordneten Prüfungsstelle bisher keinen Anlass gegeben, ein von Ihnen freigeschaltetes Dokument zu beanstanden.«

Ein unterkühlter Ausdruck trat in seine hellbraunen Augen. »In den höheren Etagen ist man so voll des Lobes für Sie, dass ich schon davon träume, Sie könnten mir eines Tages meinen Posten streitig machen.«

»So etwas würde ich mir nie anmaßen«, beeilte Ludwig sich zu versichern.

»Schweigen Sie!«, zischte Elia aufgebracht. »Selbstverständlich werden Sie mich nicht aus meiner Position drängen. Dazu wären Sie gar nicht in der Lage. Es war doch nur ein Traum.«

Er richtete sich auf. Ludwig ahnte, was nun kam.

»Mein Vater ist ein bekannter Märtyrer«, erklärte Elia prompt. »Er hat sich in der Redaktion einer einst im ganzen Land weit bekannten Tageszeitung in die Luft gesprengt und über hundert dekadente ungläubige Journalisten mit in den Tod gerissen.«

»Ich weiß«, rutschte es Ludwig heraus. Um die Peinlichkeit abzuwenden, fuhr er übergangslos fort: »Der Märtyrertod Ihres Vaters hat in den zwanziger Jahren eine ganze Welle von Anschlägen auf Presseorgane ausgelöst, die sich abfällig über den Islam oder den Propheten geäußert haben. Dann kam es zu Anschlägen auf journalistische Hetzer und Fernsehmoderatoren. Ihr Vater war der Katalysator dieses reinigenden Zornesausbruchs der Gläubigen. Er hat das Ende der so genannten freien Presse in Deutschland eingeläutet und den Weg für den islamistischen Informationsdienst geebnet, wie wir ihn heute kennen.«

Ein lauernder Ausdruck trat ins Gesicht des Abteilungsleiters. »Sie sind meiner Geschichte anscheinend überdrüssig.«

»Wo denken Sie hin?« Ludwig setzte eine ernste Miene auf. »Ich wollte Ihnen lediglich demonstrieren, dass ich mich in der jüngsten Geschichte unseres Landes bestens auskenne.«

Elia nickte angestrengt. »Nun – Sie sind ein fähiger Mann. Wie ich schon sagte. Nur aus diesem Grund hat man Sie trotz der Schande, die Ihre leibliche Mutter über Ihren Vater brachte, beim Ifnes überhaupt eingestellt.«

Ludwig spürte, dass ihm das Blut aus dem Gesicht wich. Fahrig wischte er mit plötzlich schweißnassen Händen über die noch inaktiven Tastfelder seiner Arbeitsstation. Innerlich verfluchte er

Elia, der die verwundbaren Stellen seiner Untergebenen genau kannte und keine Skrupel hatte, dieses Wissen auszunutzen, um seine Glaubensgenossen klein zu halten.

»Ich würde jetzt gern arbeiten, Herr Elia«, sagte er mit belegter Stimme.

»Das werden Sie, Ludwig – nachdem Sie sich angehört haben, was ich Ihnen sagen muss.«

Elia beugte sich wieder tiefer hinab. »Sie könnten mit Ihrem jüngst an den Tag gelegten Verhalten dazu beitragen, dass meine Abteilung in Verruf gerät und unser aller Gehaltsniveau zurückgestuft wird.«

Ludwig schluckte trocken. »Habe ich mir etwas zuschulden kommen lassen?«

»Wenn es so wäre, säßen Sie jetzt nicht hier«, erwiderte Elia kalt. »Ihre Nachlässigkeit heute Morgen gibt mir jedoch stark zu denken. Ich erkenne die Zeichen, glauben Sie mir. Ich erwarte von jedem meiner Mitarbeiter vorbildliches Verhalten. Das ist doch wohl nicht zu viel verlangt, oder?«

Ludwig wusste: Es hatte keinen Sinn, seinen liegen gebliebenen Gläubigen zu erwähnen. »Es kommt bestimmt nicht wieder vor, dass ich ein Gebet nicht zur rechten Zeit beginne«, versprach er.

Elias Miene blieb ausdruckslos. »Wie alt sind Sie jetzt, Ludwig?« Natürlich kannte er die Antwort.

»Ich bin im letzten Fastenmonat neunundzwanzig geworden.«

»Und mit wie vielen Frauen sind Sie verheiratet?«

Ludwig zögerte einen kurzen Moment. »Ich bin Junggeselle, Herr Elia. Das wissen Sie doch.«

Der Abteilungsleiter tat trotzdem verwundert. »Warum denn das? Sie sind doch ein stattlicher Mann mit einem sicheren Einkommen. Sie können Ehefrauen die Geborgenheit und Sicherheit bieten, die jede ordentliche Muslima sich wünscht.« Seine Miene verdüsterte sich. Seine Stimme wurde zu einem Flüstern. »Fühlen Sie sich etwa nicht zum weiblichen Geschlecht hingezogen?«

»Doch – schon.« Ludwig rutschte unruhig auf seinem Stuhl hin und her. Am liebsten wäre er abgehauen, um sich irgendwo zu verstecken.

»Da bin ich aber froh.« Elia gab sich übertrieben erleichtert. »Sie wissen ja, was Männern blüht, die es nach dem Fleisch anderer Männer gelüstet.«

»Sie werden enthauptet, wenn sie nicht bereuen«, sagte Ludwig tonlos.

Elia nickte. »Sie sollten sich schleunigst verheiraten, um etwaigen Gerüchten entschieden entgegenzutreten. Nehmen Sie sich ein Beispiel an mir. Ich habe mir gleich zwei Ehefrauen zugelegt. Es ist praktisch, und angenehm zugleich.« Er richtete sich auf. »Ich würde ungern auf Ihre fachliche Kompetenz verzichten, Ludwig. Befolgen Sie die Scharia und heiraten Sie. Andernfalls sind Sie für meine Abteilung nicht tragbar.«

Ludwig spürte das heftige Verlangen, den Mann zu fragen, wo im Koran geschrieben stand, dass ein Mann heiraten musste. Doch er verkniff sich die Frage. Er ahnte, dass er Elia Misstrauen dadurch nur schüren würde.

»Und nun machen Sie sich endlich an die Arbeit.« Elias wandte sich ab, um mit dem morgendlichen Rundgang durch das Großraumbüro zu beginnen.

Verstimmt schwenkte Ludwig auf seinem Stuhl zu der Arbeitsstation herum, rieb die verschwitzen Hände an seinen Hosenbeinen trocken und legte die Linke dann flach auf den Handlinienspürer. Die Körperwärme löste den Thermoschalter aus. Das Gerät begann, die Handfläche mit einem Lesestrahl abzutasten.

*El-salam aleikum, Ludwig Rauber,* sagten kurz darauf arabesk verschnörkelte Lettern auf dem in der Stirnwand der Kabine eingelassenen Bildschirm.

Den Zeigefinger auf dem Tastfeld lenkte Ludwig den auf dem Schirm dargestellten Pfeil auf ein verschlungenes Ornament, in dem das Wort *Wahrheit* eingearbeitet war. Nachdem er die Schaltfläche aktiviert hatte, wechselte die Darstellung und präsentierte

Ludwig eine Liste von Eintragsersuchen, die er an diesem Tag abarbeiten musste.

\*

Ludwigs Arbeitsstation war, wie die seiner Kollegen, direkt mit dem Sekundärspeicher des Bereitstellungsapparats im Keller des Ifnes-Gebäudes verbunden. Von dort wurden die Daten auf den Rechner der Arbeitsstation überspielt, wenn eine Zeile in der Liste der Eintragsgesuche angeklickt wurde, was Ludwig nun tat. Damit es nicht zu Überschneidungen kam, wurde die Originaldatei im Sekundärspeicher gelöscht, sobald sie in die Arbeitsstation übertragen wurde.

Die meisten Gesuche um einen Eintrag ins islamistische Datennetzwerk erreichten das Institut in der *Straße der einzigen Wahrheit* auf dem Postweg. Es bestand aber auch die Möglichkeit, die Datenträger von Boten abliefern zu lassen. Einige Autoren erschienen sogar persönlich.

Der alte Suhr nahm die Datenträger in Empfang und reichte sie an die technische Prüfstelle weiter, die ihre Büros im Erdgeschoss der ehemaligen Botschaft hatte. Dort wurden die Daten ausgelesen, technisch geprüft und auf einen einheitlichen Massenspeicher überspielt. War dieser voll, musste Suhr ihn in Begleitung eines weiteren Ifnes-Mitarbeiters in den Keller bringen und in den Sekundärspeicher des Bereitstellungsapparates überspielen. Von dort wurden die Gesuche dann unter Verwendung eines Zufallsgenerators den Mitarbeitern der 2. Abteilung zugewiesen.

Wie allen Muslimen weltweit war es auch den Bürgern der Islamistischen Republik Deutschland gestattet, Informationen aus dem Datennetzwerk abzufragen, auf den Schirmen ihrer Heimanlagen darzustellen oder auszudrucken. Andersherum war es ihnen aber nicht möglich, Daten direkt in einen Bereitstellungsapparat einzuspeisen. Gleichschaltungsaggregate, die auf der Erfindung eines deutschen Ingenieurs basierten, neutralisierten alle Impulse, die aus dem Netz in die Bereitstellungsapparate gelangten und machten diese somit nahezu unangreifbar.

Diese Schutzmaßnahme wurde mit Hinweis auf zu befürchtende Angriffe seitens der ungläubigen Staaten gerechtfertigt. Ludwig vermutete jedoch, dass es den Muftis eher darum ging, ihr Hoheitsrecht für die Auswahl der abrufbaren Informationen zu wahren. Nicht jeder Gläubige sollte seine Gedanken und Ansichten im Muslimnetz verbreiten dürfen. Es war aber jedem freigestellt einen Beitrag, den er für veröffentlichungswürdig hielt, dem Institut für Netzsicherheit zur Überprüfung vorzulegen. Wurde der Beitrag positiv bewertet, speicherte man ihn später im Datenkubus im Keller des Infnes-Gebäudes ab, sodass er von den Nutzern abgerufen werden konnte.

Das erste Datenpaket, das an diesem Morgen auf Ludwigs Stationsrechner überspielt wurde, stammte vom islamistischen Informationsdienst: Die Videoaufzeichnung eines Interviews, das vor einer Woche im Fernsehen ausgestrahlt worden war und nun auf der Heimseite des Berliner Zentralsenders für die Nutzer zum Herunterladen bereitgestellt werden sollte.

Eine einfachere Aufgabe hätte Ludwig sich für diesen bisher unerfreulich verlaufenen Morgen nicht wünschen können. Bevor eine Sendung ausgestrahlt wurde, wurde sie von der Prüfstelle des Senders genau unter die Lupe genommen. Das Interview war also schon bereinigt. Falls das Gespräch bedenkliche Passagen aufgewiesen hatte, waren sie entfernt oder durch Störgeräusche unkenntlich gemacht worden.

Trotzdem würde Ludwig sich nicht verleiten lassen, das Gespräch auch nur oberflächlich zu verfolgen. Immerhin könnten den Prüfern Fehler unterlaufen sein, die er zu seinen eigenen machte, wenn er sie nicht aufspürte und beseitigte.

Er steckte den Knopflautsprecher in sein linkes Ohr und startete die Aufzeichnung.

Auf dem Bildschirm erschien ein hoher, in warmes Orange gehaltener Raum. In der Mitte saßen sich zwei Männer an einem kleinen runden Tisch gegenüber. Helles Tageslicht, das durch die Sprossenfenster hereindrang, erhellte die Szene auf freundliche Weise.

Wie üblich hingen an den Wänden weder Gemälde noch Fotografien. Der einzige Raumschmuck bestand aus einigen üppigen Rosensträußen, die in bauchigen, mit Ornamenten verzierten Vasen steckten.

Einer der Männer trug konventionelle westliche Kleidung und hatte einen langen Spitzbart, der ihm bis auf die Brust reichte. Sein dunkelbraunes Haar wies erste silberne Strähnen auf, die blauen Augen hinter der Nickelbrille wirkten klug und wachsam.

Der zweite, ältere Mann hatte einen schwarzen Kaftan angelegt. Sein Kopf war von einem weißen Turban bedeckt, der seine Ohren unvorteilhaft niederdrückte, sodass sie extrem abstanden und sein faltiges Gesicht breiter erscheinen ließen als es war. Das unter dem Turban hervorlugende Haar und der breite, drahtige Vollbart waren stark ergraut.

»Wir befinden uns hier in einem Salon von Schloss Bellevue«, sagte der Mann in dem dunklen Herrenanzug mit andächtig gedämpfter Stimme. Ludwig kannte ihn natürlich: Er hieß Karel Sivas und war ein in Berlin stadtbekannter Fernsehmoderator, der durch gottgefällige Spitzzüngigkeit von sich Reden machte.

»Neben mir sitzt Scheich Mohammad Hamdillah, ein führender Religionspolitiker der Vereinigten Arabischen Kalifate, die sich inzwischen über ein Gebiet erstrecken, das Nordafrika, Saudi-Arabien und die Nah-Ost Staaten zwischen Syrien und Pakistan umfasst.«

Sivas drehte sich halb zu seinem Gesprächspartner um. »Eminenz, Sie haben Deutschland im Rahmen eines wechselseitigen Austausches aufgesucht, der das Bündnis zwischen Europa und unseren Glaubensbrüdern im Nahen Osten stärken soll. Zu Anfang dieses Jahrhunderts wurde noch von einem drohenden Zusammenprall der Kulturen dieser beiden längst im Glauben vereinten Lebensbereiche gesprochen.«

Der Scheich rekelte sich behaglich auf dem Sessel und strich über seinen Bart. »Die radikalen Muslime von damals haben nie bezweifelt, dass der Islam am Ende über das dekadente Europa siegen wird. Die Frage war nur, wann die Zeit für eine umfassende Islamisierung gekommen war. Dies sahen die Europäer, die von einer Kollision der Kulturen sprachen, genauso. Und es machte ihnen natürlich Angst, weil sie befürchteten, von den krankhaften Gewohnheiten ablassen zu müssen, die sie sich in ihrem gottlosen Leben angeeignet hatten.«

Am Gehabe des Scheichs glaubte Ludwig zu erkennen, dass Hamdillah wie fast alle führenden Religionspolitiker der Vereinigten Arabischen Kalifate in Europa studiert hatte. Er beherrschte die deutsche Sprache nahezu perfekt und sprach sicherlich auch perfekt Französisch und Spanisch.

»Wie sich gezeigt hat, ist die Frage der Kulturunterschiede letztendlich belanglos«, fuhr der Scheich fort. »Der Islam lässt sich von Menschen, die in der europäischen Lebensweise verwurzelt sind, ebenso praktizieren wie von Menschen jedes anderen Kulturkreises.«

Hamdillah stützte den rechten Unterarm auf die Armlehne. »Der Schlüssel für die erfolgreiche Durchdringung einer Fremdkultur durch den Islam ist die Scharia. Die auf Allah und seinen Propheten Mohammed gründende Lebens- und Rechtsordnung ist über Jahrhunderte hinweg von islamischen Theologen und Rechtsgelehrten entwickelt und zur Reife gebracht worden. Dass die Scharia nicht den staatlichen Machtwillen verkörpert, sondern dem Gläubigen zeigt, wie er sein Leben nach dem Koran auszurichten hat, macht sie so durchsetzungsfähig und stark. Sie zerstört alles Überflüssige, Kranke in einer Gesellschaft, wie es ja auch in Deutschland geschehen ist, als die demokratischen Machtstrukturen hinweggefegt wurden, weil die Scharia von immer mehr Konvertiten gelebt und verteidigt wurde.«

Der Scheich lächelte breit. »Sie sehen also, Karel, es hat eigentlich nie die Gefahr eines Zusammenpralls zwischen der islamischen und der europäischen Kultur gegeben, weil die europäische Lebensweise durch Dekadenz geschwächt war und für die Islamisten gar keinen Widerpart darstellte. Von einigen Unbekehrbaren mal abgesehen, die für ihren Unglauben hart bestraft wurden und nun in der Hölle schmoren, sind Islam und Scharia von den Deutschen und anderen Europäern gern angenommen worden. Der Islam wird sich letztendlich über die gesamte Welt ausbreiten.«

»Noch aber trotzen die Puritaner dem Einfluss des Islams«, wandte Sivas ein. »Auch die Neo-Katholiken in Neurom leisten den in den italienischen Alpen stationierten Glaubenskriegern erbitterten Widerstand.«

Ludwig schreckte auf seinem Bürostuhl hoch. Er konnte nicht fassen, dass die Prüfer des Senders diese impertinente Zwischenbemerkung des Moderators nicht entfernt hatten. Es war zwar nicht verboten, den heiligen Krieg zu erwähnen, ganz im Gegenteil, denn er wurde den Deutschen in den Medien immer wieder vor Augen geführt, doch war es nicht statthaft, in diesem Zusammenhang davon zu sprechen, dass der Feind dem Islam trotzte oder erbitterten Widerstand leistete. Es durfte kein Zweifel daran gelassen werden, dass die Puritaner und Katholiken den islamistischen Gotteskriegern unterlegen waren und kurz vor der Kapitulation standen.

Ludwig, der die Wiedergabe instinktiv gestoppt hatte, kennzeichnete den Abschnitt, um ihn später entsprechend zu bearbeiten. Dann ließ er die Filmdatei weiterlaufen, um zu hören, wie der Scheich auf die Anfeindung seitens des Moderators reagierte.

Dieser ließ sich jedoch nicht aus der Ruhe bringen und antwortete gelassen: »Wie zuvor den verblendeten Europäern, geht es den verhassten Neo-Katholiken und Puritanern nicht darum, ihren unterlegenen Glauben durchzusetzen. Sie haben es auf die Ressourcen der islamistischen Länder abgesehen und bekämpfen uns, weil sie uns berauben wollen. Allein aus diesem Grund haben sich diese fehlgeleiteten Glaubensrichtungen überhaupt erst ausbreiten können, während der Islam in Indien und Europa erstarkte. Diese Ungläubigen betreiben ihren Krieg, den sie unzweifelhaft verlieren werden, aus wirtschaftlichen Erwägungen heraus, während wir für die Verbreitung des einzig wahren Glaubens streiten. Der Kampfwille der Muslime ist weitaus stärker als der der Ungläubigen, die nur aus Habgier und aus Furcht vor der Minderung ihres Wohlstandes handeln.«

Hamdillah lehnte sich entspannt zurück. »Würden diese Ungläubigen genau hinschauen, müssten sie erkennen, dass Ihre Angst idiotisch ist. Seit Europa islamistisch ist, leben die Menschen hier in Frieden und Eintracht, weil sie die Scharia achten.«

Ludwig hatte Mühe sich zu konzentrieren. Zu oft schon hatte er diese Argumente gehört.

»Weil wir im wahren Glauben vereint sind, unterhalten Europäer und Vereinigte Arabische Kalifate Handelsbeziehungen, die auf Gerechtigkeit und gegenseitiger Achtung beruhen«, fuhr der Scheich fort. »Wir haben Frieden und Eintracht gebracht. Zum Dank erhalten wir die technischen Produkte des Westens zu einem angemessenen und gottgefälligen Preis. Wohlstand und Komfort haben stark zugenommen, weil wir für die Rohstoffe, die wir unseren westlichen Glaubensbrüdern liefern, endlich angemessen bezahlt werden. Die Menschen bei uns leiden keine Not mehr und können von der Technik und den Erfindungen der Europäer endlich umfassend profitieren.«

Ludwig erinnerte sich, vor einem halben Jahr Fotos geprüft zu haben, die ein in Berlin lebender Reporter während einer Reise durch die Vereinigten Arabischen Kalifate geschossen hatte. Die Aufnahmen sollten auf einer Heimseite erscheinen, auf der die Fortschritte im Nahen Osten dokumentiert wurden. Sie zeigten blühende, prosperierende Städte, die sich von denen in Europa nur in der Architektur und der Mode der Einheimischen unterschieden. Auf üppig bestückten orientalischen Märkten wurde reger Handel getrieben, und die Läden in den Geschäftsvierteln waren gut besucht. Die Kaftane der Männer und die Burkas der

Frauen waren aus erlesenen Stoffen gefertigt; auf den Straßen fuhren die neuesten Modelle aus den deutschen Werken von Glaubensgemeinschaftswagen und Morgenstern.

Auch die Industriegebiete, die sich um die traditionsreichen alten Städte gebildet hatten, hatte der Fotograf besucht. Moderne Werkshallen und Fabriken, von den Markenzeichen europäischer Großkonzerne gekrönt, erstreckten sich entlang breiter, von Palmen gesäumter Alleen.

Der Landbevölkerung ging es offenbar ebenfalls prächtig: Die Bauern arbeiteten mit modernsten Maschinen und Robotern. In jedem größeren Ort gab es Schulen, Krankenhäuser und prächtige Moscheen.

Als Ludwig diese Fotos durch ein Analyseprogramm hatte laufen lassen, hatte er feststellen müssen, dass es sich um Fälschungen handelte. Die Aufnahmen waren nicht nur nachgebessert oder retuschiert worden. Es handelte sich um Kollagen und komplett am Rechner erstellte Szenarien.

Ludwig hatte nicht gewusst, wie er mit diesen Aufnahmen verfahren sollte. Er hatte den Abteilungsleiter um Rat gefragt. Der hatte gleich drauflos gepoltert und wissen wollen, wieso er die Aufnahmen für bedenklich hielt, da sie doch genau das zeigten, was ein guter deutscher Islamist von seinen Glaubensbrüdern in den Vereinigten Arabischen Emiraten zu sehen wünschte.

Ludwig war nicht ganz wohl bei der Sache gewesen. Trotzdem hatte er die Fälschungen schließlich mit einem Unbedenklichkeitssiegel versehen. Vage meinte er sich daran zu erinnern, dass seine Mutter ihm einst von den Zuständen in den Ländern berichtet hatte, die zu den VAK gehörten. Statt die Steuergelder für Infrastruktur und Bildung auszugeben, schaffte man Waffen für den Dschihad an und mehrte den Wohlstand der Machthaber. Misswirtschaft, Korruption und Bestechlichkeit wären an der Tagesordnung, während unter der Bevölkerung Armut, Elend und Hunger herrschten.

Diese schlimmen Verhältnisse waren, so hatte man es den Menschen in Europa eingebläut, in erster Linie das Resultat der Ausbeutung durch den Westen. Doch Ludwigs Mutter behauptete, die Muslime seien vor lauter Gottesfurcht und in ihrem verhängnisvollen Bestreben nach der Scharia zu leben, nicht fähig, sich tatkräftig dafür einzusetzen, ihre Lebensverhältnisse aus eigener Kraft zu verbessern.

Natürlich wusste Ludwig, dass nicht alles, was seine Mutter sagte, zwangsläufig wahr sein musste. Mitunter war ihm ihr Geist extrem verwirrt und konfus erschienen. Doch seit er die Fotos als Fälschungen entlarvt hatte, ahnte er, dass die Verhältnisse im Nahen Osten eher so geartet waren, wie seine Mutter sie schilderte. Mit den auf den Fotos dargestellten Szenen hatten sie wohl nichts gemein.

Da Ludwig dem Interview nicht mehr hatte folgen können, hielt er die Wiedergabe an und kehrte an die Stelle zurück, an der seine Gedanken abgeschweift waren.

»Da Sie die technischen Errungenschaften des Westens ansprechen, würde ich gern erfahren, wie Sie sich die wirtschaftliche und technologische Überlegenheit Europas gegenüber den Ländern unserer Glaubensbrüder aus den VAK erklären«, sagte Karel Sivas.

Einen kurzen Moment furchte Hamdillah unwillig die Stirn. »Ich muss Sie wohl nicht daran erinnern, dass es die frühislamische Kultur war, die den Grundstein für den Fortschritt im Westen gelegt hat. Hätten die Kalifen in der Frühphase des Islam sich aus Lerneifer nicht die Mühe gemacht, viele tausend Schriftrollen antiker und zeitgenössischer Gelehrter und Philosophen ins Arabische zu übertragen, wären zum Beispiel Werke, wie die des Aristoteles der Welt für immer verloren gegangen. In der Universität in Córdoba lernten Europäer zur Jahrhundertwende Geistes- und Naturwissenschaften. Dort lehrten Muslime ihre Gäste aus Frankreich, England und Spanien Mathematik, Medizin und Dichtkunst. Ohne dies wären aus den europäischen Ländern nie die technologisch überlegenen Staaten geworden, die sie heute sind.«

»Dies alles ist aber längst Geschichte«, merkte Sivas respektlos an.

Der Scheich lachte gekünstelt. »Sie reden mit böser Zunge, Karel. Wüsste ich nicht, dass Sie einen festen Glauben haben und mich nur herausfordern, um den Zuschauern zu demonstrieren, wie sattelfest die Religionspolitiker in den VAK sind, würde ich Ihre sofortige Entlassung und anschließende Verhaftung veranlassen.«

Ludwig bemerkte, dass an dieser Stelle etwas herausgeschnitten worden war: Die beiden Männer saßen von einem Augenblick auf den anderen plötzlich in leicht veränderten Positionen da. Er vermutete, dass Scheich Hamdillah dem Moderator gegenüber ausfallend geworden war.

»Während der Westen sich technisch fortentwickelt hat, haben die Christen ihren Glauben vernachlässigt und wurden dekadent«, sagte der Religionspolitiker unvermittelt. »Dies äußerte sich besonders in ihren sexuellen Praktiken und darin, dass den Frauen Freizügigkeiten gestattete wurden, die nicht nur wider ihre Natur gerichtet und schädlich für ihre weibliche Wesensart waren, sondern die gottgegebene Autorität der Männer zerstörte.«

Der Scheich legte die Fingerspitzen zusammen und ließ sie wie die Schlägel eines Klaviers nervös aneinander schlagen. »Während die Gesellschaft in Europa im Zuge der Technologisierung immer dekadenter wurde, sahen unsere Glaubensbrüder ihre Chance, den Islam in den Ländern zu verbreiten, die sich seit Generationen in die Angelegenheiten ihrer Staaten einmischten, um ihre imperialistischen Interessen durchzusetzen.«

Der Scheich lächelte übertrieben liebenswürdig und schaute mit seinen dunklen Augen direkt in die Kamera. »Zuerst lieferten wir den Europäern die Grundlage für die Entwicklung ihrer einzigartigen Kultur und ihres Erfindungsreichtums – und nun haben wir sie auch noch zum wahren Glauben geführt, auf dass sie in Frieden und Eintracht leben können!«

Mit diesem Schlusswort endete die Sendung.

Ludwig rieb seinen verspannten Nacken und grübelte, was er mit der Datei anfangen sollte. In dem Interview waren Bemerkungen gefallen, die durchaus so ausgelegt werden konnten, dass sie den islamischen Glauben zwar nicht unbedingt angriffen, aber doch diskreditierten.

Ludwig saß jeden Abend vor dem Fernseher. Da er die Sendungen, die er sich zwangsläufig ansehen musste, jedoch nur selten aufmerksam verfolgte, konnte er sich nicht erinnern, ob das Interview mit Scheich Mohammad Hamdillah tatsächlich in dieser Fassung ausgestrahlt worden war. Bei dieser Speicheranfrage könnte es sich ebenso gut auch um eine Datei handeln, mit der die Glaubenspolizei ihn prüfen wollte.

So etwas kam immer wieder vor. Agenten der Glaupo schickten präparierte Datenpakete, um anhand der Überarbeitungsweise den Glauben der Institutsmitarbeiter auf die Probe zu stellen.

Ludwig blickte besorgt auf die Uhr über dem Bildschirm. Noch hatte er die Zeit, die für die Überprüfung und Bearbeitung der Datei maximal aufgewendet werden durfte, nicht überschritten. Doch dies könnte leicht geschehen, wenn er sich noch länger unschlüssig darüber war, wie er mit der Aufzeichnung verfahren sollte.

Ein Schatten fiel auf Ludwigs Arbeitstisch. Halb drehte er sich auf seinem Stuhl um und blickte über die Schulter hinweg zu Hannes Elia hoch.

»Bei Ihnen also ist das Interview mit Scheich Mohammad Hamdillah gelandet«, sagte der Abteilungsleiter mit einem belustigten Grinsen.

Das Abspielprogramm hatte unterdessen wieder das erste Bild der Videodatei aufgerufen, sodass Sivas und Hamdillah am runden Tisch sitzend auf dem Bildschirm zu sehen waren.

»Es ist wahr, was man sich über Karel Sivas erzählt.« Ludwig lächelte säuerlich. »Er ist ein scharfzüngiger Provokateur.«

Elia furchte die Stirn. »Sie haben doch wohl nicht etwa vor, das Interview zu kürzen?«

Ludwig zuckte mit den Schultern. »Einige seiner Bemerkungen könnte man durchaus als respektlos bezeichnen.«

Der Abteilungsleiter schmunzelte. »Soviel Feinsinn sollten Sie aber doch haben, um zu erkennen, dass Sivas' Spitzen sich nicht gegen den Islam richten, sondern gegen Hamdillah und andere blasierte Religionspolitiker der VAK, die meinen, uns Europäern das Wasser reichen zu können.«

Ludwig blinzelte indigniert. »Ich fürchte, ich verstehe nicht recht.«

Mit einer gönnerhaften Geste legte Elia seine feiste Hand auf Ludwigs Schulter. »Glauben Sie mir: Dieses Interview anzusehen hat vielen Leuten in Deutschland großes Vergnügen bereitet. Sie würden ihnen den Spaß verderben, wenn Sie dieses subtile Zeugnis unserer Überlegenheit über diese Kanaken zurechtstutzten.«

»Ich bin mir nicht mal sicher, ob die Datei nicht von der Glaubenspolizei eingeschleust wurde«, setzte Ludwig an.

»Papperlapapp!« Mit einer Behändigkeit, die Ludwig dem korpulenten Abteilungsleiter nie zugetraut hätte, beugte dieser sich über ihn und drückte die Freigabetaste.

Die Datei wurde mit einem Unbedenklichkeitssiegel versehen und in den Sekundärspeicher des Bereitstellungsapparates zurückgeschickt.

Ludwigs Kinnlade sank herab. »Sind Sie wahnsinnig?«, keuchte er.

Elia lachte. »Schauen Sie nicht so als hätte ich gerade befohlen, Ihnen eine Hand abzuhacken.«

»Das könnte aber durchaus geschehen, wenn ein Prüfer Anstoß an dem Interview nimmt. Das beigefügte Siegel wird ihm verraten, welcher Ifnes-Mitarbeiter diese Datei als unbedenklich eingestuft hat.«

Begütigend tätschelte der Abteilungsleiter Ludwigs Schulter. »Gott behüte. Ich hoffe, Sie glauben nicht, dass ich Sie mit meinem kleinen Vorstoß hereinlegen wollte, Ludwig. Wenn ich mich Ihrer entledigen wollte, stünden mir andere Mittel zur Verfügung. Es war vorhin durchaus ernst gemeint, als ich sagte, dass ich Sie nur ungern verlieren würde.«

Ludwig machte auf den Abteilungsleiter offenbar nicht den Eindruck als hätten seine Worte ihn überzeugt.

Mit gespielter Empörung stemmte Elia die Hände in die fleischigen Hüften. »Sie erinnern sich doch sicher noch an die Fotos, die dieser Reisejournalist angeblich in den Vereinigten Arabischen Kalifaten geschossen hat und die Sie als Fälschung entlarvt haben?«

Ludwig nickte benommen.

»Damals kamen Sie ganz aufgeregt zu mir. Sie wollten den Mann für seine hervorragende Arbeit tatsächlich anzeigen. Zum Glück konnte ich Sie zur Vernunft bringen. Sie haben die Fotos auf mein Anraten hin freigegeben. Seitdem wurden sie oft aufgerufen und haben den Betrachtern genau das Gefühl vermittelt, das sie transportieren sollten: Dass in den VAK nämlich alles zum Besten steht.«

»Ich verstehe nicht, worauf Sie hinaus wollen.«

»Ist Ihnen ein Schaden entstanden, weil Sie das Unbedenklichkeitssiegel entgegen Ihrer Überzeugung vergeben haben?«

Ludwig schüttelte den Kopf. »Ich habe von der Angelegenheit nie wieder etwas gehört.«

»Sehen Sie. Und genau so wird es auch bei diesem Interview sein. Wenn Sie Ärger mit der Glaupo bekommen, dann bestimmt nicht deswegen, weil Sie dieses amüsante Interview für das Muslimnetz freigegeben haben.«

Ludwigs Mobtel klingelte. Elia furchte missbilligend die Stirn. Er sah es nicht gerne, wenn seine Mitarbeiter während der Arbeitszeit private Telefonate führten.

Ludwig nahm das Gespräch trotzdem entgegen: Ein Blick auf den Miniaturbildschirm hatte ihm verraten, dass Wiedler der Anrufer war.

»Salam, Jussuf«, sagte Ludwig, während er den Apparat vor sich hielt. »Ich hoffe bei Gott, du hast gute Neuigkeiten für mich.«

Das bärtige Gesicht des dunkelhaarigen Mannes, der seine ölverschmierte Schirmmütze über die hohe Stirn geschoben hatte, drückte Bedauern aus. »Tut mir leid, Ludwig. Dein Wagen war schon weg, als meine Leute mit dem Abschleppwagen kamen.«

Ludwig spürte, dass ihm das Blut aus dem Gesicht wich. »Das darf doch wohl nicht wahr sein!«

»Es tut mir leid, Kumpel. So ist das Kismet eben manchmal.« Wiedler grinste schräg. »Ich hab mich mit dem Räumdienst kurzgeschlossen. Es hat gedauert, bis ich den zuständigen Mitarbeiter an der Strippe hatte. Aber es hat sich dann doch gelohnt.« Wiedler räusperte sich und senkte die Stimme. »Kann ich offen reden?«

Ludwig schaute kurz auf. Elia hatte sich zurückgezogen und watschelte seiner Bürotür entgegen. Er hielt sich das Gerät direkt ans Ohr. »Leg los.«

»Der Mann wäre bereit, den Räumbehälter mit deinem Wagen vorerst nicht dem Presswerk zu überstellen, wo er zu einem Metallblock zusammengequetscht werden würde.«

Ludwig verzog das Gesicht. »Erspar mir bitte die blumigen Ausschmückungen. Was genau muss ich tun, um meinen Gläubigen zu retten?«

»Ich schick dir die Daten des Burschen auf dein Mobtel. Er bleibt nach dem Sonnenuntergangsgebet noch einige Stunden im Werk. Du solltest ihn unbedingt treffen, bevor er nach Hause zu seinen beiden Frauen fährt. Und vergiss das Bakschisch nicht. Sonst schiebt er den Behälter vor deinen Augen ins Presswerk. Ich werde auch dort sein, um deinen Wagen in die Werkstatt abzuschleppen, für den Fall, dass du ihn retten kannst.«

Ludwig hielt das Mobtel wieder vors Gesicht und grinste säuerlich. »Vielen Dank, Jussuf. Du hast was gut bei mir.«

Wiedler lachte trocken auf. »Hab ich dir damals nicht prophezeit, dass es sich für dich irgendwann auszahlen wird, wenn du mich während der Glaubensprüfungen abschreiben lässt?«

\*

Bis zum Mittagsgebet bewältigte Ludwig fünf weitere Eintragsgesuche.

Drei Dateien beinhalteten eine Fatwa. Mit diesen Antworten der Muftis auf Anfragen von Gläubigen, wie wissen wollten, wie sie sich in bestimmten Situationen verhalten sollten, um im Einklang mit dem Koran und der Scharia zu sein, musste man sich als Ifnes-Mitarbeiter täglich aufs Neue befassen.

Die Fatwa-Heimseite war die am häufigsten aufgerufene im Muslimnetz. Die Liste der Fragen, auf die es eine Antwort gab, war so umfangreich, dass die Rechner der Nutzer mit speziellen Suchmaschinen versehen waren. Diese durchsuchten die routinemäßig aus dem Bereitstellungsapparat heruntergeladenen Fragelisten nach Einträgen, die dem Anliegen des Fragestellers am nächsten kamen.

Da Nutzer eigene Fragen nicht ins Netz einspeisen konnten, mussten sie mit dem verfügbaren Material vorlieb nehmen. Die auf der Fatwa-Seite abgehandelten Themen deckten inzwischen aber fast alle Lebensbereiche ab, sodass der verunsicherte Gläubige meist eine Verhaltensanleitung fand.

Konnte er wider Erwarten keine Antwort auf seine Frage finden, suchte er einen Mufti auf, um ihm sein Problem zu schildern. Hatte dieser nach reiflicher Überlegung eine Antwort auf die Frage formuliert, schickte er sie an das Ifnes, damit sie der Liste im Bereitstellungsapparat hinzugefügt wurde.

Obwohl die gesamte Bandbreite des alltäglichen Lebens mit den abgespeicherten Fatwas abgedeckt wurde, erreichte das Ifnes jeden Tag neue Speicheranfragen für die Fatwa-Seite. Die meisten Gesuche konnten verworfen werden, da sie nichts Neues beinhalteten. Zwei Anfragen, die Ludwig an diesem Vormittag bearbeitete, hängte er nach kurzer Überprüfung einen Löschverweis an. Die Antworten der Muftis deckten sich mit bereits vorhandenen Einträgen – sie unterschieden sich nur in der Formulierung.

Schon beim Lesen der Namen der beiden Berliner Muftis hatte er geahnt, dass es auf eine Löschung hinauslaufen würde. Beide

Männer waren Wichtigtuer, die jede Anfrage eines Muslimen, der zu dumm war, die richtige Antwort im Netz zu finden, zum Anlass nahmen, die Ifnes-Mitarbeiter mit einer Speicheraufforderung ihrer Antworten zu nerven.

Die dritte Speicheranfrage, die sich auf die Fatwa-Heimseite bezog, war jedoch relevant. Der Autor gehörte der staatlichen Behörde für Scharia-Auskünfte an. In seinem umfangreichen Anschreiben beantragte er die Textänderung einer bereits bestehenden Fatwa.

Das fragliche Rechtsgutachten legte fest, inwieweit der Wunsch einer Frau, sich tätowieren oder lochen zu lassen, mit der Scharia übereinstimmte.

Der im Muslimnetz abgespeicherte Text gestattete der Frau diesen Wunsch lediglich unter der Voraussetzung, dass die Tätowierung oder der Körperschmuck an Stellen angebracht wurde, die verschleiert waren, damit die Öffentlichkeit sie nicht sah. Außerdem benötigte die Frau die Einwilligung des Ehemannes, oder, wenn sie unverheiratet war, ihres Vaters oder Vormundes.

Diese Auslegung der Scharia bezeichnete der Mufti in seinem Schreiben als Kufr, als Unglauben. Seiner Ansicht nach hatte die Frau kein Recht, ihren Körper zu verzieren oder verzieren zu lassen, wenn dabei dessen Unversehrtheit aufs Spiel gesetzt wurde – es sei denn auf ausdrücklichen Wunsch des Ehemannes. Sollte die Frau von sich aus einen solchen Eingriff wünschen, müsse sie gezüchtigt werden. Forderte der Ehemann hingegen eine solche Verzierung ihres Körpers, müsse sie sich seinem Begehren fügen und die erforderliche Behandlung klaglos über sich ergehen lassen.

Der Mufti untermauerte seinen Standpunkt, indem er zahlreiche Textpassagen aus dem Koran zitierte und auf einschlägige Hadithen[1] und andere Fatwas verwies.

Die Datei war mit so vielen Textbelegen gefüllt, dass Ludwig eine Woche benötigt hätte, sie auf ihre Richtigkeit zu prüfen.

---

[1] Hadith: Schriftliche Überlieferung der Taten und Aussprüche Mohammeds

Ganz zu schweigen davon, dass ihm das Fachwissen fehlte, den Änderungsantrag inhaltlich zu bewerten. Ob die Scharia und die sie ergänzenden Schriften die von dem Mufti geforderte Verschärfung der betreffenden Verhaltensrichtlinie tatsächlich begründete, konnte er ebenso wenig ermessen wie er beurteilen konnte, ob diese Fatwa korankonform war.

Wie sehr derartige Fragen Auslegungssache der islamischen Gelehrten war, zeigte schon die Tatsache, dass diese aus dem Wort Scharia, das nur einmal im Koran vorkam, ein umfangreiches allgemein verbindliches Rechtssystem abgeleitet hatten, nach dem mehr als eine Milliarde Menschen ihr Leben ausrichteten.

Ludwig beschloss, das Ersuchen mit einer Speichergenehmigung zu versehen. Sein Zeigefinger verharrte dann aber doch einen kurzen Moment über der Absendetaste, denn ihm wurde bewusst, dass die veränderte Fatwa das Leben der islamischen Frauen um ein weiteres Quäntchen unfreier machte. Dann hielt er sich vor Augen, dass die Verhaltensvorschrift nur einen marginalen Bereich des privaten Lebens berührte und schickte die Datei ab.

Einen Moment lang saß er da und starrte blicklos auf den Bildschirm, der nun wieder die Liste der zu bearbeitenden Anfragen zeigte. In den zwei Jahren, die er nun schon für die 2. Abteilung des Ifnes arbeitete, hatte er keine wirklich wichtige Fatwa absegnen müssen. Das Leben der Muslime war schon vor der Islamisierung Europas bis ins Detail geregelt gewesen. Nachdem die Scharia in Deutschland und den anderen europäischen Staaten (mit Ausnahme Italiens, wo die Neo-Katholiken herrschten) das Grundgesetz verdrängt hatte, waren noch zahlreiche auf Europa zugeschnittene Fatwas hinzugekommen. Die Ifnes-Mitarbeiter der Abteilung 2 hatten alle Hände voll zu tun gehabt, die neuen Fatwas ins Netz zu stellen oder durch konkretisierte Fassungen zu ersetzen.

Inzwischen wurde nur noch um Formulierungen gestritten oder man mahnte geringfügige Verschärfungen bestehender Vorschriften an, wie gerade eben.

Ludwig beneidete seine Vorgänger nicht. Sie hatten die neuen Fatwas damals mit einer Speicheraufforderung versehen müssen. Er konnte sich gut vorstellen, dass dem Mitarbeiter nicht ganz wohl in seiner Haut gewesen war, der die Fatwa in den Bereitstellungsapparat hatte abspeichern lassen, die jene als vom Glauben abgefallen brandmarkte, die nicht zum Freitagsgebet erschienen. Eine andere Fatwa wiederum hatte bestimmt, dass das Töten eines vom Glauben Abgefallenen strafrechtlich nicht verfolgt werden durfte. Faktisch bedeutete dies, dass jeder, der nachweislich nicht zum Freitagsgebet erschien, als vogelfrei galt.

Dass bestehende Fatwas außer Kraft gesetzt oder gar gemildert wurden, weil sie sich in der Praxis als zu grausam oder schwer umsetzbar erwiesen hatten, hatte Ludwig bisher nicht erlebt. Er hätte die Mittagspausen eines Monats darauf verwettet, dass dies in der Geschichte der Islamistischen Republik Deutschland noch nie vorgekommen war.

Ächzend fuhr sich Ludwig mit der Hand über den Bart. Erst dann rief er die vorletzte Datei auf, die bis zum Mittagsgebet abgearbeitet werden musste.

Das Speicherersuchen kam, wie die Kennung verriet, von der Rekrutierungsstelle des bundesdeutschen Dschihad-Heers. Das Ifnes wurde aufgefordert, eine Textänderung auf der Heimseite der Militärs vorzunehmen: Der bestehende Eintrag auf der Seite, wo es um die Rekrutierung von Frauen für den Dschihad ging, sollte durch einen beigefügten Absatz ergänzt werden. *In den Dschihad zu ziehen ist die persönliche Pflicht jedes Gläubigen – so auch die der Frauen,* besagte der alte Text, der die Frauen ferner darauf hinwies, dass sie verpflichtet waren, sich unverzüglich zum nächstgelegenen Militärstützpunkt zu begeben, wenn ihnen ein Dschihad-Aufruf zugestellt wurde.

Die Passage sollte durch einen Zusatz ergänzt werden, der Ludwig irgendwie verdächtig vorkam. *Wenn eine Frau sich freiwillig zum Dschihad-Dienst melden will, kann sie dies ohne Erlaubnis ihres Mannes oder Vormundes tun,* hieß es.

Es folgte ein Weiterleitungspunkt, der auf eine Fatwa verwies, auf der die vorangegangene Behauptung angeblich fußte.

Ludwig furchte nachdenklich die Stirn. Für Frauen gab es bisher nur verschwindend wenige Möglichkeiten, sich dem Ehemann zu entziehen, wenn sie ein Zusammenleben nicht mehr ertrugen. Eine Scheidung durften sie nur beantragen, wenn der Mann seine Fürsorgepflicht massiv vernachlässigte, impotent war oder nachweislich Ehebruch begangen hatte.

Diese drei Punkte existierten aber nur pro forma, wie Ludwig wusste: Die Fürsorgepflicht etwa variierte in Umfang und Qualität nach gesellschaftlichem und sozialem Rang eines Mannes, der seinen Rang bei Bedarf für einige Zeit herabstufen konnte, was den Nachweis der Vernachlässigung der Fürsorgepflicht einer Frau fast unmöglich machte. Impotenz kam aufgrund einschlägiger Medikamente, die zu verabreichen zur medizinischen Grundversorgung zählte, auch im hohen Alter nicht mehr vor. Und den Seitensprung eines Ehemannes nachzuweisen war schon deshalb unmöglich, weil das Scharia-Gericht Fotografien von Personen nicht als Beweismittel zuließen, da sie gegen das Bilderverbot verstießen und mit moderner Technik leicht gefälscht werden konnten.

Des Weiteren galt auch bei diesem Delikt inzwischen der Vergeltungsgrundsatz, sodass der geschädigte Ehemann eine Gattin des Mannes beschlafen durfte, den er der Unzucht mit seiner Frau überführt hatte. Dabei war es ihm ausdrücklich gestattet, Gewalt anzuwenden, wenn die Frau sich sträubte. Wollte der Geschädigte stattdessen gegen den Ehebrecher vor Gericht aussagen, verstieß er gegen das islamistische Vergeltungsrecht und machte sich im Sinne der Scharia strafbar.

Fand der Ehebruch jedoch mit einer unverheirateten Frau statt, verlor diese ihre Ehre und würde, wenn sie die Strafe überlebte, keinen achtbaren Mann mehr dazu verführen können, sie zu heiraten und unter seine Fittiche zu nehmen.

Im Gegensatz zum Mann musste die Frau, wenn sie Ehebruch beging, immer mit drastischen Strafen rechnen. Das hatte Ludwig am Beispiel seiner Mutter auf schmerzliche Weise erfahren. Der Ehemann konnte sie verstoßen und steinigen lassen, wenn er diese Strafe für gerechtfertigt hielt.

Genau das hatte sein Vater mit seiner Mutter gemacht.

Ludwig schüttelte die Gedanken ab, die die Anfrage des Dschihad-Heers in ihm ausgelöst hatte. Er wandte sich wieder dem Text zu. Er bot, genau betrachtet, unglücklichen Ehefrauen tatsächlich einen Ausweg aus einer gescheiterten Beziehung, wenn er auch damit verbunden war, sich hartem Drill und der Ausbildung an der Waffe auszusetzen (mit der Aussicht, im Kampf gegen Ungläubige getötet zu werden).

*Dieses Schicksal mag vielen Frauen vielleicht weniger hart erscheinen, als weiter an der Seite eines Mannes zu leben, der sie demütigt und misshandelt,* dachte Ludwig und spürte, dass eine eisige Faust seine Kehle würgte.

Nach Luft ringend öffnete er den obersten Knopf seines Hemdes. Seine Mutter hätte wahrscheinlich, wäre es ihr damals möglich gewesen, nicht gezögert, sich dem Dschihad-Heer anzuschließen, um von ihrem Mann wegzukommen.

Ludwig erinnerte sich noch, in der Koranschule gelernt zu haben, dass vor fünfzig Jahren jede Frau die Freiheit gehabt hatte, in den heiligen Krieg zu ziehen, wenn sie sich dazu aufgefordert fühlte. Verschleierte muslimische Frauen, die unter dem Kleid oder der Burka Sprengstoffgürtel trugen, waren eine der effektivsten Waffen im Kampf gegen die islamfeindlichen Kräfte in Europa gewesen.

Nachdem die westlichen Staaten jedoch im islamistischen Sinne befriedet worden waren und der Dschihad nicht mehr im Landesinnern sondern nur noch an den Fronten der topografischen Glaubensgrenzen geführt wurde, waren viele Muftis dafür eingetreten, Fatwas zu etablieren, die die Entscheidungsfreiheit der Frauen einschränkten, in den Dschihad zu ziehen. Inzwischen hatte sich die Rechtslage umgekehrt. Von sich aus durfte eine Frau nicht mehr den Beschluss fassen, für die Verbreitung des

Glaubens gegen die Islamfeinde in den Krieg zu ziehen. Umgekehrt musste sie aber dem Ruf des Militärs folgen, wenn sie einberufen wurde. Dagegen konnte auch ihr Ehemann keinen Einspruch geltend machen.

Langsam hatte Ludwig sich wieder gefangen. Sein Anfall war abgeklungen. Er kam zu dem Schluss, dass die vom Dschihad-Heer eingeforderte Änderung des Textes nur von jemandem stammen konnte, der nicht auf dem neuesten Stand war. Und dies war eigentlich ein Ding der Unmöglichkeit.

Da die Angelegenheit einer genaueren Untersuchung und Recherche bedurfte, beschloss er, die Datei später zu bearbeiten und markierte sie als verdächtig.

Anschließend wandte er sich dem vorerst letzten Punkt der Liste zu.

Die Speicheranfrage stammte von dem bekannten Berliner Unterhaltungsschriftsteller Ahmed Müller, der seine im Bereitstellungsapparat gespeicherte Heimseite aktualisiert haben wollte, indem seiner umfangreichen Liste veröffentlichter Abenteuerromane drei weitere Titel hinzugefügt wurden.

Ludwig hatte eine Schwäche für Müllers Romane, in denen der islamistische Held permanent christlichen Anfeindungen ausgesetzt war, denen er jedoch mit viel Witz – wenn nötig auch mit der gebotenen Brutalität – begegnete. Ohne viel Federlesen bedachte er die Datei mit einem Speicherauftrag und schickte sie ab.

Seine Gedanken kehrten zu dem als bedenklich markierten Listeneintrag zurück. Da erwachten die Hallenlautsprecher zum Leben. Die durchdringende Stimme eines Muezzins hallte scheppernd über die Kabinenreihen hinweg. Die Bildschirme der Arbeitsstation wurden automatisch abgeschaltet. Es war Zeit sich zum Mittagsgebet ins Erdgeschoss zu begeben!

Ludwig reckte sich und stand auf. Wie meist, wenn die Abarbeitung seiner Liste alle Aufmerksamkeit erfordert hatte, brauchte er einige Sekunden, um sich zu verdeutlichen, wo er überhaupt war. Benommen schaute er über den Rand der ihn umgebenden

Trennwände hinweg in die müden Gesichter seiner Kollegen, die sich ebenfalls von ihren Stühlen erhoben. Hier und da stach der verhüllte Kopf einer Frau aus dem Gewimmel der bärtigen Gesichter hervor. Die eintönigen Kopftücher und Schleier waren kein nennenswerter Blickfang. Ludwig hatte den Eindruck als seien die Frauen gar keine echten Menschen, sondern nur geisterhafte Schatten seiner eigenen nebulösen Vorstellung vom weiblichen Geschlecht.

Er zog die schmale Teppichrolle unter dem Arbeitstisch hervor, klemmte sie unter den Arm und trat aus der Nische heraus.

Eine schwarz gewandete Frau, deren blaue Augen schüchtern aus dem Schlitz hervorschauten, den das stramm gebundene Kopftuch und der Schleier von ihrem Gesicht gelassen hatte, blickte sittsam zu Boden, als Ludwig zu ihr hin schaute. Unterwürfig schob sie sich mit ihrem Gebetsteppich in den Händen an ihm vorbei.

»Ludwig, altes Haus; Gott sei mir dir!«, wurde er in diesem Moment von seinem Kabinennachbarn angesprochen. »Dass ich es in meiner Dienstzeit mal erleben darf, dass du vom Chef gerügt wirst, hätte ich mir nie träumen lassen!«

Anton Hagen schlug Ludwig derb auf die Schulter und grinste breit. Er war ein Durchschnittstyp, der weder auf seine Kleidung noch auf die Pflege seines Bartes viel Wert legte. Er hatte nur eine Frau, der er obendrein auch erlaubte, vormittags in einem Gemüseladen als Verkäuferin zu arbeiten – voll verschleiert, wie sich von selbst verstand. Seine beiden Söhne gingen in die Primaner-Koranschule, seine noch nicht schulpflichtige Tochter war in einem islamischen Mädchenhort untergebracht.

»Mein Auto hatte eine Panne«, sagte Ludwig mürrisch. »Darum dieser ganze Stress.«

Gemeinsam mit Hagen schritt er den Korridor entlang dem Ausgang entgegen. Auf dem Mittelgang herrschte geschäftiges Gedränge und Geschiebe. Das Mittagsgebet würde in wenigen Minuten beginnen. Man musste ins Erdgeschoss hinunter, wo sich die Gebetsräume befanden: Ein großer für die männliche Belegschaft und ein kleinerer, in dem die wenigen für das Ifnes arbeitenden Frauen beteten.

»Allahs Wege sind unergründlich«, ging Hagen auf Ludwigs Bemerkung ein und winkte einigen anderen Kollegen. »Doch die öffentlichen Verkehrsmittel sind wenigstens zuverlässig.« Er grinste verschmitzt. »Es ist überflüssig, sich einen eigenen Wagen anzuschaffen.«

Ludwig winkte ab. Den Gläubigen hatte er sich nur leisten können, weil er keine Frau und keine Kinder zu versorgen brauchte. Dies hämisch anzumerken, konnte Hagen sich für gewöhnlich nicht verkneifen. Offenbar hatte er heute aber ein Nachsehen mit seinem unverheirateten Kollegen, da er, wie Ludwig vermutete, mitbekommen hatte, dass Elia schon in diese Kerbe geschlagen hatte.

Merkwürdigerweise beschämte Ludwig diese Rücksichtnahme mehr als Hagens versteckte Bemerkungen über seine mangelnde Männlichkeit. Er drückte den Gebetsteppich fest an sich und dachte trotzig, dass er den Gläubigen nicht nur wegen der relativen Unabhängigkeit liebte, die der Besitz eines Fahrzeuges mit sich brachte. Der Wagen ersparte ihm außerdem nervtötende Fahrten mit der U-Bahn oder dem Bus. Die missvergnügten bärtigen Gesichter der Männer frustrierten ihn ebenso wie der betrübliche Anblick der verschleierten Frauen.

Unterdessen hatte er die Treppenflucht erreicht. Die breiten marmornen Stufen und Etagenabsätze vibrierten unter den Schritten der zahlreichen abwärts strebenden und munter miteinander plaudernden Mitarbeiter.

Ludwig schob sich zwischen die vom dritten Stockwerk herabkommenden Männer der 3. Abteilung, die für die Abschirmung des Muslimnetzes zuständig waren. Schulter an Schulter mit den Kollegen eilte er die Treppe hinab. Gesprächsfetzen drangen von allen Seiten auf ihn ein; von den Wänden hallten die Stimmen und das Dröhnen der Schritte mehrfach wider.

Am Ende der Treppe musste Ludwig seine Schritte verlangsamen, denn der Menschenstrom war ins Stocken geraten. Auf dem Absatz der ersten Etage war ein Stau entstanden, weil die Mitarbeiter aus den Großraumbüros der 1. Abteilung ebenfalls ins Treppenhaus drängten.

Während er auf die zahlreichen hell- und dunkelschopfigen Köpfe hinabblickte, zwischen denen die wenigen verschleierten Frauen wie verirrte Gespenster anmuteten, dachte Ludwig an seine Zeit in der 1. Abteilung zurück.

Drei Jahre hatte er in dem unüberschaubaren Großraumbüro Dienst verrichtet und sich mit fünf Kollegen einen Gruppentisch geteilt. Seine Tätigkeit hatte darin bestanden, die in den Anfragemodulen abgespeicherten elektronischen Impulse, die die Rechner der Nutzer sendeten, zu sichten und zu bewerten. Die eintönige Arbeit war um einiges schlechter bezahlt als seine jetzige. Wie am Fließband hatte er die Impulse, die in den Anfragemodulen aufgelaufen waren, prüfen und bewerten müssen.

Immer wenn ein Nutzer mit seinem Rechner eine Seite aus dem Muslimnetz aufrufen wollte, klickte er einen der zuvor abgespeicherten Weiterleitungspunkte an, der auf die betreffende Seite verwies. Das Funkmodul des Rechners sendete daraufhin einen Impuls, der in einem Anfragemodul des Bereitstellungsapparates abgespeichert wurde. Nachdem dieser Anfrageimpuls von einem Mitarbeiter der 1. Abteilung geprüft und als unbedenklich eingestuft worden war, wurde er zusammen mit allen anderen begutachteten Anfragen in den Bereitstellungsapparat eingespeist.

Zu diesem Zweck musste vom Pförtner in Anwesenheit eines Ifnes-Mitarbeiters ein Schalter umgelegt werden, der die nötige Verbindung zwischen Modul und Bereitstellungsapparat herstellte. Dieser verarbeitete dann die eingeleiteten Impulse und sandte die angeforderten Daten an die der Anfrage angehängte Nutzeradresse. Wurde die Sendung von dem betreffenden Hausrechner empfangen, legte ein Programm die Inhalte auf dem Speicher ab, sodass sie von dem Nutzer schließlich aufgerufen und angesehen werden konnten.

Diese umständliche und zeitraubende Methode, die einen unmittelbaren Zugriff auf die Inhalte des Bereitstellungsapparates unmöglich machte, gewährleistete, dass keine Schadprogramme in den Datenkubus gelangten oder dass böswillige Nutzer sich in eine Heimseite einhaken und diese manipulieren oder unerwünschte Inhalte auf ihr abspeichern konnten.

Die Vergangenheit hatte gezeigt, dass jede Maßnahme, die auf Programmebene zum Schutz der Bereitstellungsapparate getroffen wurde, von Feinden des Islam irgendwann mittels eines Gegenprogramms ausgehebelt wurde. Die sicherste Methode, das Muslimnetz vor den Angriffen Ungläubiger zu schützen, war, die Datenkuben physisch vom Netz zu trennen und die vorher überprüften Anfragen auf Dateneinsicht nur in kurzen Schüben in die Bereitstellungsapparate einzuspeisen. Die Effektivität dieser von Europäern vor zwanzig Jahren erdachten Methode stand und fiel jedoch mit der Zuverlässigkeit und Sorgfalt der Männer aus der 1. Abteilung.

Inzwischen hatte Ludwig sich zum untersten Treppenabschnitt vorgearbeitet. Anton Hagen hatte er in dem Gewimmel längst aus den Augen verloren, doch das kümmerte ihn nicht. Er wollte seine Ruhe haben und war froh, dass niemand ihn ansprach.

Als die Mitarbeiter in die Erdgeschosshalle strömten, löste sich der Menschenstau auf. Zielstrebig und befreit durchatmend schritt Ludwig auf die Waschbeckenbatterien an der Stirnseite der Halle zu und schob sich vor ein Becken, von dem sich gerade ein Mann abgewandt hatte.

Er zog die Stiefel aus, hängte sie an den Schnürsenkeln an einen noch freien Wandhaken und warf den einem separaten Flur entgegen eilenden Frauen einen verstohlenen Blick hinterher. Dann begann er mit der rituellen Waschung. Dabei stieß er seinem linken Nachbarn versehentlich einen Ellenbogen in die Seite und wurde, als er auf einem Bein stand, um seinen Fuß zu waschen, von seinem anderen Nachbarn so derb angerempelt, dass er beinahe gestürzt wäre.

Als er mit der Waschung fertig war, nahm Ludwig seinen Gebetsteppich und machte das Becken frei. Barfüßig betrat er die Bethalle und suchte sich einen freien Platz, um seinen Teppich auszubreiten. In der Nähe der Mihrab, einer verzierten Nische, die die korrekte Gebetsrichtung anzeigte und über der das Auge einer Kamera glomm, ließ er sich schließlich auf dem Boden nieder.

Die Halle füllte sich schnell. Die letzten Nachzügler hasteten herein, während der Vorbeter sich schon vor der Betnische postierte.

Ludwig kannte den Mann, der das heutige Mittagsgebet leitete, nur zu gut. Kiral Selim war der Sohn türkischstämmiger Eltern, deren Vorfahren mütterlicher- wie väterlicherseits in den 1970er Jahren als so genannte Gastarbeiter nach Deutschland gekommen waren und zu denen gehörten, die mit Vehemenz verhindert hatten, dass ein Angehöriger ihrer Familie jemals einen Deutschen heiratete.

Selim war so alt wie Ludwig. Vor fünf Jahren hatten sie zusammen beim Ifnes angefangen. Selim, der an der Islamischen Akademie in Berlin Informatik studiert hatte, war inzwischen in die 3. Abteilung aufgestiegen, während Ludwig, wegen der unislamischen Umtriebe seiner Mutter nicht zur Hochschule zugelassen, kaum eine Chance auf Beförderung hatte.

Ludwig spürte ein Brennen im Hals. Es ärgerte ihn: Immer wenn er Selim sah, musste er daran denken, wie gern er studiert hätte. Wie hatte es ihn erniedrigt, als die Universitätsverwaltung ihm mitgeteilt hatte, seine Glaubensstandhaftigkeitsprüfung hätte zu wenig Punkte ergeben, sodass er unter den Numerus Clausus fiel.

Er hatte die Ablehnung nicht hinnehmen wollen. Da man ihm auf seine schriftlichen Anfragen nicht geantwortet hatte, hatte er sich selbst auf den Weg ins Sekretariat der Universität gemacht. Sein Erscheinen hatte für Aufregung gesorgt. Offenbar kam es selten vor, dass ein abgelehnter Studienanwärter darauf bestand zu erfahren, warum sein Prüfungsergebnis so schlecht ausgefallen war.

Die eine Burka tragende Sekretärin, der Ludwig wegen des Gesichtsstoffgitters nicht in die Augen sehen konnte als er mit ihr stritt, wusste sich schließlich nicht mehr zu helfen und hatte ihn nach einer kurzen Rücksprache mit ihrem Vorgesetzten zum Direktor der Zulassungsstelle vorgelassen. Der hatte Ludwig schließlich erklärt, dass der Test ihn zwar als aufrechten Muslim eingestuft hatte, dass man bei der Überprüfung seiner Eltern jedoch auf die Akte gestoßen war, die die Glaubenspolizei von seiner leiblichen Mutter angelegt hatte. Ihre Verfehlungen und Verstöße gegen die Scharia wären so eklatant, dass Ludwigs Punktewert um mehrere Zähler hatte herabgestuft werden müssen.

Ludwig hielt dem entgegen, dass er für das Verhalten seiner Mutter nicht verantwortlich sei. Doch das wollte der Direktor nicht gelten lassen: Es sei gängige Praxis, bei Bewertungen dieser Art das Verhalten der Eltern mit einfließen zu lassen. Ludwig hätte als guter Muslim dafür sorgen müssen, dass seine Mutter die Scharia befolgt, wenn sein Vater schon zu schwach gewesen sei, dies zu tun...

Mit diesen Gedanken im Kopf verrichtete Ludwig routiniert die Gebetsriten. Die Handlungen waren ihm so sehr in Fleisch und Blut übergegangen, dass er sie ohne Überlegen korrekt ausführte. Ehe er sich versah, hatte er wie die anderen in der Halle versammelten Männer die abschließenden Grußworte gemurmelt. Das Mittagsgebet war zu Ende.

Verstimmt rollte Ludwig seinen Teppich zusammen. Das grüne, mit verschlungenen goldenen Ornamenten verzierte Gewebe, war abgenutzt und verschlissen. Es wurde Zeit, dass er sich einen neuen Teppich zulegte, sonst wurde seine Nachlässigkeit noch von einem übereifrigen Kollegen als unislamischer Akt gedeutet.

Es war schon lästig genug, dass Elia ihn ständig ermahnte, endlich zu heiraten.

Als Ludwig sich aufrichtete, stand Kiral Selim vor ihm. Ein joviales Lächeln umspielte die von einem dichten schwarzen Bart umgebenen Lippen des jungen Mannes.

»Salam aleikum, Ludwig«, grüßte er freundlich und nahm die Gebetskappe vom Kopf.

»Aleikum salam«, erwiderte Ludwig kurz angebunden.

Selim fasste Ludwig am Ellenbogen, als er sich abwenden wollte. »Warte einen Augenblick.«

»Was gibt es denn?«

»Wie lange kennen wir uns schon?« Der Plauderton, den der Türke angestimmt hatte, ließ Ludwig nichts Gutes ahnen.

»Einige Jahre«, antwortete er und entzog seinen Arm Selims Griff, indem er gleichmütig mit den Schultern zuckte.

Selim nickte gewichtig. »Ich fühle mich dir verbunden, Ludwig. Wir haben damals zur selben Zeit beim Ifnes angefangen.«

*Das hätte dir einfallen können, als wir zur Beförderung in die 2. Abteilung vorgeschlagen wurden und man sich für dich entschied,* dachte Ludwig unversöhnlich. *Weil du dich in den Vordergrund gedrängt und dein Studium ins Spiel gebracht hast, musste ich noch ein Jahr auf meine Beförderung warten, obwohl ich als fleißiger und gewissenhafter eingestuft wurde als du!*

»Das ehrt mich natürlich«, sagte er und zwang sich ein Lächeln ab.

Selim strich sich selbstgefällig über die Brust. »Ich hoffe, du gestattest mir eine freundschaftliche Bemerkung.«

»Nur zu – wir sind ja quasi Freunde.«

Der Türke nickte beipflichtend. Flüchtig sah er sich in dem sich schnell leerenden Raum um – als wolle er sich vergewissern, dass niemand sie belauschen konnte. Dann sagte er mit gedämpfter Stimme: »Findest du nicht auch, dass es für dich langsam an der Zeit ist, sich zu vermählen?«

Ludwig seufzte entnervt. »Hat Herr Elia etwa auf dich eingewirkt? Er lag mir mit diesem Thema heute Morgen auch schon in den Ohren.«

Selim schüttelte den Kopf. »Seit Kurzem gehöre ich dem Beförderungsausschuss an«, erklärte er. »Heute Vormittag wurde eine Sitzung abgehalten. Man sprach auch über dich. Nicht nur dein Fleiß und deine Verlässlichkeit wurden lobend erwähnt, sondern auch deine erstaunliche Auffassungsgabe. Du scheinst ein intuitives Gespür für glaubensrechtliche und technische Belange zu haben. Man wäre durchaus bereit, dich demnächst in die 3. Abteilung zu versetzen.«

Ludwig starrte sein Gegenüber verdattert an. Mit allem hatte er gerechnet, nur nicht damit, dass Kiral Selim ihm eine Beförderung in Aussicht stellte.

»Das... ist ja großartig«, sagte er.

Selims Gesichtsausdruck hatte einen ernst-nachdenklichen Ausdruck angenommen. »Ich konnte unter viel gutem Zureden gerade noch verhindern, dass dein Name wieder von der Beförderungsliste gestrichen wurde.«

Ludwig hatte das Gefühl, er würde in ein Becken mit eiskaltem Wasser gestoßen. »Ich verstehe nicht – hast du nicht eben gesagt, ich soll befördert werden?«

Der Türke legte ihm beruhigend eine Hand auf die Schulter. »Das wirst du auch – nur musst du dazu verheiratet sein, mein Lieber. Ich habe den Männern gesagt, dass bei dir demnächst eine Verlobung ansteht.«

»Wie bitte?« Ludwig taumelte benommen zurück.

»Nun kuck nicht so entgeistert. Was ist so schlimm daran, mit einer Frau zusammenzuleben?«

»Nichts«, sagte Ludwig. »Es ist halt nur so, dass ich keine Frau kenne, die ich zu meiner Gattin machen könnte.«

Das stimmte nicht ganz. Ludwig hatte sich bisher nur nicht dazu durchringen können, eine der Frauen, die ihm im Laufe der Jahre von Vätern oder Brüdern vorgestellt worden waren, näher kennen zu lernen, geschweige denn zu heiraten.

Die meisten Ehen in Deutschland wurden von Vätern arrangiert, wenn die Kinder noch klein waren. Mit der Wahl des zukünftigen Schwiegersohnes erhoffte sich der Vater nicht selten den gesellschaftlichen Aufstieg seiner Familie; die Väter der Söhne hingehen spekulierten auf hohe Mitgift.

Wegen der Verfehlungen seiner Mutter hatte der Vater des Mädchens, das Ludwig einst versprochen worden war, seine Zusage jedoch zurückgezogen.

Ein solches Schicksal konnte auch ein Mädchen treffen, wenn es unkeusch war oder aus einem anderen Grund bei der Familie des Bräutigams in Ungnade fiel. Aus diesem Grund gab es immer genügend allein stehende Frauen, die einen Ehemann suchten. Ludwig war jedoch der Meinung, dass er in seinem Leben auch ohne Ehefrau zurechtkam. Ein Trugschluss, wie er heute nicht zum ersten Mal feststellte.

Selim grinste amüsiert, als er Ludwigs bärtiges Gesicht betrachtete, auf dem sich seine wechselnden Gefühl offenbar deutlich abzeichneten. »Du bist ein seltsamer Kauz, Ludwig.«

»Warum hast du dem Beförderungsgremium weisgemacht, dass bei mir eine Verlobung ansteht, Kiral? Das ist doch gelogen!«

Selim ließ sich nicht aus der Ruhe bringen. »Nun – ich bin davon ausgegangen, dass du alles tust, um befördert zu werden. Ist es nicht so?«

»Schon«, räumte Ludwig ein. »Aber heiraten? Wo soll ich so schnell eine Braut hernehmen, die mir auch wirklich gefällt?«

»Lass das nur meine Sorge sein.« Selim schaute auf seine Armbanduhr. »Die Frauen müssten ihre Essensration inzwischen erhalten haben. Komm mit. Ich möchte dir ein junges Ding zeigen, das noch zu haben ist.«

Ludwig blinzelte perplex. »Du hast ein Treffen mit einer Mitarbeiterin arrangiert?«

»Lass dich überraschen.« Selim marschierte los und gab Ludwig mit einem übertrieben verschwörerischen Wink zu verstehen, ihm zu folgen.

\*

Die Halle lag verlassen da. Auch die Waschbeckenbatterien waren verwaist. Lediglich Pfützen zeugten von dem hektischen Gedränge, das vor dem Mittagsgebet hier geherrscht hatte. Ludwigs Stiefel und Kiral Selims Halbschuhe hingen verloren an ihren Schnürbändern an der Wand.

Aus Richtung der Männerkantine, zu der die Türen am gegenüberliegenden Ende der Halle führten, schallten Stimmengewirr und raues Lachen herüber. Der Geruch nach Kartoffelbrei und fettem Hammelfleisch hing in der Luft.

Nachdem sie die Schuhe angezogen hatten, zog Selim Ludwig zu dem Flur, der in den Frauenbereich führte.

»Männer haben hier doch keinen Zutritt.« Ludwig deutete unbehaglich auf das Schild mit dem Piktogramm an der Wand neben dem Korridoreingang. Die Figur eines Mannes war dort wie auf einem Halteverbotsschild rot eingekreist und mit einem Balken durchgestrichen.

Selim fasste Ludwig am Oberarm. »Hier gibt es keine Kameras«, sagte er leise. »Falls uns jemand erwischt, sagen wir, dass uns der Zucker für den Tee ausgegangen ist, und wir etwas aus der Küche der Frauenkantine holen wollen.«

Ludwig hielt den Atem an und folgte seinem Kollegen widerstrebend. Außer einem langen, schlecht beleuchteten Flur, von dem mehrere Türen abzweigten, war jedoch nicht viel zu sehen.

Selim schien sich in dem Frauenbereich gut auszukennen. Zielstrebig steuerte er eine Tür an, öffnete sie und bugsierte Ludwig in den dahinter liegenden Raum, offenbar die Vorratskammer der Kantinenküche. In der Mitte und an den Wänden ragten Stahlregale bis an die Decke auf. Sie waren angefüllt mit Kartons voller Konserven und Trockengerichten. In den Kisten lagen frisches Gemüse und Kräuter.

Die Tür dem Eingang gegenüber hatte im oberen Drittel ein Fenster, durch das ein Ausschnitt der Küche zu sehen war, in der schattenhafte Frauengestalten geschäftig umherhuschten.

Ludwig, der großen Hunger verspürte, warf den luftgetrockneten Rindfleischwürsten, die an Haken unter der Decke hingen, einen sehnsuchtvollen Blick zu. Doch Selim schob ihn zu einer unscheinbaren schmalen Tür. Dahinter tat sich eine enge Kammer auf, deren Wände mit Sicherungskästen gespickt waren.

Nachdem Selim die Tür leise hinter sich ins Schloss gedrückt hatte, stellte er sich vor einen Kasten hin, packte ihn und klappte ihn von der Wand weg.

Dahinter kam ein kleines Fenster zum Vorschein. Es wies, wie Ludwig erschreckt bemerkte, direkt in den Speisesaal der Frauen.

Verschämt wich er zurück, während Selim den Kopf ungeniert vorschob, um besser in den Speisesaal spähen zu können.

»Keine Sorge!«, zischte er. »Sie können uns nicht sehen. Das Glas ist auf ihrer Seite verspiegelt.« Er warf Ludwig über die Schulter hinweg einen listigen Blick zu. »Wenn wir Glück haben, stellt sich gleich eine vor den Spiegel, um ihr unverschleiertes Gesicht zu betrachten.«

»Ist das nicht verboten?« Ludwig biss sich auf die Unterlippe, denn ihm wurde bewusst, wie idiotisch seine Bemerkung war.

»Da ist sie«, sagte Selim plötzlich. Er trat zurück und winkte Ludwig heran. »Das junge Ding am linken Ende der dritten Tischreihe. Was für ein Glück! Sie hat einen Platz gewählt, der dem Spiegel zugewandt ist.«

Da Ludwig zögerte, fasste Selim ihn an der Schulter und schob ihn zum Fenster.

Ludwig hatte das Gefühl, eine eiskalte Hand lege sich auf seine Stirn. Um ungestört essen und trinken zu können, hatten die Frauen Schleier und Kopftuch abgelegt. Sie plauderten zwanglos, lachten oder widmeten sich schweigend ihrer Mahlzeit.

Ludwig war wie betäubt. Nie zuvor hatte er in so viele Frauengesichter auf einmal gesehen.

Während seiner wenigen Verabredungen mit ledigen Frauen, die ihre Väter in der Erwartung arrangiert hatten, er würde eine bisher Verschmähte heiraten, war ihm meist auch ein Blick auf das Antlitz der Jungfer gestattet worden. Doch die Gesichter, die die Verschleierten nur zögernd enthüllten, wenn man sie dazu anwies, hatten stets angespannt und verkniffen auf ihn gewirkt. Die Frauen waren seinem Blick ausgewichen und hatten sich verzweifelt zu lächeln bemüht. Fast alle spielten in einer solchen Situation nervös mit ihren im Schoß liegenden Händen und sprachen, wenn überhaupt, mit leiser, gebrochener Stimme. Die Gesichter dieser verschüchterten Frauen hatten nicht annähernd so schön und natürlich gewirkt wie das seiner Mutter, an das er sich lebhaft erinnerte. Ludwig graute bei der Vorstellung, mit einer solch nichtssagenden Gestalt zusammenleben zu müssen.

Als er nun in die unbefangenen Gesichter dieser so unterschiedlichen Weibsbilder blickte, ahnte er, warum ihm die Fratzen der anderen Jungfern so unsympathisch erschienen waren: Hätte auch nur eine die Gelassenheit und Ungezwungenheit an den Tag gelegt, wie diese sich unbeobachtet wähnenden Frauen, hätte er vielleicht einem weiteren Treffen zugestimmt. Doch die elende Verklemmtheit und Unterwürfigkeit, die aus ihren Mienen gesprochen hatte, hatte ihn vehement abgestoßen.

Ludwig wusste nicht, wohin er zuerst schauen sollte. Viele der Gesichter in der Kantine wirkten erschöpft und müde. Auch war das Alter der Frauen unterschiedlich. Ganz zu schweigen von den anatomischen Besonderheiten, die vermuten ließen, aus welchen Regionen ihre Vorfahren stammten.

Trotz dieser Unterschiede und der Tatsache, dass er viele dieser Gesichter als nicht sonderlich schön bezeichnen würde, strahlte jede Frau eine ungezwungene Natürlichkeit aus, die ihm gefiel.

»Und? Wie findest du sie?« Selims Worte zerstörten den Zauber, in dem Ludwig gefangen war, augenblicklich. Verlegen stellte er sich auf die Zehenspitzen und spähte zum Ende der dritten Tischreihe hinüber.

Die dort sitzende junge Frau hatte das schmucklose Kopftuch abgestreift und um ihre Schultern drapiert. Wie die meisten Frauen, die nicht von ihren Männern oder ihrem Vormund angehalten wurden, sich in einen Hidschab, einen Ganzkörperschleier, zu hüllen, trug sie ein schlichtes farbloses Kleid. Ihr Haar war dunkelbraun und drahtig gelockt. Sie hatte die kraftstrotzende schulterlange Mähne mit Spangen gebändigt, sodass ihre Stirn frei war und keine Strähne unter dem Kopftuch hervorlugen konnte. Ihre Wangenknochen hoben sich leicht von den fein geschnittenen Gesichtszügen ab, und ihre mandelförmigen grünen Augen spähten aufmerksam und intensiv umher, als wollten sie die Umgebung ausloten. Was sich an Rundungen andeutungsvoll unter dem weiten Kleid abzeichnete, ließ in Ludwig das Bild eines sinnlich-üppigen Frauenkörpers entstehen.

»Sie ist... wunderschön«, hauchte er. »Und du bist dir sicher, dass sie noch unverheiratet ist?«

»Diese Information habe ich aus sicherer Quelle, mein Freund.«

Ludwig furchte die Stirn und versuchte sich vorzustellen, welche Umstände dazu geführt haben konnten, dass sich kein Mann gefunden hatte, der diese schöne wilde Blume sein eigen nennen wollte.

»Ihre Eltern und ihr Ehemann sind in der Schweiz bei einem Autounfall ums Leben gekommen«, erklärte Selim, der wohl ahnte, welche Gedanken Ludwig durch den Kopf gingen. »Es war vor gut einem Jahr. Sie hat in der Schweiz alle Zelte abgebrochen und ist nach Berlin gekommen, um ein neues Leben zu beginnen.«

In diesem Moment führte die junge Frau den Löffel an den Mund und aß von der Suppe, die in einer dampfenden Schüssel vor ihr stand. Es war ein sinnliches Erlebnis zu beobachten, wie ihre vollen Lippen den Löffel umschlossen und sie ihn mit einem eleganten Drehen des Handgelenkes leer aus dem Mund zog.

»Wie heißt sie?«, fragte Ludwig leicht benommen.

»Ich dachte, du würdest es nie fragen.« Selim lachte verhalten. »Sie heißt Doria Shalik. Ihre Mutter war Deutsche, ihr Vater Araber.«

Doria neigte sich zu ihrer Nachbarin, einer hageren, schlanken Person, deren weit geöffnete Augen sie aussehen ließen, als hätte sie Schreckliches erblickt. Doria lauschte der Frau und nickte dann, ohne etwas zu erwidern.

»Seit einer Woche arbeitet sie als Sekretärin im Büro meines Abteilungsleiters«, sagte Selim. »Sie ist ziemlich fleißig.«

Ludwig erinnerte sich, dass Anwar Kolmar, der Chef der 3. Abteilung, vor kurzem seine Sekretärin geheiratet hatte. Sie war seine dritte Frau. Wie seinen anderen Weibern hatte er auch ihr anschließend verboten zu arbeiten. Dadurch war die Sekretärinnenstelle vakant geworden.

Ihm behagte die Vorstellung nicht, dass Doria für diesen schmierigen Kerl arbeitete.

Dann schüttelte er belustigt den Kopf. Er benahm sich ja jetzt schon wie ein eifersüchtiger Ehemann!

Selim berührte ihn am Oberarm. »Wir müssen gehen.«

Ludwig atmete durch, warf noch einen letzten Blick auf Doria und trat dann vom Fenster zurück. Selim klappte den Sicherungskasten zurück. Bevor er aber die schmale Tür in die Vorratskammer öffnete, legte er lauschend ein Ohr ans Türblatt. Dann erst spähte er durch den Türspalt und winkte Ludwig, ihm zu folgen.

Als sie wenig später unbehelligt die Halle erreichten, atmete Ludwig erleichtert durch. Erst jetzt merkte er, wie verschwitzt er war. Nie zuvor hatte er etwas Verbotenes getan. Er hatte ein schlechtes Gewissen und war sicher, dass die kleine Verfehlung ein übles Nachspiel haben würde. Er war verrückt! Dass er sich überhaupt auf dieses Unternehmen eingelassen hatte!

»Ob ich Doria wohl irgendwie offiziell vorgestellt werden könnte?«, hörte er sich fragen.

»Ich werde sehen, was sich machen lässt«, erwiderte Selim. »Soviel ich weiß, hat sie keinen Vormund.«

Sie betraten die Männerkantine. Kaum einer beachtete die beiden Nachzügler, die sich der Essensausgabe näherten. Von der Suppe war nur ein kläglicher Rest geblieben, den ein Küchengehilfe ihnen mit finsterer Miene in Tonschalen füllte. Sie fanden zwei gegenüberliegende freie Plätze und setzten sich an den Tisch.

»Warum tust du das für mich?« Ludwig hob den Löffel und ließ die helle Brühe, auf der kaum Fettaugen schwammen, in die Schale zurück plätschern. Ein paar fade aussehende Erbsen und Karottenstückchen schwammen darin. Fleischbrocken waren nicht mehr übrig gewesen. Sie würden sich den Magen mit dem zurechtgeschnittenen Weißbrot aus den Körben füllen müssen, um satt zu werden.

Selim zuckte mit den Schultern und schaufelte die Suppe in sich hinein. »Wir sind doch Brüder im Glauben, Ludwig. Außerdem hat es meine Beförderung beschleunigt, als ich in der ersten Abteilung mit dir zusammen in einer Gruppe war. Unsere Gemeinschaft war die effektivste. Es hat nicht unbedingt an mir gelegen, wenn du weißt, was ich meine. Du hast also etwas gut bei mir.«

Ludwig schluckte hart an dem Brotklumpen in seinem Mund und nickte. Offenbar hatte er sich in Kiral Selim getäuscht. Er war doch gar kein so schlechter Mensch, wie er immer gedacht hatte.

\*

Die Suppe hatte einen faden Geschmack in Ludwigs Mund hinterlassen, den auch das Weißbrot und der anschließend genossene bittere Schwarztee nicht hatten tilgen können. In seinem Magen rumorte es vernehmlich, als er in seiner Nische saß und auf den Bildschirm starrte.

Irgendwie wollte es ihm nicht gelingen, sich zu konzentrieren. Immer wieder musste er an seinen Gläubigen denken – und an das hübsche Gesicht Doria Shaliks.

Seinen Wagen, fand er, würde er nun noch viel dringender benötigen als zuvor. Es würde Doria sicher beeindrucken, wenn er mit dem eigenen Auto zu ihrem ersten Treffen erschien – oder wenn er sie, nachdem sie einander offiziell vorgestellt worden waren, zum Essen ausführte.

*Wenn es doch nur schon so weit wäre,* dachte er nervös. *Wenn ich doch nur ihre Stimme hören und ihr mal aus der Nähe in die Augen sehen könnte!*

Doch schon im nächsten Moment klang sein Hochgefühl wieder ab, und er war sicher, dass seine schönen Tagträume schnell zerplatzten, weil es sich als unmöglich erwies, ein Treffen mit ihr zu arrangieren. Er konnte schließlich nicht einfach auf sie zugehen und sie ansprechen, solange kein Anlass dazu bestand. So etwas war unschicklich. Sie würde es sicherlich falsch verstehen.

Es gab für den Umgang mit einer Frau drei verbindliche Richtlinien: Kannte man sie nicht, wahrte man strenge Distanz. War sie eine Verwandte, war das Verhältnis zu ihr geschwisterlich vertraut, wobei die Interessen des Mannes stets im Vordergrund standen und sie ihm gehorchen musste. Die Ehefrau aber war dem Gatten absolut hörig. Was er sagte und verlangte, war Gesetz; sie hatte sich unterzuordnen, genoss dafür aber seinen unumschränkten Schutz.

Die Vorstellung, eine Frau wie Doria könnte ihm eines Tages hörig sein, hatte etwas Berauschendes; Ludwig musste es sich unumwunden eingestehen. Er würde diese Frau besitzen – und niemand konnte sie ihm streitig machen, ohne mit der Scharia in Konflikt zu geraten.

Sein Einkommen reichte zwar nur für ein bescheidenes Zuhause, doch wenn das erste Kind geboren war, würde Doria keine Zeit haben, daran etwas auszusetzen. Und vielleicht wurde er demnächst ja tatsächlich befördert...

Ludwig lächelte verklärt. Er wunderte sich, wie schnell die fremde Frau Bestandteil seines Denkens geworden war. Heute

Morgen hätte er jeden müde belächelt, der gesagt hätte, er würde demnächst einem Treffen mit einer ledigen Frau entgegenfiebern statt sich Worte zurechtzulegen, mit denen er dem Vater einer Jungfer schonend beibrachte, dass er nach der Gegenüberstellung an weiteren Verabredungen nicht interessiert sei.

»Hör endlich auf zu träumen«, murmelte er und versuchte sich auf die Datei zu konzentrieren, die er schon vor etlichen Minuten zur Überprüfung geöffnet hatte.

Es handelte sich um einen detaillierten Bericht über die Kämpfe um die Kanalinseln. Der Text war vom Adjutanten eines Generals Jamal Aulay verfasst und per Kurier an alle europäischen Niederlassungen des Ifnes verschickt worden.

Dem Bulletin nach war es dem französischen Dschihad-Heer gelungen, den Puritanern die dem Golfe de Saint-Malo vorgelagerten britischen Inseln Guernsey und Jersey abzutrotzen. Diese von den Engländern zu Festungen ausgebauten Inseln waren seit Jahrzehnten Schauplatz gewaltiger Materialschlachten. Wenn die islamistischen oder puritanischen Ingenieure eine neue Waffe entwickelt oder bestehende Waffensysteme verbessert hatten, konnte man fest damit rechnen, dass sie bei den Kanalinseln ausprobiert wurden.

Die Erfolgsmeldung General Aulays war nicht der erste Bericht, den man Ludwig aus dieser Kampfzone zur Überprüfung vorlegte. Die Kanalinseln waren schon öfters eingenommen worden, aber später wieder an die Puritaner gegangen.

Von der Rückeroberung durch die Christen wurde in den islamistischen Ländern nur spärlich berichtet. Von Niederlagen erfuhr man zumeist erst dann, wenn ein erneuter Bericht über die erfolgreiche Rückeroberung auftauchte.

Dass die Inseln auch diesmal dem Grünen Gürtel nicht endgültig einverleibt werden konnten, deutete der letzte Absatz des Berichts an, in dem davon die Rede war, dass die Überreste der auf Guernsey und Jersey stationierten Puritanerbrigaden sich mit den verbliebenen Luftkissenfahrzeugen zur nordöstlich gelegenen Insel Alderney zurückgezogen und verschanzt hatten.

Vom Sieg angestachelt versammelten die Generäle bei La Roche derzeit neue islamistische Verbände, um die nur wenige Seemeilen von der französischen Küste liegende Insel anzugreifen. Alderney war der letzte vorgelagerte Stützpunkt der Puritaner. Die Engländer würden ihn erbittert verteidigen. In den kommenden Wochen würden von diesem Frontabschnitt sicherlich noch weitere Meldungen eintreffen. Sollte dies nicht geschehen, musste man wohl davon ausgehen, dass die Puritaner die Inseln wieder zurück gewonnen hatten.

Nachdem Ludwig sich von der Echtheit des Feldpostsiegels überzeugt und die Reputation des Generals überprüft hatte, gab er dem Bericht eine Speichergenehmigung. Der martialische Text, in dem das Blut der Ungläubigen nur so spritzte und mit der Beschreibung hervorquellender englischer Gedärme und Hirnmasse nicht geizte, würde wie gefordert auf der Heimseite des europäischen Dschihad-Heers in der Rubrik *Kampfberichte* abgespeichert werden und die alte Version ersetzen.

Derartige Reportagen wurden von Nutzern des Muslimnetzes fast so häufig aufgerufen wie Fatwas. Jeder einigermaßen moderne Rechner war mit einem Sprachausgabeprogramm versehen, das die Netztexte flüssig und mit dem nötigen markigen Unterton vorlas, sodass der interessierte Zuhörer nicht umhin konnte, sich von den detaillierten Gefechtsschilderungen mitreißen zu lassen.

Ludwig wollte gerade eine neue Datei aufrufen, als jemand gegen die Trennwand seiner Arbeitsnische klopfte.

Zerstreut drehte er sich auf dem Stuhl herum. »Kiral!«, rief er gedämpft, als er seinen Kollegen aus der 3. Abteilung erblickte. »Was hast du denn hier verloren?«

»Na, was schon.« Selim steckte ihm so, dass seine Hand von der Kamera über dem Bildschirm nicht erfasst werden konnte, einen Zettel zu. »Mehr kann ich für dich nicht tun, Kumpel.«

Verdattert und ohne ihn anzusehen schob Ludwig den Fetzen in die Hosentasche.

Selim blinzelte verschwörerisch. »Viel Glück. Vergiss nicht, mich zur Hochzeit einzuladen, wenn es so weit ist.« Er wollte sich abwenden. Doch nun tauchte Hannes Elia hinter ihm auf.

»Kiral«, sagte er mit einem ätzenden Unterton. »Seit Sie in die dritte Etage versetzt wurden, haben Sie sich hier nicht mehr blicken lassen. Was verschafft uns die Ehre Ihres unverhofften Besuches?«

Er blickte an Selim vorbei zu Ludwig. »Sie halten meine Mitarbeiter doch wohl nicht von der Arbeit ab? Ich würde mich gezwungen sehen, diesen Vorfall Ihrem Vorgesetzten zu melden.«

Ludwig spürte, dass ihm das Blut ins Gesicht schoss. Selim war ein Risiko eingegangen, als er ihm den Zettel zuspielte. Die Nachricht brachte ihn vielleicht mit Doria zusammen. Er durfte nicht zulassen, dass sein Kollege deswegen in Schwierigkeiten geriet. Plötzlich hatte er eine Idee.

»Ich habe ihn gebeten, sich eine Datei anzusehen, die mir verdächtig erschien«, sagte Ludwig, ohne lange nachzudenken.

Elia zog eine Augenbraue in die Stirn. »So? Und warum kommen Sie damit nicht zu mir?«

»Nun – ich glaube, diese Datei ist eher etwas für die Indoktrinationsabwehr.«

Er drehte sich mit seinem Stuhl wieder der Arbeitsstation zu. Weil er an Doria und seinen Gläubigen gedacht hatte, hatte er die verdächtige Datei vergessen und war stattdessen mit der Abarbeitung der Liste fortgefahren.

Hastig führte Ludwig den Zeiger auf dem Bildschirm zu der Listenzeile, die zum Aktualisierungsantrag der Dschihad-Rekrutierungsabteilung führte und klickte sie an.

»Schauen Sie mal«, sagte Ludwig, als die Datei offen war. »Dieser Text bezieht sich auf eine Passage, die unlängst geändert wurde.«

Die beiden Männer beugten sich über Ludwigs Schultern.

»In der Tat«, sagte Elia wichtigtuerisch und schüttelte den Kopf. »Es wäre mir neu, wenn die Frauen wieder selbst bestimmen dürften, ob sie in den Dschihad ziehen – und das auch noch über den Kopf ihres Ehemannes hinweg.«

Er prustete abfällig und richtete sich wieder auf. »Ich verstehe allerdings nicht, warum die dritte Abteilung sich mit diesem Unfug befassen sollte. Lassen Sie die Datei löschen, Ludwig – und damit hat es sich.«

»Ich hätte es längst getan, wenn da nicht dieser Weiterleitungspunkt gewesen wäre.« Ludwig deutete mit dem Finger auf die betreffende Stelle. »Er verweist angeblich auf eine Fatwa, die dem Änderungsgesuch der Rekrutierungsstelle zugrunde liegt.«

»Eine solche Fatwa kann es unmöglich geben«, sagte Selim.

»Eben«, bekräftigte Ludwig. »Darum glaube ich, dass dieser Weiterleitungspunkt ein Schadprogramm oder einen anderen Angriffsversuch der Christen beinhaltet.«

Der Abteilungsleiter war still geworden. Ludwig, der ins Blaue hinein spekuliert hatte, machte sich an seinem Schaltpult zu schaffen. Er isolierte den Weiterleitungspunkt und wechselte auf die Programmierungsebene. Auf dem Bildschirm erschienen nun mehrere Zeilen, die aus Befehlszeichen bestanden.

»Das ist alles andere als ein Weiterleitungspunkt, der auf eine Seite des Muslimnetzes verweist«, stellte Selim fest, der die Zeilen aufmerksam studierte.

Er klopfte Ludwig anerkennend auf die Schulter. »Du hast da tatsächlich einen ziemlich dicken Fisch am Haken, mein Junge.«

»Womit haben wir es zu tun, wenn nicht mit einem Weiterleitungspunkt?«, fragte Elia. »Einige der Befehlszeichen sind mir vertraut. Sie weisen das betreffende Programm in einem Nutzerrechner an, eine Anfrage für die Inhalte einer Heimseite abzuschicken.«

»Da haben Sie recht«, sagte Selim. »Doch diese Zeichen hier rufen nicht bloß einen Netzinhalt auf, sie aktivieren ein Programm!« Mit dem Finger seines über Ludwigs Kopf ausgestreckten Arms deutete er auf einige Sonderzeichen.

»Um was für ein Programm mag es sich dabei handeln?« Es war für Ludwig unüberhörbar, wie ratlos und überfordert der Abteilungsleiter war.

»Das haben wir gleich.« Selim richtete sich auf. »Ludwig – trenn` die Arbeitsstation vom Sekundärspeicher des Bereitstellungsapparates. Dann wirst du den Weiterleitungspunkt aktivieren.«

Ludwig warf Elia über die Schulter einen fragenden Blick zu. Als dieser zustimmend nickte, führte er die Anordnung aus. Als er den Weiterleitungspunkt kurz darauf anklickte, geschah erst einmal nichts. Dann erlosch plötzlich der Bildschirm, woraufhin sich vom unteren Rand der nun dunklen Fläche ein helles Rechteck nach oben schob.

Während das Rechteck immer mehr Bildschirmfläche einnahm, baute sich flimmernd eine Szene auf.

Die von Streifen und flimmernden Punkten durchzogene Darstellung zeigte einen beleibten Mann in einer schwarzen Robe. Ein weißes Bäffchen umschloss seinen feisten Hals. Er stand hinter einem roh gezimmerten Holzaltar, hatte das runde Gesicht frisch rasiert und trug das Haar schulterlang. Hinter ihm erhob sich eine schmucklose Holzwand.

Der Mann hob salbungsvoll die Arme und lächelte andeutungsweise. »Wir alle sind Sünder in der Hand eines zürnenden Gottes«, schallte es aus dem eingeschalteten Lautsprecher.

»Ein puritanischer Priester!«, rief Elia entsetzt. »Schalten Sie diese Blasphemie sofort aus!«

Ludwig schlug mit der flachen Hand auf die Schaltflächen.

»Euer Fuß wird straucheln, Ungläubige, wenn ihr weiter auf falschen Wegen...«

Die Stimme verstummte im selben Augenblick, in dem das streifige Bild kollabierte.

Schockiert stierte Ludwig den dunklen Bildschirm an.

»Das ist ja ungeheuerlich!«, entfuhr es Elia. »Wie ist es nur möglich, dass wir diese ketzerische Botschaft unserer Feinde empfangen konnten?«

»Arbeitsstationen funktionieren so ähnlich wie handelsübliche Heimrechner«, erklärte Selim. »Als Ludwig den Weiterleitungspunkt anklickte, wurde ein Programm aktiviert. Es hat das Funkmodul einen Impuls abschicken lassen, der vom Empfänger als Anfrage interpretiert wurde.«

»Aber... Sind unsere Bereitstellungsapparate etwa verseucht?«

Selim schüttelte den Kopf. »Der Impuls ist von keinem Gerät empfangen worden. Da bin ich mir sicher.«

»Sondern?«, fragte Elia entgeistert.

Ludwig nickte wissend. »Von einer Station der Puritaner.«

Elia schnaubte verächtlich. »Unsere Störsender an den Grenzen verhindern doch, dass ein Anfrageimpuls aus dem Geltungsbereich des Wahren Glaubens hinaus dringt. Ebenso ist es unmöglich, das ketzerische Sendungen aus den feindlichen Gebieten zu uns gelangen.«

Selim nickte gewichtig. »Wir haben hier ohne Zweifel eine große Teufelei aufgedeckt, Herrschaften.« Er legte Ludwig eine Hand auf die Schulter. »Es ist nicht auszudenken, was passiert wäre, wenn diese gefälschte Speicheranfrage von einem Mitarbeiter positiv bewertet und in den Bereitstellungsapparat eingespeist worden wäre.«

Ludwig benetzte seine Lippen. »Viele frustrierte Frauen hätten den Weiterleitungspunkt in der Rekrutierungsrubrik der Dschihad-Heimseite angeklickt und wären von der Propaganda der Puritaner belästigt worden.«

»Pah – frustrierte Frauen. Die gibt es vielleicht bei den Puritanern, aber doch nicht bei uns«, eiferte sich Elia.

Selim schaute auf seine Armbanduhr. »Wir haben es allein Ludwig zu verdanken, dass dieser gemeine Angriff aufgedeckt wurde.«

Ludwig blickte zu seinem Kollegen auf. »Wie sollen wir jetzt verfahren?«

»Ich nehme den Speicherblock deiner Arbeitsstation mit«, entschied Selim. »In der dritten Abteilung sind wir für solche Vorfälle besser ausgerüstet. Ich werde die Datei auseinanderpflücken und herausfinden, von welchem Ort die ketzerische Sendung abgestrahlt wurde.«

Elia nickte zustimmend. »Geben Sie ihm den Speicherblock, Ludwig«, befahl er.

Ludwig zögerte einen kurzen Moment. Ihm war klar, dass er dieses heiße Eisen nicht allein schmieden konnte. Trotzdem behagte ihm der Gedanke nicht, Selim die Datei auszuhändigen. Immerhin hatte er, Ludwig, den Indoktrinationsversuch der Puritaner aufgedeckt. Selim hatte schon mal von seiner Arbeit profitiert. Jetzt würde er es vermutlich wieder tun.

»Ohne Speicher kann ich doch nicht weiterarbeiten«, sagte er lahm.

»Du kriegst natürlich einen Ersatz.« Selim drehte sich zu Elia um. »Sie haben doch sicher noch einen Ersatzspeicher im Lager?«

Der Abteilungsleiter machte ein geplagtes Gesicht. »Heute mussten zwei Speicher ausgetauscht werden, weil die betroffenen Stationen nicht mehr richtig arbeiteten. Die anderen überzähligen Speicherblöcke unserer Abteilung sind momentan zur Reparatur in der Werkstatt.«

Selim musterte Elia streng. »Sie sind dafür zuständig, dass der Betrieb Ihrer Abteilung reibungslos vonstatten geht.«

»Ich weiß!«, erwiderte Elia gequält. »Aber was soll ich machen? Wer konnte denn ahnen, dass die Puritaner einen Angriff versuchen?«

»Damit muss man immer rechnen.«

Elia hob resigniert die Arme. »Sie haben natürlich recht, Selim.« Sichtlich verstimmt wandte er sich an Ludwig. »Nachdem Sie Herrn Selim den verseuchten Speicherblock übergeben haben, gehen Sie mit dem Pförtner in den Keller und bedienen den Verbindungsschalter des Bereitstellungsapparates. Eine andere Beschäftigung habe ich für Sie momentan nicht. Nach dem

Nachmittagsgebet können Sie meinetwegen nach Hause gehen. Ein neuer Speicher wird uns voraussichtlich erst morgen zur Verfügung stehen.«

Elia drehte sich auf dem Absatz um und stapfte, wütend vor sich her schimpfend, zu seinem Büro.

Selim grinste amüsiert. »Eine Hand wäscht die andere, nicht wahr, Kumpel?«

Ludwig, der nicht fassen konnte, dass er für den Nachmittag frei hatte, nickte verdattert. Dann rutschte er von seinem Stuhl und glitt zu Boden. Als wolle er sich zum Gebet neigen, schob er den Oberkörper unter die Arbeitsstation, drehte sich umständlich um und begann mit dem Ausbau des Speicherblocks.

Die Speichereinheit sah aus wie eine miniaturisierte Ausgabe der Kaaba in Mekka. Sie war ein mattschwarzer Kubus mit der Kantenlänge einer ausgestreckten Männerhand. Das Gehäuse war aus der gleichen strahlungsabweisenden Metalllegierung gearbeitet wie die Bereitstellungsapparate und wurde von den Ifnes-Mitarbeitern scherzhaft Zwergen-Kaaba genannt.

Nachdem Ludwig Verbindung und Arretierung gelöst hatte, kam er wieder unter dem Pult hervor und reichte Selim den Kubus. Bevor er aufstand und wieder in den Erfassungsbereich der Überwachungskamera geriet, tätschelte er, als enthielte sie einen kostbaren Schatz, die Tasche, in der sich der Zettel befand. »Danke, Kiral.«

»Ich habe zu danken.« Vergnügt warf Selim den Kubus hoch, fing ihn auf und wandte sich um.

\*

»Dass Sie mit dieser wichtigen Aufgabe betraut wurden, Ludwig, obwohl Sie doch beinahe das Morgengebet versäumt hätten...« Der alte Pförtner schüttelte missbilligend den Kopf.

»Die Wege Allahs sind unergründlich«, erwiderte Ludwig launisch.

Sie standen vor der Kellertür des ehemaligen Versicherungsgebäudes. Suhr rückte umständlich seine Umhängetasche zurecht. In ihr steckte der Datenträger, auf dem sich die Speichergesuche befanden, die das Institut in der Zwischenzeit erreicht hatten. Die Hand des alten Mannes zitterte leicht, als er die Schlüsselkarte in den Lesespalt des Türschlosses steckte.

Er zog die Tür auf, stieg steifbeinig über die Schwelle und betrat eine nur wenige Meter breite Gitterrostplattform. Ludwig, der ihm gefolgt war, trat an den Handlauf aus Eisenrohr heran und spähte in den dunklen Abgrund, der sich dahinter auftat.

Ursprünglich hatte der Keller des Gebäudes aus mehreren Tiefgeschossen bestanden, in denen die Mitarbeiter der Krankenversicherung ihre Autos geparkt hatten. Heute erinnerten nur die schroffen Abbruchkanten, die in Abständen von vier Metern die Mauern wie ein rätselhaftes Reliefband umliefen, an die herausgebrochenen Zwischendecken.

In der Mitte der tiefen Halle erhob sich der Bereitstellungsapparat. Der gewaltige mattschwarze Kubus reichte bis fast unter die Decke und gab ein unterschwelliges Summen und Brummen von sich, das Ludwig bis ins Knochenmark spürte. Die Luft roch ionisiert und kratzte trocken in der Kehle.

Der schwarze Kubus hatte dieselben Maße wie die Kaaba in Mekka, die er vor zwei Jahren während der vorgeschriebenen Betriebspilgerfahrt besucht hatte. Der leistungsstarke Sender des Kubus deckte nicht nur die gesamte Fläche von Berlin und die umliegenden ländlichen Gebiete mit Funkwellen ab. Auch im gesamten Bundeskalifat Brandenburg konnten die angeforderten Netzinhalte von den Nutzerrechnern leidlich gut empfangen werden.

Der Pförtner ging schon die Eisentreppe hinab, die sich entlang der Mauer in engen Zickzackbahnen in die Tiefe wand. In das metallische Hallen seiner schwerfälligen Schritte mischte sich keuchender Atem. Ludwig fragte sich, wie lange der Alte dieser Strapaze noch gewachsen war, die er dreimal am Tag auf sich nehmen musste.

Obwohl er schon öfters im Institutskeller gewesen war, wurde Ludwig beim Anblick des riesigen schwarzen Kubus immer aufs Neue von Ehrfurcht und Staunen gepackt. Angeblich sollte die dicke Panzerung nicht nur jegliche eindringende Strahlung abhalten, sondern auch einen Atombombentreffer unbeschadet überstehen.

Wie bei der Kaaba stand auch vor der Nordwestwand des Bereitstellungsapparates eine halbkreisförmige meterhohe Mauer. In ihr befanden sich die dreizehn Anfragemodule. Armdicke Leitungen, auf halber Strecke mit Hebelschaltern versehen, verbanden die Aggregate fächerförmig mit dem Kubus.

Wie Ludwig während des Einführungskurses gelernt hatte, waren die Anfrageaggregate jeweils in zwei voneinander getrennte Speichersektionen unterteilt. Während der Inhalt der einen Sektion von den Mitarbeitern der ersten Abteilung bearbeitet wurde, empfing diese keine weiteren Anfrageimpulse. Diese Aufgabe erledigte unterdessen die zweite Sektion. Waren die Impulse in dem gesperrten Aggregatbereich vollständig überprüft und bearbeitet worden, leuchtete ein grünes Lämpchen auf, das anzeigte, dass der Schalter umgelegt werden konnte, sodass die Anfrageimpulse in den Bereitstellungsapparat gelangen konnten. Waren die Daten überspielt und die Verbindung zum Kubus wieder unterbrochen, schaltete der Anfragekasten die Sektionen um. Die eintreffenden Anfrageimpulse wurden nun in den leeren Bereich abgespeichert, während der volle abgeriegelt wurde und den Mitarbeitern der ersten Abteilung zur Bearbeitung bereitstand.

Langsam folgte Ludwig dem Pförtner die Treppe hinab. Er sah, dass nur zehn der insgesamt dreizehn Lämpchen in der Halbkreismauer grün leuchteten.

»Es ist immer dasselbe«, bemerkte Suhr mürrisch, als hätte er geahnt, wohin Ludwigs Blick gefallen war. »Drei Gruppen aus der ersten Abteilung hinken mit der Arbeit stets hinterher.« Er fuchtelte unwirsch mit der linken Hand, während er sich mit der anderen an dem Handlauf der Treppe festhielt. »Wir müssen warten, bis die Nachzügler mit ihrer Arbeit fertig sind.«

»Das wird nicht lange dauern.« Ludwig wusste aus eigener Erfahrung, dass keine Gruppe sich eine Verspätung erlauben konnte.

Endlich hatten sie das Ende der Treppe erreicht. Die Umhängetasche an den Leib gedrückt, tappte Suhr linkisch auf die östliche Ecke des Bereitstellungsapparates zu. Bei der Kaaba befand sich an dieser Stelle der schwarze Stein, den jeder Pilger küssen musste, nachdem er die heilige Stätte siebenmal umrundet hatte. Der Kubus hatte statt des Steins, bei dem es sich Gerüchten zufolge um einen Meteorit handelte, eine Ausstülpung mit einem Steckschacht, in den Suhr nun den Datenträger einführte, den er aus seiner Umhängetasche hervorgezogen hatte.

Unwillkürlich fragte sich Ludwig, ob die Puritaner dem Pförtner wieder eine verseuchte Datei untergeschoben hatten.

»Erinnern Sie sich an den Burschen, der Ihnen den Datenträger mit der Speicheranfrage des Dschihad-Heers übergeben hat?«, fragte er.

»Merkwürdig, dass Sie das fragen.« Suhr legte die Hand auf das Tastfeld, um die Datenübertragung zu aktivieren. »Ein Kollege aus der dritten Abteilung hat mich vorhin dasselbe gefragt.«

»Kiral Selim?«

Der Pförtner nickte. »Ich habe ihm erklärt, dass täglich Hunderte von Antragsstellern bei mir vorstellig werden und ich mir unmöglich jedes Gesicht merken kann. Aber natürlich hat der Bote sich ausgewiesen. Die Daten seiner Kennkarte sind im Rechner in der Eingangshalle abgespeichert.« Er ließ die Hand sinken und wartete auf das Signal, das das Ende der Datenübertragung anzeigte. »Herr Selim hat die Daten bereits ausgelesen.« Er sprach, ohne sich zu Ludwig umzudrehen. »Ich habe ihm außerdem geraten, sich mit der Glaubenspolizei in Verbindung zu setzen. Das Foyer wird rund um die Uhr von Überwachungskameras gefilmt – und natürlich ist in den Filmarchiven der Glaupo auch der Moment festgehalten, in dem mir der Datenträger des Dschihad-Heers übergeben wurde.«

Ludwig kratzte sich den Hals. Es war nicht ungewöhnlich, dass Selim Nachforschungen anstellte. Trotzdem hatte er ein ungutes Gefühl. Es war schließlich sein Verdienst, dass der Indoktrinationsversuch der Puritaner aufgeflogen war. Doch nun war es mal wieder der türkische Kollege, der die Lorbeeren erntete.

Ludwig tastete nach dem Zettel in seiner Tasche. Bisher hatte er keine Gelegenheit gefunden, die Nachricht zu lesen. Alle Bereiche, in denen er gewesen war, wurden von Videokameras überwacht. Dies traf ganz besonders auf den Institutskeller zu. Ludwig wusste genau, dass sie in diesem Moment von einem Beamten der Glaubenspolizei beobachtet wurden, der ihr Tun auf einem Bildschirm verfolgte. Wenn er den Zettel jetzt hervorholte, würde der Mann misstrauisch werden und versuchen, über eine der hier installierten Kameras mitzulesen – was ihm unzweifelhaft auch gelingen würde. Aus diesem Grund ließ Ludwig den Zettel, wo er war.

Der Pförtner hatte den Datenträger unterdessen aus dem Schacht gezogen und verstaute ihn wieder in der Umhängetasche.

»Ah!«, rief er erfreut, als er zu den Anfragekästen hinüber blickte. »Die Nachzügler sind endlich fertig. Wurde aber auch langsam Zeit.«

Ludwig nickte beipflichtend und zwang sich, eine erfreute Miene aufzusetzen, weil nun alle Lämpchen der Anfragekästen grün leuchteten. Er folgte Suhr zum nächsten Kippschalter. Nach einem kurzen Blickkontakt umfassten sie gemeinsam den breiten Griff am Ende des Hebels.

Die Sensorfelder des Griffes schalteten sich ein; während die Linien ihrer Hände gelesen wurden, strich ein kalter bläulicher Schein über die Innenflächen hinweg.

Ein Lämpchen am Ende des Hebels leuchtete grün auf. Nachdem das Linienmuster der Handflächen mit denen in der Mitarbeiterkartei abgeglichen und die Angestellten, die den Hebel umlegen wollten, als glaubensfest eingestuft worden waren, hatte der Rechner in der Zentrale der Glaupo die Sperre abgeschaltet.

Sie drückten den Schalter nieder und zogen ihn wieder hoch, nachdem die Lampe des dazugehörigen Anfrageaggregats erloschen war. Die Impulse waren nun komplett in den Bereitstellungsapparat überspielt worden.

Konzentriert und mit einem Gehabe, als erfülle er eine heilige Pflicht, wurde Ludwig von dem Pförtner nacheinander zu den anderen zwölf Hebeln dirigiert. Suhr ging sichtlich in der alltäglichen, immer gleichen Pflichterfüllung auf. Ludwig ahnte plötzlich, woher der alte Mann die Kraft nahm, den beschwerlichen Abstieg in den Institutskeller immer aufs Neue auf sich zu nehmen: Den Sekundärspeicher des Bereitstellungsapparates zu füllen und die Schalter der Anfragekästen umzulegen, war für ihn zum Gottesdienst geworden.

Er selbst hingegen konnte es kaum erwarten, dass die Prozedur im Keller endlich endete und er sich seinen privaten Angelegenheiten widmen konnte. Als sie das Tiefgeschoss zwanzig Minuten später verließen, begab Ludwig sich unverzüglich in die große Halle, um sich gemeinsam mit seinen Kollegen auf das Nachmittagsgebet vorzubereiten.

Er konnte sich nicht erinnern, die Gebetsriten jemals so fahrig und gedankenlos absolviert zu haben wie an diesem Nachmittag. Die Aussicht auf ein paar freie Stunden hatte ihn innerlich so aufgewühlt, dass er das Gebet nicht nur als lästige Pflicht empfand, sondern als pure Zeitverschwendung.

Als er eine Stunde später auf die Straße hinaus trat und der kalte Aprilwind ihm ins Gesicht blies, blieb er einen Moment wie benommen stehen.

Er konnte nicht glauben, dass ihm das Geschenk einiger freier Stunden tatsächlich teilhaftig geworden war. Er war drauf und dran, in seine bärtige Wange zu kneifen, um sich zu vergewissern, dass er dies alles nicht bloß träumte.

Seine Mutter hatte ihm einst erzählt, dass in den Zeiten, in denen in Deutschland der christliche Glaube tonangebend gewesen war, ein ganzer Tag pro Woche arbeitsfrei gewesen war. Erst später hatte er erfahren, dass nicht alle Bürger am Sonntag frei gehabt hatten. Viele hatten arbeiten müssen, obwohl die Kirche den Tag als Ruhetag vorsah.

Am siebenten Tag der Schöpfung hatte Gott, so die Christen, sich von seinem Werk erholen müssen. Darum war es auch den Menschen gestattet, am siebenten Tag der Woche die Arbeit ruhen zu lassen.

Ludwig atmete tief die schneidend kalte Luft ein. Es war Blasphemie, wenn man glaubte, dass Allah sich vom Schöpfungswerk erholen müsste, denn er war so allmächtig wie sein Wille unermesslich. Wie sein Schöpfer bedurfte daher auch der Mensch keines Ruhetages. Nur um Allah zu huldigen, durfte die Arbeit unterbrochen werden. Darüber hinaus benötigte der moderne Muslim keine zusätzliche Freizeit. Was sollte er auch damit anfangen? Dienstbarkeit stand gleich nach dem Gebet an zweiter Stelle der Pflichten des bundesdeutschen Islamisten.

Ludwig zog den Mantel fester um sich. Es war kein Wunder, dass das Christentum dem Islam hatte weichen müssen: Die Kirche hatte die Regierung und die Wirtschaft nicht zwingen können, ihre heiligen Gesetze einzuhalten und am Sonntag zu ruhen, wie Gott es angeblich befohlen hatte. Die Kirche war so schwach und hinfällig gewesen wie ihr erholungsbedürftiger Gott!

Ludwig gab sich einen Ruck und schlenderte zur verwaisten Bushaltestelle hinüber. Zu gern hätte er jetzt den Zettel hervorgeholt. Die *Straße der einzigen Wahrheit* wurde jedoch rund um die Uhr überwacht. Statt seine Neugier zu befriedigen, fingerte er sein Mobtel aus der Manteltasche und wählte Wiedlers Nummer.

In den folgenden Minuten musste Ludwig seine ganze Überzeugungskraft einsetzen, um seinen Freund zu überreden, sich mit ihm schon jetzt beim Räumdienst zu treffen. In der Werkstatt gab es offenbar viel zu tun. Trotzdem ließ Jussuf sich erweichen und versprach, sich so schnell wie möglich auf den Weg zu machen.

Als der Bus eine halbe Stunde später endlich eintraf, war Ludwig durchgefroren und entnervt. Seine Zehen waren taub vor Kälte. In seinem Bart hingen glitzernde Eiskristalle.

Er stieg ein, grüßte den Fahrer mit einem knappen Nicken und entrichtete am Automaten den Fahrpreis. Der Bus fuhr schon, als er die Fahrerlaubnismarke endlich in den Händen hielt.

Die wenigen Frauen in Bus schauten zur Seite, als Ludwig auf dem Weg zu einer freien Sitzbank den Gang entlang stolperte. Erschöpft setzte er sich und schob die Marke in die Hosentasche. Als er den Zettel berührte, rieb er, als wollte er sich daran wärmen, mit den Fingerkuppen über das Papier.

Neben ihm tauchte plötzlich eine Gestalt auf. Erschreckt zog Ludwig die Hand aus der Tasche. Im Gang stand ein in einen verschlissenen Kaftan gehüllter Mann. Das dunkle Haar, das unter dem schmuddeligen, schlecht gebundenen Turban hervorschaute, war ebenso ungepflegt wie der Bart, in dem Essensreste und andere undefinierbare Dinge klebten. Die hellbraunen Augen in dem dunklen, vor Schmutz starrenden Gesicht blickten unstet und wirr.

»Salam aleikum«, nuschelte der Bettler. Es blieb Ludwig nicht erspart, die gelblichen lückenhaften Zahnreihen im Mund des Mannes zu bemerken. Erst jetzt sah er, dass sein Gegenüber keine Hände hatte. Die Stümpfe waren in fleckige Bandagen gewickelt. Da er sich nicht festhalten konnte, hatte er den Arm um die Haltestange geschlungen und wankte, wenn der Bus aufwippend über Schlaglöcher fuhr.

»Was wollen Sie?«, fragte Ludwig, ohne den Gruß zu erwidern.
»Wie jeder berufstätige Muslim entrichte ich regelmäßig die Armensteuer. Wenden Sie sich an die zuständige Behörde, wenn Sie Unterstützung benötigen.«

Der Mann grinste idiotisch. Ludwig argwöhnte, dass er ihm gar nicht zugehört hatte – was seine nachfolgenden Worte auch bestätigten.

»Bitte – eine Spende«, lallte der Mann und deutete, indem er den Kopf wie ermattet auf die Brust sinken ließ, auf das Blechkästchen, das an einer Kette an seinen Hals hing. Ludwig hatte es nur deshalb nicht bemerkt, weil er sich hütete, diese abgerissene Gestalt allzu genau zu mustern.

»Die fünf Säulen des Glaubens!«, sagte der Mann eindringlich, weil Ludwig noch immer zögerte, eine Münze hervorzuholen und in den Dosenschlitz zu stecken.

Ludwig ärgerte sich maßlos. Dass dieser Nichtsnutz es wagte, ausgerechnet ihn, einen braven Muslim, an die fünf Grundpflichten eines Gläubigen zu erinnern! Zu fünf Säulen zählte außer dem Glaubensbekenntnis, den täglichen Pflichtgebeten, dem Fasten im Monat Ramadan und der Pilgerfahrt nach Mekka auch die Spende an Mittellose.

»Ich entrichte die Armensteuer – damit ist meine Schuldigkeit doch eigentlich getan.« Entnervt fischte er ein Geldstück aus der Manteltasche. Der Mann hatte unterdessen den linken Handstumpf gehoben und fuchtelte herum, sodass Ludwig befürchten musste, gleich zu hören, wie er die Hände verloren hatte.

»Dschihad!«, sagte der Mann prompt und nickte wichtigtuerisch. »Dschihad.«

Ludwig lächelte spöttisch. Er glaubte keine Sekunde, dass er es mit einem invaliden Gotteskrieger zu tun hatte. Der Kerl hatte die Hände nicht im Krieg verloren; sie waren ihm amputiert worden, weil er vermutlich ein Dieb war.

»Hier«, sagte Ludwig unfreundlich. Er überwand seinen Ekel und steckte die Münze mit spitzen Fingern in den Dosenschlitz.

»Al-hamdulillah. Al-hamdulillah!«, rief der Mann so übertrieben überschwänglich, dass keine Zweifel aufkommen konnten, dass er den Spender verspottete.

»Verschwinde endlich, elender Dieb!«, fauchte Ludwig. »Sonst veranlasse ich, dass dir auch die Füße noch abgehackt werden!« Um seinen Worten Nachdruck zu verleihen, zückte er seinen Ifnes-Ausweis und hielt ihn dem Mann wie ein Bannsiegel entgegen.

Der Bettler schnappte entsetzt nach Luft und wich humpelnd zurück.

Ludwig starrte ihn entgeistert an. Statt eines Fußes befand sich ein mit Lederlappen umwickelter Stumpf am Ende des linken Beins. Wimmernd und in gekrümmter Haltung zog sich die Lumpengestalt in den hinteren Busbereich zurück. Sein jämmerliches Weinen und Schluchzen begleitete Ludwig bis zu seiner Zielhaltestelle.

\*

Zwei Stunden nach Sonnenuntergang traf Ludwig in seiner Wohnung ein. Seine Laune war auf einen Tiefpunkt gesunken, denn er hatte den Mitarbeiter des Räumdienstes nicht nur bestechen müssen, damit der den Gläubigen freigab: die Verhandlung hatte zudem so lange gedauert, dass er und Wiedler das Sonnenuntergangsgebet auch noch im Bürogebäude des Räumdienstes hatten verrichten müssen. Anschließend hatte der Mann den Sicherheitsbehälter endlich geöffnet, damit sie den Gläubigen auf den Abschleppwagen verladen konnten. Wiedler war so zuvorkommend gewesen, Ludwig nach Hause zu fahren, sodass er zumindest die Kosten für die Taxifahrt einsparen konnte.

Die ihm so unverhofft zugefallenen freien Stunden hatte Ludwig mit Warten und enervierenden Verhandlungen vertrödelt. Außerdem hatte er sein Sparkonto bei der Islambank plündern müssen, um die Bestechungssumme aufzubringen. In wenigen Tagen musste er dann auch noch für die Reparaturkosten des Gläubigen aufkommen, wofür sein Wochenlohn, den er freitagnachmittags in einem Kuvert verpackt vom Pförtner ausgehändigt bekam, kaum ausreichen würde.

Der Koran verbot es Gläubigen, Geld gegen Zins zu verleihen. Die Islambank verwaltete das Kapital, das ein Sparer ansammelte daher nur und verwahrte es sicher. Da Ludwig niemanden kannte, der ihm den Freundschaftsdienst erweisen würde, ihm auf unbestimmte Zeit die für die Reparatur benötigte Summe zu borgen, musste er ernsthaft in Erwägung ziehen, das Auto wieder zu verkaufen.

»Ich werde mich nicht eher von meinem Wagen trennen, bis ich Doria mindestens einmal ausgeführt habe«, murmelte er trotzig als er Mantel und Schuhe auszog. »Vielleicht lässt Jussuf sich darauf ein, dass ich die Summe abstottere.«

Er schlenderte ins Wohnzimmer. Der Raum war schlecht beheizt und beengt. Unter dem mit einer Gardine verhängten Fenster stand ein einfaches Sofa. An der Wand gegenüber hing der Bildschirm, der sowohl mit dem Rundfunkempfänger als auch mit seinem Heimrechner verbunden war. Außerdem gab es eine winzige Kochzeile, und natürlich fehlte auch eine nach Südost ausgerichtete Gebetsnische nicht.

*Gelobt sei Gott,* stand in verschnörkelten Lettern über dem Nischenbogen an der Wand. In die verschlungenen erhabenen Plastikbuchstaben war eine kleine Kameralinse integriert. Offiziell war sie auf den Bereich vor der Gebetsnische ausgerichtet, damit die Glaubenspolizei ihrer Pflicht nachkommen und überprüfen konnte, ob der Mieter die Gebetszeiten wirklich einhielt. Wie jeder andere Muslim wusste Ludwig, dass die Kamera mit einem Weitwinkelobjektiv ausgestattet war. Die Glaupo konnte das gesamte Wohnzimmer einsehen.

Wollte Ludwig unbeobachtet sein, ging er ins Schlafzimmer oder suchte die Toilette auf. Dies waren die einzigen Räume, die nicht überwacht wurden. Doch selbst das war nicht gesichert.

Um keinen Verdacht zu erregen, schaltete er das *Einzige Programm* ein und ließ sich aufs Sofa fallen. Ludwig hatte gelernt,

Bild und Ton zu ignorieren. Das Geflimmer des Bildschirms und die aus dem Lautsprecher schrillenden Stimmen gehörten zu seiner Wohnung wie der schale Küchengeruch und die klamme Kälte.

Der Bildschirm zeigte einen Prediger. Wegen des dunklen Vollbarts wirkte das blasse Gesicht unter dem weißen Turban fast kränklich. Dunkelbraune Augen starrten eindringlich hinter Brillengläsern hervor. Sie schienen Ludwig durchbohren zu wollen.

Der Mann sprach über das Phänomen der Massenkonversion, wie sie in Europa in den dreißiger Jahren stattgefunden hatte. Ludwig wusste nicht, warum er den Ausführungen des Mannes folgte. Als er bemerkte, dass seine Hand wie von selbst den Weg in seine Hosentasche fand und mit dem inzwischen ziemlich zerknüllten Zettel spielte, ahnte er, dass sein schlechtes Gewissen ihn zu dieser Aufmerksamkeit zwang.

Obwohl er mehrmals Gelegenheit gehabt hatte, die Notiz hervorzuholen und zu lesen, hatte er es unterlassen. Das Geheimnis der Botschaft erschien ihm zu süß, um es etwa zwischen den ramponierten Schutzbehältern auf dem eisigen Hof des Räumdienstes zu lüften – oder gar im Führerhaus von Jussufs Abschleppwagen, wo sie darauf gewartet hatten, dass der zuständige Mitarbeiter des Räumdienstes sich endlich bequemte, mit ihnen zu verhandeln.

Doch nun stand der Zeitpunkt der Wahrheit kurz bevor. Wo sonst, wenn nicht in den eigenen vier Wänden war der geeignete Ort, zu erfahren, ob es möglich war, Doria Shalik zu treffen?

Einen Moment wollte er noch vor dem Fernseher verharren – um dann die Toilette aufzusuchen und zu lesen, was auf dem Zettel stand.

Der blasse Religionswissenschaftler stellte gerade einen Vergleich zwischen der Massenkonversion im modernen Europa und der explosionsartigen Ausbreitung des Islam zwischen 622 bis 750 nach Christi Geburt an. Man hatte die alte Zeitrechnung in Europa der Einfachheit halber beibehalten. Es gab jedoch Bestrebungen, in absehbarer Zeit die islamische Chronologie in allen islamistischen Ländern einzuführen, was mit einem erheblichen Verwaltungsaufwand einhergehen würde, da sämtliche Datenangaben in den Büchern und Bereitstellungsapparaten geändert werden mussten.

»Schon damals reichte der Einflussbereich des Islam von Sarmakand im Gebiet der Weißen Hunnen über Fusrat in Ägypten und Tahert in Maghreb bis nach Südspanien. Wegen der massenhaften Übertritte zum Islam verloren die Weltreiche Byzanz und Persien an Einfluss und Macht. Gepriesen sei Allah!«

Die Stimme des Mannes wurde zunehmend schriller und durchdringender, sodass Ludwig den Impuls, den Ton leiser zu drehen, nur mühsam unterdrücken konnte.

»Heute sind Europa, Afrika, die westrussische Glaubensföderation und die indonesischen Inseln alle in der einzig wahren Religion vereint – gelobt sei Gott!«

Ludwig schlenderte zur Toilettentür. Das Pochen seines aufgeregt schlagenden Herzens spürte er bis in den Hals.

»Früher sprachen die Menschen das islamische Glaubensbekenntnis nur aus, weil sie die Kopfsteuer umgehen wollten, die ein Nicht-Muslim im Machtbereich der wahrhaft Gläubigen entrichten musste. Doch die modernen Europäer haben den islamischen Glauben angenommen, weil sie sich nach verbindlichen moralischen Normen sehnten, weil sie erkannt hatten, dass der christliche Glaube siech und verlogen ist und es nur einen einzigen wahren Glauben geben kann – den Glauben, den unser geliebter Prophet Mohammed uns verkündet hat.«

Das Gerede des Fernsehsprechers im Rücken, betrat Ludwig das Badezimmer, schaltete das Licht ein und zog die Tür hinter sich zu. Das Wortgetöse aus dem Wohnzimmer wurde von dem dünnen Türblatt jedoch nur mäßig gedämpft.

Als er einen Blick in den Spiegel über dem Waschbecken warf, bestätigte sich seine Befürchtung, dass er vor lauter Erwartung und Aufregung rot im Gesicht geworden war. Abrupt wandte er sich ab, um sein entzündet glühendes Antlitz nicht ansehen zu müssen. Er setzte sich auf den Toilettendeckel, langte in die Hosentasche und zog mit spitzen Fingern den ramponierten Zettel hervor.

Seine Hand zitterte, als er ihn auf dem Oberschenkel glatt strich. Verwirrt furchte er die Stirn. Die Handschrift, in der einige Worte auf das Papier geschrieben worden waren, wirkte zierlich und grazil. Sie hatte nichts mit Kirals ungelenkem Geschreibsel gemein.

»Lieber Ludwig«, las er wispernd. »Ich möchte dich gern kennen lernen.« Ludwig holte tief Luft, bevor er den Namen las, der unter der Botschaft stand. »Doria.«

Entrückt hob er den Blick und starrte an die gekachelte Wand. »Doria«, flüsterte er wie benommen. »Sie hat die Nachricht geschrieben...«

Er musste ihr aus irgendeinem Grund aufgefallen sein. Irgendwas hatte sie an ihm gefunden. Es hatte sie veranlasst, ihm diese Nachricht zu schreiben, nachdem Kiral sie gefragt hatte, ob sie einverstanden war, dass Ludwig mit ihr in Kontakt trat.

Benommen ließ er die Hände in den Schoß sinken. Er fragte sich, wie es ihm wohl gelungen war, sich ihr unbemerkt zu nähern und auf ihn anzusprechen. Sein Kollege hatte einiges riskiert. Aber auch Doria hatte Mut und Unerschrockenheit bewiesen. Ludwig war heilfroh, gut auf den Zettel aufgepasst zu haben. Wenn die Sittenpolizei spitzkriegte, dass eine unverheiratete Frau einen fremden Mann aufforderte, sich ihr zu nähern, konnte sie schnell in den Verdacht der Promiskuität geraten.

Plötzlich wurde Ludwig bewusst, dass er schon viel zu lange auf der Toilette saß. Es konnte dem Polizisten, der sein Wohnzimmer in diesem Moment vielleicht beobachtete, verdächtig erscheinen.

Bevor er den Zettel wieder einsteckte, hob er ihn an seine Nase und atmete den Duft tief ein. Die Vorstellung, dass Doria dieses Stück Papier berührt hatte, während sie hastig die Botschaft schrieb, ließ ihn den dumpfen staubigen Geruch des Fetzens wie einen himmlischen Wohlgeruch erscheinen.

Ludwig stand auf, betätigte die Spülung, drehte vorsichtshalber den Wasserhahn kurz auf und verließ dann das Badezimmer.

Augenblicklich fiel die enthusiastisch keifende Stimme des Gelehrten wieder über ihn her.

»...haben Anfang des einundzwanzigsten Jahrhunderts die Anschläge der Extremisten die Europäer noch erschreckt und die Welle der Glaubensübertritte in den esoterischen Zirkeln gebremst, so lernten die Konvertiten doch schnell, dieses kämpferische Instrument der Bekehrung effektiv im eigenen Land gegen die Ungläubigen einzusetzen und den Weg des Märtyrers zu beschreiten.«

Der heftige Knall einer Explosion schallte aus den Lautsprechern, als Ludwig zur Kochnische hinüber ging. Er war mit den Aufklärungssendungen des *Einzigen Programms* mehr als vertraut, sodass ihn die krasse Darstellungsweise nicht mehr scherte. Von den Schreien Verwundeter begleitet, öffnete er den Kühlschrank und holte die letzte Dose gesüßten Schwarztee hervor. Missmutig betrachtete er das Stück Schafskäse und die luftgetrocknete Rinderwurst im Kühlfach. Währenddessen hallten die Sirenen von Polizeieinsatzwagen und Rettungsfahrzeugen durch das Zimmer.

Da Ludwig sein Bares für die Rettung seines Fahrzeugs ausgegeben hatte und ihm nichts für den Einkauf von Nahrungsmitteln geblieben war, würde er bis zur Auszahlung des nächsten Wochenlohns mit seinen Vorräten haushalten müssen.

Er kehrte zum Fernseher zurück, setzte sich aufs Sofa und öffnete die Dose. Behaglich streckte er die Beine aus. In kleinen Schlucken trank er von dem kalten bittersüßen Gebräu und verfolgte mit wenig Interesse die Sendung. Um keinen Verdacht zu erregen, musste er noch eine Weile vor dem Fernsehapparat verweilen. Dann erst konnte er sich zu Bett begeben und Dorias Nachricht noch einmal lesen.

Der Gelehrte berichtete nun von den heldenhaften und nicht weniger blutrünstigen Taten der zu Märtyrern gewordenen deutschen Konvertiten. Seine Worte wurden von Filmausschnitten aus der Frühzeit der Islamisierung Europas begleitet: Dokumente, die auch im Muslimnetz abgespeichert waren und die Entschlossenheit der europäischen Konvertiten drastisch darstellten.

Gerade endete eine Sequenz, die einen der verheerendsten Anschläge deutscher Islamisten zeigte. Ludwig hatte die Szene schon zigmal gesehen. Er wusste sofort, worum es ging, als er die erschreckten Sanitäter und Ärzte zwischen Massen zerfetzter Körper und abgerissenen Gliedmaßen umherirren sah: Sie hofften, unter den Leichen Überlebende zu finden. Bei dem Anschlag hatten mehrere Selbstmordattentäter auf einer Konferenz antiislamistischer Verbände ihr Leben gelassen. Damals hatten sich im Zuge der als bedrohlich empfundenen Ausbreitung des Islam in Europa Gegenbewegungen gebildet.

»Wie irregeleitet diese im Unglauben vereinten Menschen waren, beweist die Tatsache, dass sich sogar so genannte gemäßigte Muslime der Bewegung anschlossen«, sagte die Stimme aus dem Lautsprecher in einem süffisanten Tonfall. »Ihre Leichen lagen nun neben denen der selbst ernannten Frauenrechtler und Politiker unterschiedlichster politischer Färbung. Sie alle hatte der gerechte Zorn der Konvertiten getroffen, die sich als antiislamistische Aktivisten getarnt und mit Sprengstoffgürteln ausgestattet unter sie gemischt hatten.«

»Allahu akbar!«, rief Ludwig und prostete, für den Fall, dass er gerade beobachtet wurde, dem Bildschirm mit der Eisteedose zu.

Ludwig war erleichtert. Die Sendung neigte sich langsam dem Ende zu. Er erkannte es an der historischen Aufnahme, die das Reichstagsgebäude zeigte. Eine Glaskuppel hatte es gekrönt.

»Wie das byzantinische und das persische Reich knickte auch das demokratische System der Bundesrepublik unter dem wachsenden Druck der Konvertiten schließlich ein«, sagte der Gelehrte erfreut. »Als die Abgeordneten vom gerechten Zorn der Konvertiten hinweggefegt wurden, gingen mit ihnen auch die Demokratie und das Grundgesetz zugrunde und machten den Weg frei für die endgültige Einführung der Scharia!«

Obwohl Ludwig wusste, was nun folgte, starrte er doch wie gebannt auf den Bildschirm. Es gab Zeugnisse, die nichts von ihrer Dramatik einbüßten, so oft man sie vielleicht auch gesehen hatte. Dazu zählte auch die historische Filmaufnahme von Arnim von Echelhoff, der der für die folgenden Ereignisse verantwortlichen Konvertitengruppe angehörte. Echelhoff, der wusste, was geschehen würde, war mit einer hoch auflösenden Profikamera auf die Siegessäule geklettert und hatte das Reichstagsgebäude von dort aus gefilmt.

Die Aufnahme war an einem Herbstabend entstanden: Ein klarer dunkelblauer Himmel spannte sich über dem *Platz des Islam*, der damals Platz der Republik geheißen hatte. Wie seinerzeit üblich, flanierten Besucher auf den Laufstegen unter der Bundestagskuppel. Dunkle Silhouetten zeichneten sich schemenhaft vor dem kaltblauen Licht ab, das der Abendhimmel durch die Glaskuppel schickte.

Dann flackerten im Sitzungssaal unter der Kuppel mehrere Blitze auf. Undefinierbare Fragmente, denen ein gewaltiger Feuerpilz folgte, flogen im Innern der Kuppel umher.

Im nächsten Moment barsten die Glassegmente. Als hätte die Schwerkraft sich rings um die Halbkugel plötzlich umgekehrt, flogen Splitter und Trümmerteile, von einer Druckwelle getragen, wie schwerelos nach allen Seiten davon. Dann schienen die Trümmer sich wieder der Naturgesetze zu besinnen und prasselten in einem glitzernden Regen auf die Dächer des Neorenaissance-Gebäudes nieder.

Als der Feuerpilz durch die zerstörte Kuppel hindurch weiter in den Himmel wuchs, barsten auch die meisten anderen Fenster des Reichstagsgebäudes.

Etliche Bundestagsabgeordnete waren längst heimlich zum Islam konvertiert. Einige hatten sich unabhängig von der Parteienzugehörigkeit um Arnim von Echelhoff geschart und die Zerstörung des so genannten Plenarbereichs geplant. Trotz strengster Kontrollen war es diesen Männern und Frauen gelungen, erhebliche Sprengstoffmengen in das Gebäude zu schmuggeln und während der Sitzung zu zünden.

Diese Tat hatte das Ende der Demokratie in Deutschland eingeleitet. Nachdem das Reichstagsgebäude Ziel eines Anschlags geworden war, eiferten andere, zum Islam übergetretene Politiker dem großen Beispiel nach und sprengten Landtagsgebäude in die Luft. Eine Welle der Zerstörung war gefolgt, der zahlreiche lokale Regierungseinrichtungen zum Opfer fielen. Ansporn für all diese Taten waren die spektakulären Filmaufnahmen Arnim von Echelhoffs gewesen, die im damals noch frei zugänglichen Internet massenweise abgerufen wurden.

All dies ging Ludwig durch den Kopf, als die Aufnahmen des Anschlags über den Bildschirm seines Fernsehers flimmerten. Der wortgewaltige Redeschwall des Gelehrten war größtenteils an ihm vorbeigegangen.

»Längst ist der ehemalige Hort der Demokratie zum Sitz des Deutschen Islamrates umfunktioniert worden«, erklärte der blasse Gelehrte ein wenig von oben herab. »Nicht länger werden gottlose Gesetze und die Scharia verhöhnende Erlasse in diesem altehrwürdigen Gebäude geschmiedet. Jetzt sind es islamische Führer, die dort die Geschicke der Islamistischen Republik Deutschland im Sinne Allahs und seines Propheten Mohammed lenken. Al hamdulillah!«

Ein Foto des Reichtagsgebäudes, aus der gleichen Position aufgenommen wie die Aufnahmen des Anschlags, war nun zu sehen. Die Spuren, die der Sprengstoffanschlag hinterlassen hatte, waren beseitigt worden. Statt der Glaskuppel spannte sich ein vergoldetes und mit einem grünen Halbmond gekröntes Kuppeldach über dem Sitzungssaal.

Ludwig nahm die Fernbedienung und schaltete den Fernseher aus. Der über das Reichstagsgebäude hinweg laufende Nachspann erlosch. Im Zimmer wurde es merklich dunkler.

Ludwig reckte sich und gähnte herzhaft. Dann stand er auf, löschte das Licht in der Küchenzeile und ging ins Schlafzimmer. Nachdem er sich ausgezogen und den Schlafanzug übergestreift hatte, schlüpfte er unter die klamme Bettdecke. In der geschlossenen Faust hielt er Dorias Zettel.

Das schwache Licht der Nachttischlampe reichte gerade aus, um die Schrift zu erkennen. Die geschwungenen Buchstaben schienen sich vor seinen starrenden Augen zu bewegen und formten arabische Schriftzeichen.

In der Hoffnung, dass Dorias Botschaft seine immer wiederkehrenden Albträume verscheuchen und ihm gute Träume bescheren konnte, schob er den Zettel unter das Kopfkissen. Bevor er es sich unter der Decke behaglich machte, überprüfte er, ob der Wecker ihn auch pünktlich zum Nachtgebet wecken würde. Das Uhrgehäuse war einer Moschee nachempfunden. Im zentralen Kuppelgebäude war das elektronische Uhrwerk untergebracht; in den beiden Minaretten rechts und links waren Lautsprecher verborgen, aus denen der Ruf des Muezzins ertönte, wenn die Weckfunktion sich einschaltete.

Ludwig löschte das Licht, zog die Bettdecke bis ans Kinn und drapierte seinen Bart drüber. Stockstief lag er da und starrte unbeweglich ins Dunkel. Unter seinem Blick formten die Risse und Flecken in der Zimmerdecke langsam ein schemenhaftes Gesicht. Es war das Gesicht Doria Shaliks. Es zeigte den gleichen lauernd-aufmerksamen Ausdruck wie in der Frauenkantine.

»Doria«, wisperte er mit tonloser Stimme – und erschrak fürchterlich, als er bemerkte, dass seine über der Brust gekreuzten Hände sich angeschickt hatten, zu seiner heftig pulsierenden Körpermitte hinab zu kriechen.

*Willst du etwa Unzucht begehen?,* dachte er erbost, hob die Hände wieder vor die Brust und verschränkte sie. *Du bist nicht besser als ein Ehebrecher oder ein Mann, der einen Mann begehrt, wenn du versuchst, dich selbst zu befriedigen. Das kannst du in jeder einschlägigen Hadith nachlesen!*

Ludwig war wütend, und so dauerte es eine Weile, bis der Schlaf ihn endlich fand.

## 2. Kapitel

*»Das Letzte, was ich tun würde, wäre Zugeständnisse an eine Gesellschaft zu machen, wenn ich damit gegen Grundsätze meiner Religion verstoßen müsste.«*

Maryam Brigitte Weiss,
Lehrerin, Konvertitin, Frauenbeauftragte
und 2010 stellvertretende Vorsitzende des ZMD
(Zentralrat der Muslime in Deutschland)

Ludwig träumte.

Zuerst schien es, als sollte sich sein Wunsch erfüllen und ihm in dieser Nacht ein schöner Traum beschert werden.

Das aus seinem Unterbewusstsein aufgestiegene Traumbild stimmte ihn friedlich. Er war von einer weiten, mit Blumen bewachsenen Wiese umgeben, wie er sie aus seiner auf dem Lande, nicht weit von Berlin entfernten Kindheit verlebt hatte.

Irgendwo in der Ferne waren Schatten zu sehen, bei denen es sich um Bäume oder Gebäude handeln konnte. Das Dunkle war jedoch zu entrückt und zu weit entfernt, um ihm Furcht einzuflößen. Außerdem war er viel zu sehr damit beschäftigt, seine blühende Umgebung zu bewundern. Ludwig empfand eine kindlichunschuldige Freude und fühlte sich innerlich weit und frei.

Dann bemerkte er, dass er nicht allein war. Wenige Schritte entfernt kauerte eine Gestalt im hohen Gras. Sie kehrte ihm den Rücken zu und schien damit beschäftigt, Blumen zu pflücken oder eine Grille zu fangen.

Neugierig trat Ludwig näher. Es war ein Mädchen, das dort zwischen den Mohn- und Kornblumen hockte. Es hatte ein buntes Tuch locker um den Kopf geschlungen und trug ein farbenfrohes

Kleid. Offenbar wähnte es sich allein auf der herrlichen Wiese, denn es hatte die Ärmel hochgeschoben, sodass seine dünnen, blassen Arme zu sehen waren. Füße und die Waden waren ebenfalls unbedeckt, da es das Rockteil über die angewinkelten Knie geschlagen hatte.

Aus Angst, den Zauber des Augenblicks zu zerstören, wagte Ludwig nicht, das Mädchen anzusprechen. Es hatte ihn aber trotzdem bemerkt, denn es fuhr plötzlich herum.

Der Frosch, den das Mädchen gefangen hatte, nutzte die Gelegenheit zur Flucht und stürzte sich kopfüber ins Gras. Das Mädchen schrie spitz und plumpste rücklings hin.

Ludwig lachte glucksend. Der Ausdruck des Erschreckens ließ das hübsche, von drahtig-gelockten Haaren wild umrahmte Gesicht des Mädchens ungemein liebreizend aussehen. Genauso widerspenstig wie das Haar, das das locker gewickelte Kopftuch kaum bändigen konnte, war der Blick der ihn ansehenden grünen Augen.

»Doria!« Ludwigs Beine zuckten aufgeregt, als er im Traum den Namen aussprach. »Komm – ich helf dir auf!«

Er hatte sich geirrt. Er war auf der Wiese keinem Mädchen begegnet. Es wurde ihm in aller Deutlichkeit klar, als Doria seine Hand ergriff und er sie hoch zog. Ihr Kleid war in höchstem Maße unsittlich, denn es war tief ausgeschnitten und machte die rundlichen Ansätze ihrer hellen Brüste deutlich sichtbar. Das Kleidungsstück hatte nun auch keine Ärmel mehr – Dorias Arme und Schultern waren unbedeckt.

Sie lächelte zu ihm auf.

»Du bist wunderschön«, flüsterte er überwältigt, fuhr mit der Hand unter das Kopftuch und strich durch ihr Haar.

Verschmust schmiegte sie den Kopf in seine Hand. Im selben Moment glaubte er, aus den Augenwinkeln einen Schatten wahrzunehmen.

Beunruhigt wandte Ludwig den Blick und warf den Kopf im Schlaf gequält hin und her. Sie waren plötzlich von hohen dunklen Umrissen umgeben. Ob es Bäume oder Gebäude waren, vermochte Ludwig nicht zu sagen. Die Bedrohung, die von den Schatten ausging, spürte er jedoch mit jeder Faser seines Körpers.

Verzweifelt schaute er Doria an. Ihr Gesicht hatte sich verändert: Es war schmal und wirkte ausgezehrt, ihr Haar hatte sich geglättet. Der stumpfe Glanz auf den nun hellen Strähnen schien derselbe zu sein, der auch den Blick ihrer blauen Augen trübte.

Erschreckt erkannte Ludwig, dass er seine Mutter in den Armen hielt. Sie überragte ihn um Haupteslänge. Er musste zu ihr aufblicken.

»Es ist nicht deine Schuld«, hörte er sie sagen. Dann riss eine fremde Macht sie aus seinen Armen.

»Mutter«, wimmerte er und rollte auf dem Rücken liegend in seinem Bett hin und her. »Mutter – nein!«

Man hatte sie mit Stricken an einen Pfahl gebunden. Die Wiese war gänzlich verschwunden und hatte einem matschigen, schlicküberstäten Untergrund Platz gemacht, der unter Ludwigs Füßen schmatzte und gurgelte.

Er war wieder im brachliegenden Schweinegehege auf dem Bauernhof seines Vaters. Der Pferch, wo über Generationen hinweg die nun als unrein geltenden Tiere sich gesuhlt hatten, wurde, wie ihre alten Ställe, nicht mehr genutzt, da sie verseucht waren. Stattdessen hatte sein Vater in der Mitte des Pferchs einen Pfahl aufgepflanzt. Wenn eine seiner beiden Frauen oder sein Sohn gegen seinen Willen handelte oder ihn verärgerte, band er sie dort an, um sie zu züchtigen.

Der Stein in Ludwigs Faust wog schwer, die scharfen Kanten drückten schmerzhaft in seine Haut. Ohne es verhindern zu können, tat er es den umstehenden Dorfbewohnern gleich: Er holte aus und schleuderte den Stein gegen seine Mutter. Er traf ihre linke Wange. Der Schleier verrutschte und entblößte das mit Prellungen und Platzwunden übersäte Gesicht. Es war vor Schmerz und Qual so sehr verzerrt, dass Ludwig glaubte, eine Fremde vor sich zu haben.

Wieder lag der verfluchte Stein in seiner Hand. Wieder holte er aus und schleuderte ihn gezielt, wie sein Vater es ihm unter Androhung von Prügel befohlen hatte.

Gellend hallten die Schmerzensschreie seiner Mutter über den engen Innenhof des Gutes. Mit dumpfen Schlägen trafen die geschleuderten Steine ihren in ein zerschlissenes Kleid gehüllten ausgemergelten Körper.

Eine eiskalte Hand hatte sich um Ludwigs kleines Herz geschlossen und quetschte es erbarmungslos zusammen. Doch die Angst vor dem väterlichen Zorn hielt seine Seele noch viel fester umfangen, und so schleuderte er wie befohlen den nächsten Stein.

Die Schreie seiner Mutter wurden so durchdringend, dass ihr Schrillen ihn aus dem Schlaf riss.

Schluchzend richtete sich Ludwig in seinem Bett auf, wischte mit dem Schlafanzugärmel über sein nasses Gesicht und erkannte, dass der Gebetsruf des Weckers ihn aufgeschreckt hatte.

Abrupt wandte er sich dem Nachttisch zu und schlug, um die Uhr zum Schweigen zu bringen, mit der flachen Hand auf die Moscheekuppel. Er schrie auf und schüttelte die schmerzende Hand: Der Halbmond, der die Kuppel krönte, hatte ein kleines Loch in sein Fleisch gestochen.

In die Stille mischten sich nun Geräusche aus umliegenden Wohnungen. Es war kurz vor Mitternacht; die Mieter machten sich zum Nachtgebet bereit.

Benommen schwang Ludwig die Beine aus dem Bett und taumelte ins Badezimmer. Er drehte den Wasserhahn auf und hoffte, dass die grausamen Traumbilder während der rituellen Waschung aus seinem Kopf getilgt würden.

*

Am nächsten Morgen traf Ludwig rechtzeitig zum Morgengebet im Ifnes-Gebäude ein. Er hatte den Bus genommen, der wie immer überfüllt gewesen war. So hatte er die Strecke stehend und dicht an die Körper anderer Männer gedrängt zurücklegen müssen.

Nicht weniger eng und hektisch ging es wenig später vor den Waschbecken in der Haupthalle zu. Als die Tortur endlich hinter ihm lag und er den Gebetsraum betrat, kostete es ihn große Überwindung, sich zwischen den Knienden einen freien Platz zu suchen. Ludwig machte den Albtraum für das heftige Unbehagen verantwortlich, das er in der Menschenmenge empfand. Die ihn bedrängenden Körper erinnerten ihn zu sehr an die Dorfbewohner, die sich im Schweinepferch zusammengerottet hatten, um an der Steinigung seiner Mutter teilzunehmen.

Aus Furcht, er könne Doria unter den verschleierten Gestalten ausmachen, hatte Ludwig sich nicht getraut, den zum Frauenbereich eilenden Gespenstern hinterher zu schauen. Zwar sahen sich die Kopftuch tragenden Frauen in den langen Kleidern und Ganzkörperschleiern alle sehr ähnlich, doch ein Blick in ihre grünen Augen hätte heute gereicht, um in ihm Gefühle heraufzubeschwören, denen er sich nicht gewachsen fühlte.

Ludwig war heilfroh, als das Morgengebet vorüber war und er sich mit dem Gebetsteppich unter dem Arm auf den Weg in den zweiten Stock machen konnte. Noch nie war ihm die relative Abgeschiedenheit seiner Arbeitskabine so verlockend vorgekommen wie heute.

Doch kaum hatte er das Großraumbüro betreten, rief Hannes Elia ihm auch schon etwas zu. Der Abteilungsleiter stand im Mittelgang und hatte mit einem Untergebenen geschimpft, den er nun links liegen ließ. Er wackelte auf kurzen Beinen heran und fuchtelte aufgebracht mit den Armen, als wollte er Ludwig verscheuchen.

»Was wollen Sie denn noch hier?«, rief er ungehalten und blieb schnaufend vor ihm stehen. »Hat man Ihnen nicht gesagt, dass Sie sich in der dritten Abteilung melden sollen?«

Ludwig spürte, dass ihm das Blut ins Gesicht stieg. Offenbar war Dorias Wagnis nicht unbemerkt geblieben. Sollte er dem Leiter der 3. Abteilung Rede und Antwort stehen, weil er der Sittenpolizei den verbotenen Annäherungsversuch der Sekretärin nicht gemeldet hatte?

»Nein, hat man nicht«, antwortete er zurückhaltend.

»Na, dann machen Sie sich mal gleich auf den Weg. Herr Selim wird bereits auf Sie warten.«

»Kiral?« Ludwig war nicht sicher, ob er seinen Vorgesetzten richtig verstanden hatte. »Wieso Kiral? Was soll ich überhaupt da oben?«

Elia schlug ihm mit seiner feisten Hand derb auf die Schulter. »Tun Sie mal nicht so bescheiden. Ein Muslim sollte wissen, was er wert ist.«

Ludwig wurde stutzig. In den von Fettwülsten umrahmten Augen seines Vorgesetzten waren kurz Missgunst und Neid aufgeflackert.

»Sind Sie wirklich so schwer von Begriff, Mann?«, rief Elia erbost. »Natürlich geht es um die Enthüllung, die Sie gestern ermöglicht haben!«

Langsam dämmerte Ludwig, wovon die Rede war. »Meinen Sie den Indoktrinationsversuch der Puritaner?«

Elia nickte wichtigtuerisch. »Die Sache hat offenbar größere Ausmaße, als es anfangs den Anschein hatte. Herr Selim wird Ihnen alles erklären!«

Ludwig erinnerte sich, dass sein Kollege ihm nach dem Gebet aus der Menge heraus Zeichen gegeben hatte. Doch er hatte Kiral ignoriert und den Saal überstürzt verlassen.

»Nun verschwinden Sie endlich – ich habe noch anderes zu tun, als Weisungen aus der dritten Etage an meine Mitarbeiter weiterzugeben!« Elia wandte sich ab und ließ Ludwig stehen.

Nicht ganz sicher, was er von der Sache halten sollte, verstaute er den Gebetsteppich unter seiner Arbeitsstation. Dann verließ er das Großraumbüro und stieg die Treppe zum dritten Stockwerk empor.

Das Obergeschoss war räumlich ähnlich gegliedert wie die Etagen darunter. Da in der 3. Abteilung jedoch wesentlich weniger Mitarbeiter beschäftigt waren als in der 2. und der 1., war das Platzangebot hier wesentlich größer. Die durch schulterhohe Milchglasscheiben voneinander getrennten Arbeitsstationen bestanden aus einem halbmondförmigen Tisch, in den die Schaltflächen eingelassen waren, mit denen der leistungsstarke Rechner und die sonstigen technischen Einrichtungen bedient wurden. Ein breiter, konkav geformter Bildschirm bildete die Aufgaben, die der Mitarbeiter gerade bearbeitete, dreidimensional ab.

In der 3. Abteilung waren vornehmlich Männer beschäftigt. Routiniert bereiteten sie sich auf den Arbeitstag vor, indem sie Anwendungen starteten oder Datenpakete aufriefen. Eine fast andächtige Stille schwebte über allem.

Ludwig atmete tief durch. Es war der größte Wunsch eines jeden Ifnes-Mitarbeiters, eines Tages in die Riege der Kollegen der 3. Abteilung aufzusteigen.

»Ludwig!«, schallte ein Ruf zu ihm herüber. »Ludwig – hierher!«

In diesem Moment erblickt er seinen türkischen Kollegen. Er war von seinem Sessel aufgestanden und winkte Ludwig über den Rand der Milchglasscheibe hinweg fröhlich zu.

Ludwig hob fahrig die Hand und setzte sich in Bewegung. Ihm war etwas unbehaglich zumute. Der eine oder andere Mitarbeiter warf ihm über die Schulter hinweg einen Blick zu, als er an den Stationen vorbei ging. Doch ihre Mienen waren nur schwer zu deuten.

»Salam Aleikum«, begrüßte er Selim mit gedämpfter Stimme.

»Salam, mein Freund.« Kiral Selim grinste breit und blinzelte verschwörerisch. »Wo warst du vorhin mit deinen Gedanken? Ich habe versucht, dir zu verstehen zu geben, dass ich dich unbedingt sprechen muss.«

Ludwig zuckte verlegen mit den Schultern.

Selim boxte gegen seinen Oberarm. »Verstehe.« Er beugte sich vor. »Du hast an Doria gedacht, habe ich Recht?«

»Aber gar nicht«, begehrte Ludwig auf.

»Ist schon gut.« Selim hob beschwichtigend die Hände. Dann wandte er sich seinem Bildschirm zu. »Die Sache mit der gefälschten Speicheranfrage aus der Rekrutierungsabteilung des Dschihad-Heers hat ziemliche Dimensionen angenommen.«

Er setzte sich und schob sich mit seinem Sessel dicht vor den Arbeitstisch. Während seine Finger über die matt leuchtenden Schaltflächen huschten, erklärte er: »Das ist Anselm Fahid. Er arbeitet als Bote – unter anderem auch für das Dschihad-Heer.«

Ein dreidimensionales Porträtfoto baute sich im linken Bildschirmsegment auf. Die Aufnahme drehte sich langsam um die Vertikalachse. Sie zeigte einen durchschnittlich aussehenden jungen Mann mit kurzem dunklem Haar und einem langen, spitz zugeschnittenen Bart.

»Die Glaupo hatte ihn die ganze Nacht am Wickel«, erklärte Selim. »Er beteuert, nichts über den Inhalt der Datenträger gewusst zu haben, die er beim Ifnes ablieferte.« Er lachte freudlos. »Der Mann ist offenbar mehr als er vorgibt. Er arbeitet für die Ungläubigen. Das gibt er selbstverständlich nicht zu. Stattdessen hat er eine haarsträubende Geschichte über einen Unfall erzählt, der ihm gestern auf dem Weg zum Ifnes-Gebäude passiert ist. Er hat irgendwas über einen Gläubigen gefaselt, der ihn geschnitten hat, als er mit seinem Motorrad eine Seitenstraße hinunter fuhr. Angeblich ist er gestürzt und der Inhalt der Gepäcktaschen ergoss sich auf die Straße. Der Fahrer des Gläubigen hat ihm auf die Beine geholfen und die Datenspeicher wieder in den Taschen des Motorrades verstaut. Bis auf ein paar Kratzer soll die Sache glimpflich abgelaufen sein. Der Fahrer hat dem Jungen ein paar Münzen zugesteckt, woraufhin er einverstanden war, die Sache auf sich beruhen zu lassen.«

Wieder ließ Selim sein freudloses Lachen hören. »Eine Überprüfung hat ergeben, dass Fahids Motorrad tatsächlich Kratzer hat. Die kann er ihm aber auch selbst beigebracht haben.«

Ludwig strich sich nachdenklich über den Oberlippenbart. »Der Unbekannte könnte den Datenträger aus dem Dschihad-Heer unbemerkt gegen die Fälschung ausgetauscht haben, als er dem Jungen half, die Ladung wieder zu verstauen.«

Selim nickte wenig überzeugt. »Damit wir das annehmen, hat sich der Bursche diese Geschichte ausgedacht. Keine Überwachungskamera im Abschnitt der Straße, wo der Unfall stattgefunden haben soll, hat zum fraglichen Zeitpunkt etwas Verdächtiges aufgezeichnet.«

»Es soll Abschnitte geben, die hin und wieder nicht überwacht werden. Zum Beispiel, wenn die Kameras herumschwenken.«

»Klar!«, rief Selim spöttisch. »Und es fahren auf unseren Straßen auch jede Menge Fahrzeuge mit gefälschten Kennzeichen herum. Die Nummer, die Fahid der Glaupo genannt hat, konnte jedenfalls keinem registrierten Gläubigen zugeordnet werden.«

Selim wischte mit den Fingern über mehrere Schaltflächen. »Wie auch immer. Ich habe dich nicht kommen lassen, um über das Schicksal dieses Kollaborateurs zu diskutieren. Er wird seine gerechte Strafe erhalten – so wie die anderen auch.«

Neben dem Foto des verdächtigen Boten hatten sich die von neun weiteren jungen Männern aufgebaut.

»Das sind Fahids Komplizen«, erläuterte Selim. »Sie haben in Hamburg, Dortmund, Frankfurt am Main, München und weiteren Großstädten agiert, in denen Bereitstellungsapparate stehen. Sie arbeiten als Kuriere und erzählen alle dieselbe an den Barthaaren herbeigezogene Geschichte.«

Ludwig rieb sich den Nacken. »Nicht nur der Apparat in Berlin wurde von den Puritanern angegriffen?«

»Exakt.« Selim stieß sich auf seinem Sessel sitzend vom Tisch ab und drehte sich zu Ludwig um. »Im Gegensatz zu uns haben die Mitarbeiter der anderen Ifnes-Zweigstellen die manipulierte Datei jedoch nicht als eine solche erkannt.«

»Soll dass etwa heißen, die gefälschten Speicheranfragen wurden positiv beschieden und abgespeichert?«

Selim nickte. »Wir können nur hoffen, dass der Angriff tatsächlich immer nach demselben Muster ablief und nur die Heimseite des Dschihad-Heers betroffen ist. Inzwischen wurden der erneuerte Text und der dazugehörige gefährliche Weiterleitungspunkt aus den betreffenden Bereitstellungsapparaten getilgt. Wirklich sicher sein, dass die Gefahr damit gebannt ist, können wir jedoch nicht.«

Ludwigs Blick verdüsterte sich. »Es würde Jahre dauern, alle gespeicherten Weiterleitungspunkte manuell zu überprüfen.«

»Aus diesem Grund muss das Übel bei der Wurzel gepackt und ausgemerzt werden«, sagte Selim. »Und diese Aufgabe ist uns zugefallen, mein Freund.«

Irritiert furchte Ludwig die Stirn. »Ich... verstehe nicht.«

Selim stand auf und fasste Ludwig am Oberarm. »Das wirst du schon noch. Komm mit. Wir haben eine Unterredung mit Anwar Kolmar.« Er blinzelte verschwörerisch und zog Ludwig mit sich. »Ich schätze, seine Sekretärin wird dieser Unterredung ebenfalls beiwohnen, um sie zu dokumentieren.«

Ludwig war viel zu verwirrt, um auf die Anspielung zu reagieren. Wortlos folgte er seinem Kollegen, der die Tür zum Büro des Abteilungsleiters zielstrebig ansteuerte.

\*

»So sieht er also aus, der Held des Tages.« Anwar Kolmar, ein hoch gewachsener schlanker Mann mit energischer Ausstrahlung, erhob sich aus seinem weichen Ledersessel. Er kam hinter seinem Schreibtisch hervor, trat auf Ludwig zu und schüttelte ihm die Hand. Sein Vollbart war akkurat gestutzt, und um die beginnende Halbglatze zu verdecken, trug er ein gehäkeltes weißes

Käppi, das wesentlich filigraner und kunstvoller aussah als die Gebetskappen, die vor dem Freitagsgebet an die Moscheebesucher ausgeteilt wurden.

»Sie können sich gar nicht vorstellen, wie viel Staub Ihre Entdeckung aufgewirbelt hat.« Kolmars Händedruck war fest, aber schmerzfrei. Er sah Ludwig mit seinen hellblauen Augen prüfend an. »Sie scheinen mir ein bemerkenswerter Mann zu sein.« Mit einem raschen Seitenblick auf Selim fügte er hinzu: »Es war nicht ganz einfach, herauszufinden, wer in der zweiten Abteilung diese sensationelle Entdeckung gemacht hat.«

Selim grinste säuerlich. »Ich wollte Sie nicht mit Nebensächlichkeiten belästigen, Herr Kolmar.«

Der Abteilungsleiter lachte trocken auf. »Sie werden nie den Rang eines Vorgesetzten erlangen, Kiral, wenn Sie kein Gespür dafür entwickeln, welchen Mitarbeiter man nach vorn bringt und welchen man degradiert.«

Sichtlich verärgert presste Selim die Lippen aufeinander.

*Er wollte verheimlichen, dass ich es war, der die Fälschung aufdeckte*, dämmerte es Ludwig.

Trotzdem konnte er seinem Kollegen nicht böse sein. Immerhin hatte er ihn auf Doria aufmerksam gemacht und war das Risiko eingegangen, sie miteinander zu verbandeln.

Verstohlen sah Ludwig zu dem vor die Wand gerückten Tisch hinüber. Davor saß Doria. Den Männern den Rücken zugewandt, ruhten ihre Finger auf einem halbkugelförmigen Diktiergerät. Abwartend und den Blick keusch auf die Tastatur gerichtet, saß sie da, ohne einen Mucks von sich zu geben.

Kolmar, der es offenbar nicht für nötig hielt, sie vorzustellen, begab sich wieder hinter seinen Schreibtisch und forderte die Männer mit einer beiläufigen Geste auf, in den Besuchersesseln Platz zu nehmen.

Sein Büro war wesentlich geräumiger als das von Hannes Elia. An den freien Wandflächen zwischen den Regalen voller in grünes Leder gebundener Kompendien hingen gerahmte Stiche der Kaaba in Mekka. Das Fenster wies auf die modernen Gebäude der Fadlah-Moschee hinaus. Vereinzelte Schneeflocken tanzten in der Luft, sodass der Eindruck entstand, nicht durch ein Fenster, sondern in eine kitschige Schneekugel zu blicken.

Ludwig begriff noch immer nicht, wie ihm geschah. Dieser von einem schrecklichen Albtraum überschattete Morgen hatte eine völlig unerwartete Wendung genommen.

»Die Angelegenheit duldet keinen Aufschub«, verkündete Kolmar und schob die Devotionalien auf seinem Schreibtisch hin und her. »Ich fasse mich daher kurz.« Er schaute die Männer über den Schreibtisch hinweg konzentriert an. »Dass dieser perfide Angriff ausgerechnet in der Berliner Zweigstelle des Ifnes aufgedeckt wurde, ist für unsere Einrichtung von großer Bedeutung. Wir haben die Aufmerksamkeit einflussreicher Leute auf uns gelenkt.«

Er lehnte sich zurück und spielte nervös mit einer vergoldeten Gebetskette. »Der Kampf gegen die Ungläubigen fordert von uns immer neue Innovationen. Der Feind schläft nicht – das haben die aktuellen Vorkommnisse deutlich gezeigt. Unsere Initiative ist gefragt.« Er hob kurz die Hände. »Ideen und Erfindungen entstehen jedoch nicht aus dem Nichts heraus. Wir brauchen Muslime mit Vorstellungskraft und Visionen. Menschen, die neue Waffen oder Vorgehensweisen entwickeln, damit die Bekehrung der Ungläubigen, die seit Jahrzehnten stagniert, endlich wieder vorangeht.«

Kolmar beugte sich vor. »Die jüngsten Gebietseroberungen bei den Kanalinseln haben wir nur einer Weiterentwicklung unserer Kampfdrohnen zu verdanken. Es ist jedoch nur eine Frage der Zeit, bis die verhassten Puritaner ihre Strategie und Kriegsmaschinerie den neuen Gegebenheiten angepasst haben und wir unseren kleinen technologischen Vorsprung wieder einbüßen.«

Ludwig schielte zu Doria rüber. Gesittet saß sie auf dem Stuhl, die Hände auf die kugelförmige Tastatur des Diktiergerätes gelegt. Ihre Finger glitten mit einer betörenden Sanftmut über die Tasten, als sie den Redeschwall ihres Vorgesetzten in die Maschine eingab.

Würde sie doch nur kurz zu ihm herüberblicken, damit er ihr ein Zeichen geben konnte!

»Der Druck, unsere Kampfmittel und Strategien weiterzuentwickeln, ist enorm«, sagte Kolmar unterdessen, »und der Bedarf an Personal, das in der Lage ist, die erforderlichen Neuerungen in die Wege zu leiten, entsprechend hoch.« Er lächelte gewinnend. »Sie ahnen nun wahrscheinlich, wie die Aufmerksamkeit geartet ist, die momentan auf das Berliner Ifnes und im Speziellen auf Sie gerichtet ist, meine Herren.«

»Wir werden alles tun, um Allah und diese Herrschaften nicht zu enttäuschen«, sagte Selim.

Kolmar nickte beiläufig, als habe er keine andere Reaktion erwartet. Er berührte das in die Arbeitsplatte eingelassene Tastfeld, woraufhin in der Mitte des Schreibtisches eine armlange schmale Klappe aufglitt. Ein filigraner Metallrahmen schob sich daraus hervor. Als er vollständig zum Vorschein gekommen war, baute sich flackernd eine transparente Projektionsfläche darin auf.

»Wenn der in einen Rechner abgespeicherte gefälschte Weiterleitungspunkt von dem Nutzer aktiviert wurde, zwingt ein eingeschleustes Subprogramm das Empfangsmodul des verwendeten Rechners dazu, die ketzerische Botschaft der Puritaner zu empfangen und abzuspielen«, erklärte Kolmar. »Wir haben herausgefunden, woher diese Sendung stammt.«

Auf der Schirmfläche war eine dreidimensionale topografische Karte Europas zu sehen. England und Italien, die nicht zum Grünen Glaubensgebiet zählten, waren als plane graue Fläche dargestellt. Die Karte neigte sich langsam um ihre Längsachse, sodass nun auch die Wolken und die darüber gelagerten Luftschichten in den Bildausschnitt gerieten.

Kolmar deutete mit einem Zeigestift auf einen Punkt in der Thermosphäre des deutschen Luftraums und durchstieß das Bild. Während der berührte Bereich vergrößert wurde, drifteten konzentrische Wellen, von der eingedrungenen Stiftspitze ausgehend, über das Bild.

»Hier liegt die Quelle des Übels«, erläuterte er. »Wir haben es mit einem geostationären feindlichen Satelliten zu tun. Ein Kuckucksei sozusagen, das die Puritaner unbemerkt ins Nest unseres Himmels gelegt haben.«

Kolmar zog den Stift zurück. Die Darstellung glättete sich. Ein tonnenartiges Gebilde, von dem etwas abstand, das wie ausgebreitete silbrig schillernde Insektenflügel anmutete, war wie aus dem Nichts aufgetaucht. Das Objekt war mit fühlerartigen Antennen ausgestattet.

»Wir haben diesen gut getarnten Satelliten entdeckt, als wir die von meinem Rechner empfangene Hasssendung mit Richtantennen zurückverfolgten«, erklärte Selim.

Durch die transparente Darstellung hindurch sah Ludwig, dass Kolmar bestätigend nickte. »Das Beispiel dieses Satelliten zeigt, dass die Feinde des Islam nichts unversucht lassen, Muslime mit ihrem verwerflichen und fehlgeleiteten Glauben zu infizieren.«

Doria gab ein leises Hüsteln von sich, was ihr einen strafenden Blick ihres Vorgesetzten einhandelte, den sie jedoch nicht wahrnahm, da sie den Männern den Rücken zukehrte.

»Warum wurde der Satellit noch nicht abgeschossen?«, fragte Ludwig. »Soweit ich weiß, verfügt unser Dschihad-Heer doch über Antisatellitenraketen und einen eigenen Killersatelliten.«

Kolmar fuhr sich nervös über den Bart. »Der Puritaner-Satellit ist mit sehr effektiven Abwehrwaffen ausgerüstet. Er hat die Raketen vernichtet, mit denen wir ihn vom Boden aus beschossen haben. Auch den Angriff des Kampfsatelliten hat er erfolgreich abgewehrt.«

»Eine wahre Teufelsmaschine!«, sagte Selim.

Wieder nickte Kolmar zustimmend. Dann sah seine Gäste durch den transparenten Schirm hindurch an. »Es wurde beschlossen, Sie mit der Zerstörung des feindlichen Satelliten zu betrauen. Man möchte Ihre Fähigkeiten testen, um festzustellen, ob die auf Sie gerichtete Aufmerksamkeit gerechtfertigt ist.«

Ludwig stand der Mund offen; er schloss ihn wieder, als Selim ihn mit dem Ellbogen anstieß.

Kolmar hatte den Stift wieder in die Darstellung getaucht und verschob sie nach oben, indem er den Stift zum oberen Rahmensteg führte. Auf dem Schirm erschien nun ein weiteres Objekt: Ein keilförmiger rötlicher Flugkörper, dessen Heck fast gänzlich vom Triebwerk eingenommen wurde. Das Flugzeug durchkreuzte die Thermosphäre weit unter dem feindlichen Satelliten.

»Was Sie hier sehen, ist die PROPHETENPFEIL I, die neueste Weiterentwicklung unserer herkömmlichen Raumflugzeuge«, erklärte Kolmar. »Das Flugzeug wird auf Abstand bleiben, damit es von den Waffensystemen des Feindsatelliten nicht beschossen werden kann. An Bord befinden sich zwei unserer neuen Drohnen, die sich schon in der Schlacht um Guernsey und Jersey bewährt haben. Da diese Flugkörper weltraumtauglich sind, eignen sie sich für diese Mission hervorragend. In einer knappen Stunde wird der Pilot mit der PROPHETENPFEIL I die erforderliche Höhe erreicht haben und die Drohnen ausschleusen.«

Auf der Bildfläche markierte nun ein rot aufleuchtender Punkt die erwähnte Stelle. Zwei grün gestrichelte Linien führten von der Markierung fort auf den Satelliten zu, der unvermittelt aufblitzte und verschwand, als die Linien ihn trafen.

»Sie, meine Herren, werden die Steuerung der Drohnen übernehmen und das Machwerk der Ungläubigen zerstören!«

Selim rutschte unruhig in seinem Sessel umher. »Wir fühlen uns geehrt, Herr Kolmar«, sagte er zögernd. »Aber bedenken Sie, dass Ludwig keine Erfahrung mit der Gedankensteuerung hat.«

Ludwig furchte die Stirn. Erwartete Selim etwa, dass er gegen diesen Auftrag Einspruch erhob? Es war undenkbar! In Dorias Gegenwart würde ihm Derartiges nie über die Lippen kommen.

»So schwer wird es schon nicht sein, diese Apparate zu lenken«, sagte er.

Selim verdrehte seufzend die Augen.

»Sie haben genau die richtige Einstellung, Ludwig«, lobte Kolmar und schaltete den Bildschirm aus. Der leere Rahmen glitt langsam in den Schacht zurück.

Kolmar stand auf und begutachtete seine Besucher mit strenger Miene. »Enttäuschen Sie mich nicht. Nicht nur für Sie hängt viel vom Gelingen dieser Mission ab.«

Ludwig erhob sich ebenfalls. Von einer verrückten Laune ergriffen und in dem Wissen, dass Doria die Worte in den Apparat eingeben würde, sagte er: »Ich werde mich diesem Satelliten wie einer unverheirateten Frau mit List und Gewitztheit nähern und ihn erobern, Herr Kolmar.«

Kolmar nickte zurückhaltend. »Sehr schön, Ludwig. Vergessen Sie aber nicht, wofür Sie in Wahrheit kämpfen.«

Ludwig nickte ernst. »Natürlich nicht. Al hamdulillah.«

Kolmar warf einen Blick auf seine Armbanduhr. »Auf dem Dach steht ein Hubschrauber für Sie bereit. Er wird Sie zum Luftwaffenstützpunkt auf den Flughafen Tempelhof bringen. Dort werden gerade zwei Steuereinheiten für Sie vorbereitet, mit denen Sie die Drohnen lenken werden.«

Er streckte den Arm über den Schreibtisch aus, und als Selim und Ludwig seine Hand schüttelten, wünschte er ihnen nacheinander ein gutes Gelingen.

\*

»Dein Vorstoß war ziemlich gewagt«, brüllte Selim Ludwig ins Ohr.

Sie saßen auf einer Sitzbank in der Passagierkabine des Hubschraubers. Der Motorenlärm und das Dröhnen des Rotors machten es sehr unwahrscheinlich, dass sie akustisch überwacht wurden. Darum entschied Ludwig, dass sie offen reden konnten.

»Ich glaube nicht, dass Kolmar meine Anspielung verstanden hat. Doria hingegen wird sich ihren Teil gedacht haben!«

»Das meinte ich doch gar nicht!«, gab Selim unwirsch zurück. »Ich spreche davon, wie leichtfertig du davon ausgehst, dass unsere Mission gelingen wird!«

Ludwig stutzte. »Hast du diesbezüglich etwa Zweifel?«

Selim lachte abfällig. »Wie oft hast du denn schon eine dieser modernen Drohnen gelenkt?«

»Noch gar nicht – das weißt du doch!«

»Na also. Um eine Drohne mit den Gedanken zu steuern, braucht man Erfahrung, die du nicht hast.«

»Die Leute, von denen Kolmar sprach, scheinen aber davon auszugehen, dass ich der Aufgabe gewachsen bin. Andernfalls würden sie mir ein so teures Gerät doch nicht anvertrauen.«

Selim schüttelte den Kopf. »Die Steuereinheit müsste eigentlich erst auf deine Gehirnströme eingepegelt werden. Andernfalls könnte der Apparat deine Gedanken nicht interpretieren.«

Verstimmt furchte Ludwig die Stirn. »Es passt dir wohl nicht, dass man dir jemandem aus der zweiten Abteilung an die Seite stellt.«

Selim winkte ab. »Ach, was. Am besten fliegst du mit deiner Drohne dicht hinter meiner her. Dann wird die Sache schon schief gehen.«

Entnervt drehte sich Ludwig von seinem Kollegen weg. Er blickte aus dem Fenster auf die Stadt hinab.

Gerade überquerten sie Kreuzberg. Der Landwehrkanal mit den entlaubten Trauerweiden am Ufer schlängelte sich in sanften Kurven durch ein Gewirr aus Straßen und Hausdächern. Es waren kaum Menschen zu sehen. Die Stadt wirkte um diese Zeit wie ausgestorben. Hier und da rollte ein Gläubiger über eine Kreuzung oder das Motorrad eines Kuriers jagte um eine Kurve.

Ludwig presste die Lippen aufeinander. Selims Worte gaben ihm zu denken. Im Grunde war es Wahnsinn, dass Kolmar ihn auf diese Mission schickte. Ihm fehlte nicht nur die Erfahrung im Umgang mit der Gedankensteuerung: Der Zeitrahmen war außerdem so eng gesteckt, dass den Technikern nur Minuten blieben, die Maschine auf seine Gehirnmuster einzustellen.

Ludwig zog die Unterlippe zwischen die Zähne und kaute nervös darauf herum. Offenbar reichte seine Phantasie nicht aus, eine Erklärung dafür zu finden, warum man ausgerechnet ihn für diese Mission ausgewählt hatte. Trotzig ballte er die Fäuste. Kiral konnte unken, so viel er wollte. Er würde sein Gehirn bis zum äußersten anstrengen, um den Satelliten der Ungläubigen mit seiner Drohne vom Himmel zu fegen!

\*

Der Hubschrauber landete auf der Wiese vor der Verwaltung des Flughafens. Beim Anflug waren Ludwig große Parabolantennen auf dem Dach aufgefallen. Sie waren alle aufs Firmament ausgerichtet. Neben dem schlichten mehrstöckigen Gebäude ragte ein hoher Bau auf schlanken Säulen empor, die eine Betonkugel stützten. Er vermutete, dass weitere technische Anlagen zur Datenübertragung und die Ortung darin untergebracht waren.

Der Flughafen Tempelhof hatte eine wechselvolle Geschichte hinter sich, die das Muslimnetz genauestens dokumentierte. Nachdem er unter der demokratischen Regierung zuletzt als Museum dahinvegetiert hatte, war er vor zwanzig Jahren vom Dschihad-Heer übernommen worden. Das eher kleine Gelände diente der Luftwaffe seitdem als Horst und Landeplatz für experimentelle Fluggeräte.

Während Ludwig sich unter den Rotorwind duckte und mit seinem Kollegen dem Eingang des Verwaltungsgebäudes entgegen strebte, sah er über die Schulter zur Landebahn hinüber. Dort standen drei Jäger der Glaubensverbreiterklasse mit dem grünen Halbmond auf weißem Untergrund als Hoheitszeichen. Etwas weiter entfernt stand eins der roten, von deutschen Ingenieuren perfektionierten Raumflugzeuge. PROPHETENPFEIL II stand in arabesken Lettern auf den Rumpf geschrieben. Das zweite auf dem Flughafen stationierte Raumflugzeug befand sich in diesem Moment auf dem Weg in die Thermosphäre, um die im Laderaum geparkten Drohnen in der Nähe des Feindsatelliten auszuschleusen.

Der Helikopterpilot hatte seinen Passagieren über die Bordsprechanlage von den technischen Möglichkeiten des PROPHETENPFEIL unterrichtet. Das Triebwerk in dem markanten Düsenheck verbrannte Sauerstoff, den die Aggregate aus der Atmosphäre aufnahmen. Dieses Verfahren verringerte den Treibstoffverbrauch extrem, sodass nach dem Aufstieg in die sauerstoffarmen oberen Luftschichten genug Sprit übrig war, um längere Zeit zu manövrieren.

Vor dem Gebäudeeingang stand ein Offizier in der grauen Uniform des Dschihad-Heers und gab den beiden herbeieilenden Zivilisten mit ungeduldigen Zeichen zu verstehen, dass sie sich gefälligst beeilen sollten.

»Leutnant Bakin«, stellte er sich vor. In der christlichen Ära wäre sein brauner Vollbart nach irgendeiner militärischen Vorschrift gestutzt und gestriegelt gewesen, doch diese Zeiten waren vorbei. Heute unterschied sich der deutsche Soldat nicht mehr von seinen islamischen Kameraden in Pakistan. »Folgen Sie mir unverzüglich.«

Nach dieser knappen Begrüßung drehte er sich auf dem Absatz um und stakste mit weit ausholenden Schritten auf die Glastüren zu.

Die beiden Wachen in der Eingangshalle blickten stur geradeaus und schienen von dem Leutnant und den Zivilisten keine Notiz zu nehmen. Sie näherten sich hastig den Fahrstühlen. Eine Tür stand offen. Nachdem Bakin die Kabine betreten hatte, drückte er auf den obersten Knopf der Schalterleiste. Ludwig und Selim sprangen hinzu. Schon schloss sich die Tür.

»Die Anlagen sind einsatzbereit«, erklärte Bakin. »Sie können die Arbeit sofort aufnehmen.« Er sah auf seine Armbanduhr. »PROPHETENPFEIL I wird das Ziel in etwa zehn Minuten erreichen.«

Kiral Selim warf Ludwig einen viel sagenden Blick zu, den dieser jedoch geflissentlich ignorierte. Es würde nur seine Konzentration stören, wenn er sich jetzt über die Kalibrierung der Steuereinheit den Kopf zerbrach.

Im obersten Stockwerk dirigierte Bakin sie zu einer doppelflügeligen Tür. Dahinter öffnete sich eine von technischen Geräten wimmelnde Halle, in der sich etwa ein Dutzend Uniformierte und Zivilisten aufhielten.

Staunend sah Ludwig sich um und folgte dem Leutnant durch die Halle. Entlang der abgedunkelten Fenster waren bequem anmutende Liegen aufgestellt, die jedoch unbesetzt waren. Über den Kopfenden hingen an bogenförmigen Galgen befestigte monströse Hauben. Dicke Kabelstränge führten von den Helmen fort und unter der Raumdecke her zu den mannshohen Rechnern, die an der Wand gegenüber aufgestellt waren. Zu jedem Rechner gehörte eine Arbeitsstation mit Panoramabildschirm.

Ein Offizier, den die goldenen Halbmonde und Orden am Revers als Generalmajor auswiesen, trat den Ankömmlingen entgegen.

»Gür«, stellte er sich in barschem Tonfall vor, nachdem er den militärischen Gruß des Leutnants lässig erwidert hatte. »Ich leite das Unternehmen.« Er strich sich über den grau melierten Schnauzbart, über dem sich eine große gebogene Nase wölbte. Er musterte die Zivilisten mit dunklen, von Krähenfüßen umgebenen Augen und deutete schließlich auf die beiden Liegen, neben denen sie standen. »Nehmen Sie Platz.«

Ludwig sah kurz zu den Arbeitsstationen hinüber. Die davor sitzenden Soldaten tippten fieberhaft auf den Konsolen herum und beobachteten die sich verändernde Koordinatenkreuzkurven auf dem Bildschirm.

Selim warf seinen Mantel lässig über eine Stuhllehne und legte sich hin. Ludwig tat es ihm gleich, rutschte auf den weichen Polstern der Liege jedoch unbehaglich hin und her.

Ein Mann in einem weißen Kittel und mit zerrauftem Bart trat zwischen sie. Die Augen unter der hohen Stirn wirkten unnatürlich weit und die Lippen, die unter den Bartsträhnen hervorschimmerten auf abstoßende Weise feminin.

»Ich benötige Ihre Kennkarten«, sagte er ohne Umschweife und bewegte ungeduldig die Finger seiner fordernd zu beiden Seiten ausgestreckten Hände.

Ludwig holte seine Karte hervor. Der Wissenschaftler riss sie ihm unwirsch aus den Fingern und steckte sie in den Schlitz des Helms, der über Ludwig hing. Dasselbe tat er mit Selims Kennkarte.

»Setzen Sie die Hauben auf und schließen Sie die Augen«, wies der Wissenschaftler sie an.

Ludwig gehorchte zögernd und stülpte den Helm über den Kopf. Für einen kurzen Moment vernahm er einen Hochfrequenzton, der wie eine imaginäre Kreissäge in sein Gehirn schnitt. Ein Kribbeln lief über seine Kopfhaut.

Die Phänomene erinnerten ihn an die Empfindungen, die ihn immer dann überkamen, wenn er in der Freitagsmoschee die Gebetskappe aufsetzte.

»Ich habe keine Erfahrung mit der Gedankensteuerung«, sagte er beklommen.

»Wir sind darüber informiert«, hörte er den Generalmajor sagen. Seine Stimme drang aus den Helmlautsprechern klar und deutlich an Ludwigs Ohren. »Professor Albrecht wird sich um den technischen Ablauf kümmern. Machen Sie sich keine Sorgen. Versuchen Sie sich zu entspannen. Exaktes Denken – darauf kommt es jetzt an.«

Ludwig reckte das Kinn und ließ die Schließe des Helmriemens unter dem Bart einrasten. Der Professor klappte unterdessen die beiden Augenabtaster und das Mikrofon herunter, das an langen Stielen vorn am Helmrand befestigt war. Dann drückte er Ludwigs halb aufgerichteten Oberkörper auf die Liege.

»In wenigen Sekunden ist es soweit«, sagte Gür. »Sobald Sie die Freigabe erhalten, fliegen Sie mit Ihrer Kampfdrohne einige

Manöver, um sich mit dem Flugverhalten des Geräts vertraut zu machen. Dann nähern Sie sich dem Zielobjekt.«

Ludwig machte den Mund auf. Er hatte überhaupt keine Ahnung, was da auf ihn zukam. Doch er kam nicht mehr dazu, sein Unbehagen zu äußern, denn im Kopfhörer schrillte nun ein Signalton.

Im nächsten Moment wurde sein Bewusstsein brutal mit fremden Sinneseindrücken geflutet.

\*

Ludwig schwebte in einem tiefdunklen Blau. Weit entfernt glaubte er zahlreiche schwach blinkende Lichtpunkte auszumachen. Sie drifteten langsam und Schwindel erregend über ihn hinweg.

*Es sind Sterne!*, dachte er aufgeregt.

Im nächsten Moment legte sich eine Schablone über das Bild. Zahlenkolonnen, die den Wert ständig änderten, flimmerten am unteren Rand seines Blickfeldes auf. Einige Sichtbereiche wurden von Kreisen eingeschlossen, in denen transparente Nachrichten aufschienen und wieder verblassten.

»Du schmierst ab!«

Es dauerte einen Moment, bis Ludwig begriff, dass er Kiral Selims Stimme hörte. »Du musst der Drohne befehlen, sich zu stabilisieren, Ludwig. Konzentrier dich! Stell dir vor, du wärst tatsächlich oben in der Thermosphäre.«

Am linken Rand tauchte plötzlich ein silbrig schimmernder Körper auf. Eine Drohne. Das hätte Ludwig auch ohne den transparenten Hinweis erkannt, der über dem Objekt eingeblendet wurde. An den Spitzen der langen schlanken Flügel bildeten sich nach hinten weg driftende Kondensstreifen. Eine eingeblendete Achse, die parallel zum zigarrenförmigen Rumpf verlief, zeigte an, dass die Drohne sich in waggerechter Position befand. Als auch das Heck mit den beiden Höhenflossen und der sichelförmigen Seitenflosse in Ludwigs Blickfeld geriet, sah er, wie die Ruder sich sanft bewegten.

Da begriff er, dass er das von seinem Kollegen gesteuerte Flugzeug vor sich hatte – und seine Drohne im Begriff war, mit dem Heck abwärts in die Tiefe zu fallen.

Hastig stellte er sich vor, dass er sich in der Luft herumdrehte, sodass sein Bauch zur Erdoberfläche wies.

Der Gedankenimpuls musste zu ungenau gewesen sein, denn Selims Drohne fegte plötzlich dicht vor ihm vorbei. Ludwig blickte unvermittelt in die Tiefe, auf den von Wolkenschlieren verhängten europäischen Kontinent hinab, der von bläulichen, glitzernden Wassermassen bedrängt wurde.

»Pass besser auf, Mann. Du hättest beinah meinen rechten Flügel gestreift!«

Ludwig versuchte sich einzureden, dass es nicht die Optik der Drohne war, die die Bilder in sein Gehirn übertrug, sondern er alles mit eigenen Augen sah. Nicht die unbemannte Drohne trudelte in der Thermosphäre umher; sein Körper war es, der dort oben umherschwirrte.

Er konnte den Impuls, seine Arme wie Flügel auszustrecken, gerade noch unterdrücken. Doch sein Versuch sich in die Lage der Drohne zu versetzen hatte offenbar das gewünschte Resultat erzielt: Eine Anzeige am oberen Rand des Sichtfeldes meldete, dass er das Ding tatsächlich in eine waagerechte Position gebracht hatte.

»Mehr Schubkraft!«, mahnte Selim. »Stell dir vor, du beschleunigst – dann zündet das Triebwerk automatisch.«

Ludwig runzelte angestrengt die Stirn und dachte an sein Auto. Dann beschwor er das Gefühl in sich herauf, das ihn immer überkam, wenn er den Fuß aufs Gaspedal drückte und der aufheulende Benzinmotor den Wagen so abrupt vorantrieb, dass er in die Formpolster seines Sitzes gedrückt wurde.

»Sehr schön!« Selim klang zufrieden. »Du lernst schnell, Ludwig. Die Anzeige unten links sagt dir übrigens, wie schnell du gerade fliegst. Das kleine Fenster daneben gibt meine Position an. Die Optik der Drohne ist nach vorn ausgerichtet und nur um fünfundvierzig Grad schwenkbar. Doch die Spürer und Sensoren tasten die Umgebung in alle Richtungen ab und teilen dir die Ergebnisse in Form von Werten oder Nachrichten mit. Du musst also stets aufmerksam und konzentriert bleiben.«

»Verstanden!« Ludwig stellte fest, dass ihm die Sache Spaß zu machen begann. Wäre in der Thermosphäre genug Luft vorhanden gewesen, hätte er jetzt wahrscheinlich das Pfeifen des Flugwindes gehört.

»Bitte denken Sie daran, mit den Brennstoffvorräten zu haushalten«, war plötzlich die Stimme von Generalmajor Gür zu hören. »Den Sprit werden Sie nachher dringend brauchen, wenn Sie den feindlichen Satelliten ansteuern.«

Ludwig flog eine Schleife, bis Selims nun weit entfernte Drohne in seinem Sichtbereich auftauchte. Ein transparenter grüner Pfeil hatte ihm zuvor die Richtung angegeben, in der sich das Flugzeug seines Kollegen befand.

Da bemerkte er weit unter sich plötzlich ein weiteres Fluggerät. Die Distanz war so groß, dass es sich vor der Wolkenbank nur als rötlich schimmernder Punkt abzeichnete.

Ludwigs Herzschlag beschleunigte. Eine Mischung aus Jagdfieber und Furcht packte ihn. Als das Objekt dann von einem Kreis eingefasst wurde und eine transparente Schrift ihn informierte, dass er nicht den Puritaner-Satelliten, sondern den PROPHETENPFEIL I aufgespürt hatte, atmete er erleichtert auf.

Ludwig holte das Flugzeug optisch näher heran. Die Feuerlanze, die das gewaltige Triebwerk ausspie, flackerte nervös in der extrem ausgedünnten Luft. Der Rumpf glühte und schob eine den Bug umwabernde Kapsel aus erhitzten Molekülen vor sich her.

Der Pilot hatte offenbar den Befehl erhalten, das Raumfahrzeug zur Erde zurückzufliegen, nachdem er die beiden Drohnen abgesetzt hatte. Dieser Umstand beunruhigte Ludwig ein wenig, weil anscheinend nicht vorgesehen war, dass die PROPHETENPFEIL I die Drohnen nach ihrer Mission wieder aufnahm.

Dank der Spezialbeschichtung war es theoretisch möglich, eine im Weltraum schwebende Drohne auf die Erde zurückzubringen. Ludwig bezweifelte jedoch, dass der Treibstoffvorrat nach dem bevorstehenden Kampf für ein solches Flugmanöver ausreichte.

Plötzlich fürchtete er sich vor der Auseinandersetzung mit der Verteidigungseinrichtung des Satelliten. Die Drohne war zwar mit Raketen und einer großkalibrigen schnell feuernden Projektilwaffe ausgestattet, doch er hatte noch nie eine Waffe ausgelöst – auch nicht mit den Gedanken.

»Ich glaube, wir können es jetzt wagen, das Zielobjekt anzufliegen«, machte Selim sich bemerkbar. »Mir scheint, du hast deine Drohne gut im Griff.«

»In Ordnung.« Ludwigs Stimme klang rau und belegt. Er zog an der Maschine seines Kollegen vorbei und setzte sich wie besprochen vor ihn. Während Selim die Flugrichtung den Zielkoordinaten anpasste, versuchte Ludwig den Abstand möglichst konstant zu halten.

Nach einer Weile tauchte in der Ferne ein verschwommener silberner Punkt im dunklen Blau des Firmaments auf.

Ludwig vergrößerte das Objekt optisch. Sie hatten den fremden Satelliten gefunden. Die Darstellung im Vergrößerungsbereich deckte sich mit der auf dem Bildschirm in Kolmars Büro. Die Flächen der Solarzellenflügel waren Richtung Sonne ausgerichtet; die Antennen zielten auf die Erde hinab.

Unwillkürlich musste Ludwig an Doria denken. Was sie jetzt wohl gerade machte? Ob sie an ihn dachte, wie er an sie?

»Achtung!«, rief Selim. »Der Satellit zeigt Aktivitäten. Wir werden beschossen!«

Ludwig hatte keine Ahnung, welche der unvermittelt eingeblendeten Zahlenreihen den Beschuss anzeigte. Erschreckt bemerkte er, dass die vor ihm fliegende Drohne plötzlich an Höhe gewann.

»Schlafen Sie, Rauber?« Gürs Stimme dröhnte überlaut in Ludwigs Kopfhörer. »Um Haaresbreite hätte ein auf Sie abgefeuertes Projektil den Rumpf Ihrer Drohne aufgerissen. Sie müssen die Manöver Ihres Kameraden in Sekundenschnelle nachvollziehen, wenn Sie so dicht hinter ihm sind!«

Ludwig schluckte trocken. »Kommt nicht wieder vor.«

»Mach deine Waffensysteme fertig«, sagte Selim. »Wir sind gleich auf Feuerreichweite heran.«

»Wie denn?«

»Hass. Du musst Hass empfinden. Hass macht deine Bordwaffen scharf!«

Obwohl er mit der Situation überfordert war, schaffte Ludwig es doch irgendwie, wie an einem Seil gezogen hinter Selims Drohne her zu fliegen. Fast zur gleichen Zeit wie sein Kollege beschrieb er, als das nächste Geschoss auf sie zuraste, eine scharfe Linkskurve.

Diesmal hatte das Verteidigungssystem des Satelliten eine Sprengkapsel abgefeuert. Sie explodierte in unmittelbarer Nähe der Drohnen. Die sich schnell ausbreitende Druckwelle schleuderte die Maschinen aus ihrer Flugbahn.

»Verflucht!« Angestrengt verzog Ludwig das Gesicht. Nur unter Mühen gelang es ihm, seine ins Trudeln geratene Drohne abzufangen. Gerade noch rechtzeitig bemerkte er, dass das Warnsystem ihm das Nahen eines weiteren Projektils anzeigte.

Er zog den Bug hoch und ließ die Flügel wippen, was zur Folge hatte, dass das Geschoss dicht unter der rechten Tragfläche hindurch jagte und verschwand.

»Wann sind wir endlich nah genug zum Feuern?«, rief er aufgebracht und versuchte anhand der Anzeigen Selims Position zu ermitteln.

»Deine Waffensysteme!«, rief Selim, dessen Drohne nun am unteren Sichtfeld auftauchte. »Sie sind noch nicht aktiv!«

Ludwig nickte zerstreut, was seine Beklemmung nur noch verstärkte, denn der sperrige Helm schränkte seine Bewegungsfreiheit ein. *Hass,* dachte er panisch. *Du musst Hass empfinden!*

Ohne es bewusst zu wollen, dachte er an Friederike, seine Mutter.

»Sie ist hassenswert – nichts anderes! Hast du das begriffen, mein Junge?« Die Worte seines Vaters. Schaumiger Speichel war aus seinem Mund gespritzt und hatte sich in seinem struppigen Vollbart verfangen. Weil Ludwig geweint hatte, hatte sein Vater ihn so lange mit dem Gürtel gezüchtigt, bis er halb besinnungslos vom Stuhl gerutscht war. »Wenn du keinen Stein wirfst, Ludwig, wird es dir anschließend schlimmer ergehen als jetzt!«

»Du verdammtes Schwein!«, flüsterte Ludwig voller Verachtung und ohne daran zu denken, dass seine Worte von seinem Mikrofon aufgefangen wurden. »Du gottverdammtes Schwein!«

Selim stieß ein raues Lachen aus. »Ich möchte nicht wissen, woran du gerade gedacht hast. Ich hoffe nur, dass ich es nicht war.«

Ludwig spürte, dass ihm das Blut ins Gesicht schoss. Doch das rote Blitzsymbol am unteren Rand des Sichtfeldes zeigte ihm, dass die Waffensysteme der Drohne nun aktiv waren. »Von mir aus kann es losgehen, Kiral«, sagte er rau.

»Pass jetzt gut auf. Der Satellit ist in Reichweite. Was die Abwehrraketen und unsere Killersatelliten nicht geschafft haben, muss uns jetzt gelingen. Aber sei gewarnt. Die Höllenmaschine wird uns ihr ganzes Waffenarsenal auf den Hals schicken, um uns aufzuhalten!«

»Ist mir schon klar.«

Selim hatte seine Drohne wieder vor die Ludwigs gesetzt und verdeckte einen Großteil der Sicht auf den feindlichen Satelliten. Er feuerte eine Rakete ab. Sie beschrieb einen Bogen, sodass Ludwig den hellen Kondensstreifen deutlich sah. Im nächsten Moment wurde die Rakete jedoch zerfetzt und explodierte. Der Satellit hatte ihr einen Hagelschauer aus Projektilen entgegengeschickt.

»Wir sollten uns dem Höllending lieber aus zwei Richtungen nähern«, schlug Ludwig vor.

»Für ein solches Manöver fehlt dir die Erfahrung.«

»Ich weiß gar nicht, was du hast. Ich beherrsche die Steuerung der Drohne doch ausgezeichnet.«

Von plötzlichem Übermut ergriffen, zog Ludwig seine Maschine hoch. Jetzt war die Sicht auf den Satelliten frei. Sein Zielerfassungssystem hatte das Objekt genau im Visier; es war nur noch etwa vierhundert Meter entfernt.

Ludwig stutzte. Eine kurze Fehlübertragung der Drohnenkamera hatte dazu geführt, dass er für den Bruchteil einer Sekunde nur Schneegestöber vor seinem geistigen Auge sah.

*Feuer!* Er konzentrierte sich auf das Raketensymbol am rechten Rand seines nun wieder intakten Sichtfeldes.

Der Wert vier wurde auf drei verringert, während eine der im Rumpf der Drohne gebunkerten Raketen aus der Abschussvorrichtung hervorjagte. Der Rückstoß drückte den Bug hinunter. Ludwig schmierte nach unten ab.

Das rettete seine Maschine vor der Vernichtung. Der Satellit hatte ihnen nämlich ein Sperrfeuer aus mehreren Abwehrraketen entgegengeschickt. Auf eins der Geschosse war Ludwig direkt zugeflogen, als er mit der Drohne hinter Selims Flugzeug hervorgekommen war.

»Verdammt!«, brüllte er. »Der Satellit ist Schuld an der kurzen Übertragungsstörung – sie sollte das Sperrfeuer verdecken!«

Selims Drohne rollte einmal um die Längsachse und flog elegant zwischen den Raketen hindurch. Ludwigs Maschine jedoch erhielt am Heck einen harten Schlag. Die Wucht des Streiftreffers ließ den Bug der Drohne wieder hochschnellen, sodass Ludwig über sich nun Selims Flugzeug erblickte.

Im selben Moment verpuffte Ludwigs Rakete – zwanzig Meter vom Satelliten entfernt, wie die Anzeige verriet. Die plötzlich eingeblendete schematische Darstellung seiner Drohne machte ihm jedoch viel mehr zu schaffen. Das linke Höhenleitwerk war getroffen und zerstört worden!

»Treffer!« Herbe Enttäuschung machte sich in Ludwig breit. Er unternahm einen verzweifelten Versuch, seine Drohne wieder hinter die seines Kollegen zu setzen. Doch er bewirkte nur, dass seine Kiste plötzlich anfing zu rollen.

Vor Ludwig drehte sich alles. Der Satellit mit seinen ausgestreckten Sonnenflügeln schien einen wirbelnden Derwischtanz aufzuführen. Er spürte Übelkeit in sich aufsteigen. Trotzdem konzentrierte er sich verbissen auf das Zentrum des kreiselnden Chaos vor ihm.

Da schoss aus einer Antenne des Satelliten plötzlich ein gleißender gebündelter Lichtstrahl.

Selim hatte keine Chance, der lichtschnellen Energielanze auszuweichen. Der Strahl fraß sich in den Rumpf seiner Drohne. Im nächsten Moment verging das extrem überhitzte Flugzeug in einer heftigen Explosion.

Der schrille Schrei seines Kameraden veranlasste Ludwig, mit beiden Händen an seinen Helm zu fassen. Doch seine Arme wurden gepackt und an seinen Körper gedrückt.

»Das Ding hat eine Laserkanone an Bord, Rauber!« Anstelle des plötzlich abgewürgten Schreis hörte Ludwig nun die markige Stimme des Generalmajors. »Wahrscheinlich sind die Magazine des Satelliten leer. Darum hat das Verteidigungssystem auf die letzte verfügbare Waffe zugegriffen.«

Ludwig sammelte seine Kräfte und richtete seine Gedanken auf die Waffensymbole. Die Worte des Generalmajors hatten ihn gemahnt, sofort zu handeln, ehe der Laserstrahl auch seine Drohne zerstörte.

Kurz nacheinander jagten die verbliebenen Raketen aus dem Abschussrohr. Doch sie zischten an dem Satelliten vorbei, ohne ihn auch nur anzukratzen.

»Die Energiewerte verraten, dass die Laserkanone in wenigen Sekunden wieder einsatzbereit ist!«, warnte Gür.

»Wie soll ich einen gezielten Schuss abgeben, wenn ich die Drohne nicht stabilisieren kann?« Frustriert aktivierte Ludwig das Maschinengewehr und feuerte.

Obwohl das Flugzeug noch immer unkontrolliert rollte, durchschlugen einige Projektile die Hülle des Satelliten und durchsiebten einen Sonnenflügel.

»Was soll ich jetzt machen?«

»Behalten Sie den Kollisionskurs bei, Rauber!«, befahl Gür.

Ludwig presste die Lippen aufeinander. Selims Schrei gellte noch in seinen Ohren. Offenbar war es kein Vergnügen, wenn eine Drohne, deren Gedankensteuerung man übernommen hatte, vernichtet wurde!

Er biss die Zähne zusammen. Selbst wenn er die beschädigte Drohne dazu bringen könnte, an dem Satelliten vorbei zu fliegen, würde er nicht verhindern können, dass er von der gleich wieder einsatzfähigen Laserkanone abgeschossen wurde.

Verbissen stellte er sich vor, sein Vater hockte im Innern des tonnenartigen Flugkörpers. Der Satellit war nun zu enormer Größe angewachsen. Ludwig sah die Verschraubungen und Schweißnähte, die Einschusslöcher und die mit Schmauchspuren umrandeten Mündungen der verstummten Geschützrohre auf sich zurasen.

Im Moment des Zusammenpralls endete der Videostrom abrupt. Das Gedankenbild in seinem Kopf kollabierte. Zurück blieb eine Schwärze, die nicht nur sämtliche visuellen Eindrücke absorbierte, sondern auch Geräusche, Gerüche und das Tastempfinden austilgte.

Verzweifelt versuchte Ludwig sich zu orientieren. Doch für einen Moment hatte er sogar seinen Namen vergessen. Die ihn umgebende Dunkelheit war ein hungriger Moloch, der selbst die Schreie seines Opfers fraß.

\*

Über Ludwig schien plötzlich ein Licht. Es umstrahlte ein verwaschenes Schemen. Das bärtige Gesicht eines gebeugt über ihm stehenden Mannes kristallisierte sich aus den Konturen heraus.

»Halfred!«, schrie Ludwig heiser den Namen seines verhassten Vaters. Er wollte ihn abwehren. Doch er konnte seine Arme und Beine nicht bewegen.

Da bemerkte er die Spritze in der Hand seines Vaters. Er senkte die Nadel und stach in Ludwigs Armbeuge.

Plötzlich erkannte Ludwig, dass er sich getäuscht hatte. Nicht sein Vater verabreichte ihm die Injektion, sondern Professor Albrecht...

Benommen blickte Ludwig an ihm vorbei zu Selims Liege hinüber. Die Augen seines Kollegen waren geschlossen. Er schien zu schlafen.

»Gute Arbeit, Zivilist.« Die markige Stimme veranlasste Ludwig, den Kopf zu drehen. Auf der anderen Seite seiner Liege stand Generalmajor Gür. Er lächelte und nickte gütig. »Sie fühlen sich beschissen, ich weiß. Kein Grund, sich zu schämen. Egal wie lange und intensiv man an der Gedankensteuerung ausgebildet wurde: Wenn der Kontakt zum Vehikel abreißt, empfindet jeder Panik und Entsetzen. Beim ersten Mal ist es besonders schlimm.«

Er tätschelte Ludwigs Wange und gab dem am Fußende der Liege stehenden Offizier, der Ludwigs Beine festhielt, ein Zeichen ihn loszulassen.

»Sie werden gleich einschlafen, Rauber. Bevor Sie uns verlassen, möchte sich Ihnen noch sagen, dass Ihre Mission erfolgreich war. Der Satellit wurde zerstört. Es ist nicht nötig, dass ich meine Männer mit einer zweiten Drohnenstaffel in die Thermosphäre rauf schicke.«

\*

Seit Ludwig das sechste Lebensjahr erreicht hatte, hatte er jeden Tag die fünf erforderlichen Gebete ausgeführt. Nur wenn er extrem krank gewesen war und das Attest eines Arztes vorlag, hatte er eins ausgelassen, was jedoch nur selten vorgekommen war.

Als er nun in der Krankenstation des Flughafens Tempelhof erwachte, galt sein erster Blick der über der Tür hängenden Uhr. Ein heißer Schreck durchfuhr ihn. Es war 17.00 Uhr. Er hatte gleich zwei Gebete verschlafen!

»Wie geht es dir?«

Ludwig drehte sich um. Neben ihm, in einem zweiten Bett, lag Kiral Selim. Er hatte in einer Ausgabe der *Prophetischen Nachrichten* gelesen, ließ die Tageszeitung nun aber auf die Bettdecke sinken.

»Ich schätze, mit mir ist alles in Ordnung«, erwiderte er, nachdem er kurz in sich hineingehorcht hatte.

Selim nickte anerkennend. »Du hast den Satelliten tatsächlich pulverisiert. Eine tolle Leistung!«

Ludwig zuckte mit den Schultern. »Ich hatte Glück, weil sein Selbstverteidigungssystem meine beschädigte Drohne als weniger bedrohlich eingestuft hat und den Laser darum auf deine Maschine abfeuerte.«

»Allahu akbar.« Selim warf die Zeitung auf den Beistelltisch. Er streckte den Arm aus und drückte einen neben dem Kopfende des Bettes in die Wand eingelassenen Knopf. »Ich schätze, wir haben mit der Mission einiges Aufsehen erregt. Kolmar hat sich schon gemeldet. Wenn wir wieder wohlauf sind, sollen wir im Ifnes bei ihm vorsprechen.«

Eine verschleierte Krankenschwester betrat den Raum. Sie schob ein Wägelchen mit medizinischen Geräten vor sich her. Auf der Stirnpartie ihres weißen Kopftuchs prangte ein grüner Halbmond. Zwei hellblaue Augen blitzten aus dem engen Sichtspalt des Gesichtsschleiers hervor.

Ohne ein Wort an ihn zu richten, schickte sie sich an, Ludwigs Blutdruck zu messen. Er zuckte kaum merklich zusammen, als sie ihn mit ihrer behandschuhten Hand berührte.

»Ihre Werte sind normal«, erklärte die Krankenschwester schließlich und legte die Schläuche des Messgeräts auf den Wagen zurück. »Sie müssen die Station jetzt bitte verlassen.« Sie deutete eine Verbeugung an und zog sich dann, das Wägelchen vor sich her schiebend, aus dem Zimmer zurück.

»Hübsch.« Selim blinzelte anzüglich.

Ludwig nickte. Er ließ den Kugelschreiber, den er heimlich vom Mittelbrett des Rollwagens genommen hatte, in dem Hemdsärmel verschwinden. Dann stand er auf.

Man hatte sich nicht die Mühe gemacht, die beiden schlafenden Männer auszuziehen, bevor man sie in die Betten der Krankenstation legte. Nachdem Ludwig den Mantel vom Stuhl genommen hatte, suchte er die Toilette auf. Wenige Minuten später waren die Männer zum Aufbruch bereit.

Da es diesmal nicht eilte, wurde ihnen für den Rückweg nur ein Geländewagen mit Chauffeur zur Verfügung gestellt. Während der Fahrt starrte Ludwig geistesabwesend aus dem Fenster. Er nahm die Häuser und die kahlen Bäume, die draußen vorüberhuschten, kaum wahr. Es schneite noch immer. Die gefallenen Flocken wehten – zu feinen Schleiern verdichtet – über den Asphalt oder häuften sich im Windschatten der Randsteine.

Vergeblich versuchte er das Gefühl von Freiheit wieder in sich heraufzubeschwören, das ihn erfüllt hatte, während er per Gedankensteuerung mit der Kampfdrohne verbunden gewesen war. Er furchte die Stirn und zwirbelte nervös seinen Bart. *Kirals Bedenken haben sich als unbegründet erwiesen*, dachte er. *Es hat gereicht, meine Kennkarte in den Helmschlitz zu stecken, um die Maschine mit meinen Gehirnmustern vertraut zu machen. Auf diesen Karten sind wohl mehr Informationen gespeichert als allgemein angenommen wird.*

\*

Eine Stunde vor Sonnenuntergangsgebet betraten sie Kolmars Büro. Der Leiter der 3. Abteilung stand von seinem Schreibtischsessel auf. Ein zufriedenes Grinsen schimmerte unter seinem gestutzten Vollbart hervor.

Ludwigs Herz schlug höher, als er Doria an einem Regal entdeckte. In ihrem grauen Kleid hob sie sich kaum von den Schatten ab. Womit sie beschäftigt war, konnte er nicht erkennen. Es sah aus, als lese sie ein Kompendium.

»Hervorragende Arbeit, meine Herren«, rief Kolmar ihnen zu. »Ich bin über alle Maßen erfreut. Sie haben Ihrem Vaterland und der muslimischen Gemeinschaft einen großen Dienst erwiesen!«

Er kam hinter dem Schreibtisch hervor und schüttelte ihnen überschwänglich die Hand. An Doria gewandt sagte er: »Bringen Sie uns einen Tee – pechschwarz und so süß, dass der Löffel darin stehen bleibt.«

Die Sekretärin nickte devot, schob den Band an seinen Platz zurück und eilte mit geneigtem Haupt ins Vorzimmer.

»Setzen Sie sich doch!« Kolmar dirigierte seine Gäste zur Sitzecke. Den Tisch, um den die Sessel gruppiert waren, zierte eine antike Wasserpfeife. Natürlich war sie lange nicht benutzt worden, denn rauchen war in den islamistischen Ländern genauso streng verboten wie der Genuss von Alkohol.

»Nun – wo soll ich beginnen«, sagte Kolmar, nachdem sie in den Ledersesseln Platz genommen hatten. Nach vorn gebeugt saß er da, die Hände zwischen gespreizten Beinen gefaltet. Er lächelte jovial. »Sie können sich bestimmt denken, dass der Erfolg Ihrer Mission bei den Leuten, die auf Sie aufmerksam wurden, mit großer Genugtuung zur Kenntnis genommen wurde.«

Wie um die Spannung zu steigern, schaute Kolmar die beiden Männer erwartungsvoll an. »Man hat mir mitgeteilt, dass man Sie kennen lernen möchte.«

Ludwig blinzelte verdattert.

»Sie werden heute Abend sicherlich nichts Wichtiges vorhaben – von dem Gebet einmal abgesehen«, sagte Kolmar.
Selim und Ludwig schüttelten einhellig den Kopf.
»Wunderbar.« Der Abteilungsleiter wirkte gut gelaunt. »Dann sind wir uns ja einig.«
Es wurde an die Tür geklopft. Nachdem Kolmar ein unwilliges »Herein« hatte vernehmen lassen, betrat Doria das Büro. Sie trug ein Silbertablett mit einem Samowar und kleinen Gläsern vor sich her.
»Man wird Sie gegen 21.00 Uhr abholen«, redete Kolmar ungeniert weiter. Doria schenkte Tee ein und stellte die gefüllten Gläser vor den Männern ab. Anschließend zog sie sich leise aus dem Büro zurück.
»Es wäre Verschwendung, wenn Sie zuvor etwas äßen.« Kolmar hob ein dampfendes Teeglas hoch. »Beim Anblick der gedeckten Tafel, die für Sie bereitstehen wird, werden Sie versucht sein, die nächstbeste Toilette aufzusuchen und den Finger in den Hals zu stecken, um in Ihrem Magen Platz für all die herrlichen Köstlichkeiten zu schaffen.«
Auf diese Weise redete der Abteilungsleiter noch eine Weile weiter. Auf Ludwig schien ein üppiges Fest zuzukommen, wenn nur ein Bruchteil dessen zutraf, was der energische Mann ihnen da vorschwärmte.
Schließlich war es Zeit, sich zum Sonnenuntergangsgebet zu begeben. Kolmar begleitete seine Gäste zur Verbindungstür und schob sie ins Vorzimmer hinaus.
Ludwig bekam plötzlich Herzklopfen. Doria, die hinter ihrem Schreibtisch saß und ein Formular ausfüllte, hatte kurz zu ihm aufgeblickt. Während er zusammen mit Selim das Zimmer durchquerte, griff er hastig in seine Manteltasche. Er drehte sich um und trat vor den Schreibtisch.
»Der Tee«, sagte er unbeholfen und stütze sich mit beiden Händen auf die Arbeitsplatte. »Er – war köstlich. Vielen Dank.«

Zögernd richtete er sich wieder auf und zog die Hände an den Körper. Auf der Schreibtischplatte war ein zerknittertes Stück Toilettenpapier zurückgeblieben, auf das Ludwig mit dem entwendeten Kugelschreiber eine Nachricht geschrieben hatte.

Doria reagierte gelassen und dennoch blitzschnell. Sie legte eine Hand auf das Papier und sagte ohne aufzublicken: »Sie sind sehr nett – danke.«

Obwohl der Schleier ihre Stimme dämpfte, klangen ihre Worte in Ludwigs Ohren ungemein erotisch. Als er bemerkte, dass er sie anstarrte, wandte er sich ab und stakste davon.

Selim, der von der Tür aus zugesehen hatte, warf ihm einen schwer zu deutenden Blick zu, schlug ihm aber, als sie in das angrenzende Großraumbüro hinaustraten, anerkennend auf die Schulter.

»Du hast mehr Schneid als ich dir zugetraut hätte, Ludwig.«

\*

Als es an der Wohnungstür klingelte, unterbrach Ludwig das nervöse Auf- und Abschreiten, das er seit zwanzig Minuten in dem engen Flur betrieb. Er schaute auf seine Armbanduhr. Es war kurz vor 21.00 Uhr. Wer immer abgestellt worden war, ihn zu dem geheimnisvollen Fest abzuholen, hielt offenbar viel von deutscher Pünktlichkeit.

Bevor er zur Tür ging, warf er einen letzten Blick in den Spiegel, überprüfte den Sitz des edlen Seidenturbans, den er nur zu besondern Anlässen trug und zupfte an den Aufschlägen seines grauen Jacketts.

»Ja?«, sagte er dann mit beiläufiger Stimme und hielt die Taste der Gegensprechanlage gedrückt.

Der Bildschirm zeigte einen kleinwüchsigen untersetzten Mann, der im Hauseingang stehend mit mürrischer Miene zum Kameraobjektiv emporschaute. Unter der schwarzen Kappe schaute kurzes drahtiges Haar hervor, das in einen breiten die Wangenknochen überwuchernden Backenbart überging.

»Beeilen Sie sich, Rauber«, zischte er unfreundlich.

Ludwig furchte verdrießlich die Stirn. »Ich komme ja schon.«

Er verließ die Wohnung und eilte in dem schlecht beleuchteten Treppenhaus die Stufen hinab. Als er kurz darauf ins Freie trat und die am Randstein wartende dunkle Limousine erblickte, blieb er überwältigt stehen.

»Ein Bekenner aus den Morgenstern-Werken!«, flüsterte er andächtig. Auf den Kotflügelwülsten und den Ausbuchtungen für die Scheinwerfer und Rückspiegel schimmerte matt der Widerschein der Straßenlaternen. Die Streben der verchromten Frontstoßstange ragten knapp über den Kühler der Motorhaube hinweg, und die Schaufeln, die die Radkästen schützten, hatten keinen einzigen Kratzer. Die Scheiben des wie ein buckliger Hirschkäfer wirkenden Fahrzeugs waren dunkel getönt. Das Fenster auf der Fahrerseite war runtergelassen. Das grimmige, von den Armaturen fahl beleuchtete Gesicht des Mannes, der an der Tür geklingelt hatte, musterte Ludwig aus dem dunklen Wageninnern. »Steigen Sie schon ein!«, rief der Chauffeur und deutete mit dem Daumen über die Schulter hinweg in den Fahrgastraum. »Ich möchte Sie beide rechtzeitig am Bestimmungsort abliefern!«

Ludwig trat auf die Limousine zu und zog den hinteren Wagenschlag auf. Als er sich auf die Rückbank schob, bemerkte er Selim. Er trug einen grauen Seidenanzug und einen farblich darauf abgestimmten Turban, der um einiges teuer war als der seine.

»Hast du eine Ahnung, wohin er uns bringt?«, fragte Ludwig als der Bekenner sanft anfuhr und auf die verlassene Fahrbahn scherte.

Der Angesprochene zuckte mit den Achseln. »Lassen wir uns überraschen.«

Eine getönte Plexiglaswand trennte die beiden Fahrzeugbereiche voneinander. Ludwig, der das erste Mal im Leben in einem

Bekenner saß, sah sich andächtig um. Die Sitze waren mit Ziegenleder bezogen und die Innenseiten der Türen mit Samt ausgeschlagen. Für gewöhnlich wurden nur religiöse Oberhäupter in diesen Limousinen befördert. Ludwig wusste nicht, wann er in seinem Stadtteil zuletzt eins dieser seltenen Fahrzeuge gesehen hatte.

Behaglich lehnte er sich zurück, schlug die Beine übereinander und genoss die Fahrt. Es kam ihm vor, als schwebe der Bekenner über die Straße hinweg. Im Vergleich dazu nahm sich eine Tour mit einem Gläubigen wie ein Kamelritt aus.

Hinter den getönten Scheiben glitten schemenhaft Häuserblocks vorbei. Die hell erleuchteten Fenster wirkten seltsam entrückt, die verlassenen Straßen und mit Panzerplatten verrammelten Geschäfte sahen abweisend und trostlos aus. Wenn sie an einem Passanten vorbeifuhren war es, als begegneten sie in der verödeten Stadt einem Gespenst.

»Wir fahren ja zum Ifnes!« Ludwig konnte nicht verhindern, dass seine Stimme enttäuscht klang. Auf der einen Fahrzeugseite huschten die kahlen Alleebäume der *Straße der einzigen Wahrheit*, und auf der anderen die hohen Fassaden der über zwei Jahrhunderte alten Gebäude vorbei.

»Sieht nicht so aus«, kommentierte Selim trocken, da der Chauffeur, als sie auf der Höhe des Ifnes-Gebäudes angekommen waren, keine Anstalten machte, die Fahrt zu drosseln.

Unruhig reckte Ludwig den Hals. Immer weiter folgten sie dem Verlauf der Straße. »Wir sind über die Friedrichstraße rüber«, sagte er perplex. »Gleich erreichen wir Sperrgebiet!«

»Ruhig Blut«, sagte Selim als draußen die klassizistischen Bauwerke des *Prophetenplatzes* vorüber glitten, in denen die Islamuniversität beheimatet war. »Es wird schon alles seine Richtigkeit haben.«

Die Häuser auf der anderen Straßenseite wurden, wie Ludwig wusste, vom Deutschen Islamrat in Anspruch genommen und wirkten derzeit so verlassen und verwaist wie der Rest der Stadt.

Er schluckte unangenehm berührt, als er das düstere Säulenportal der *Neuen Islamistischen Wache* erblickte. Das Ehrenmahl für die im Dschihad gefallenen Gotteskrieger hatte er zuletzt mit seinem Vater besucht und seitdem nie wieder betreten. Die Statue der stolz dastehenden Mutter, die, das verschleierte Gesicht in religiöser Verzückung zum Himmel gerichtet, den zerfetzten Leichnam ihres gefallenen Sohnes an sich drückte, hatte ihn mit tiefem Grauen erfüllt. Halfred war das unterdrückte Schluchzen seines Sohnes nicht entgangen: Er hatte ihm vor den Augen der Besucher der Gedenkstätte mitten ins Gesicht geschlagen. Der schreckliche Nachhall, den der mit der flachen Hand ausgeführte Schlag in der kahlen Halle hervorgerufen hatte, verfolgte Ludwig noch in seinen Albträumen.

Inzwischen hatte der Chauffeur die Fahrgeschwindigkeit gedrosselt und ließ die Limousine im Schritttempo am alten Zeughaus vorbeirollen. Dieses älteste Gebäude in der *Straße der einzigen Wahrheit* war von den Islamisten wieder seiner ursprünglichen Bestimmung zugeführt worden und diente nun als Waffenarsenal. Die vor dem barocken Bauwerk postierten Wachen musterten das vorbeifahrende Fahrzeug so finster wie die Steinfiguren auf dem Dach des Gebäudes.

Vor der Brücke, die über den so genannten Kupfergraben hinweg zur Museumsinsel führte, war eine feste Straßensperre errichtet. Der Schlagbaum war runtergelassen; aus der Asphaltdecke ragten unterarmlange Dornen.

Der Chauffeur stoppte und unterhielt sich mit dem Wachmann, der aus dem Wärterhäuschen hervorgekommen war. Der Mann hatte eine Maschinenpistole geschultert und lachte verhalten. Was die Männer sagten, konnte Ludwig nicht hören. Der Fahrgastraum der gepanzerten Limousine war schallisoliert.

Ludwig warf Selim einen unbehaglichen Blick zu. Doch sein Kollege wirkte beneidenswert gelassen. Ludwig hatte den Eindruck, dass er diese Fahrt nicht zum ersten Mal machte. Aber warum hatte er dann behauptet, er wisse nicht, wohin sie unterwegs waren?

Der Wachmann trat von der Limousine zurück und grüßte militärisch. Dann gab er seinem Kameraden im Wärterhäuschen ein Zeichen. Kurz darauf senkten sich die Dornen in den Asphalt. Der Schlagbaum klappte hoch.

Noch nie zuvor war Ludwig auf der Museumsinsel gewesen. Im Muslimnetz gab es keine Informationen über dieses Gebiet, das vor dreißig Jahren zum Sperrgebiet erklärt worden war, nachdem aufgebrachte Muslime mehrmals versucht hatten, die Museen zu stürmen um die gotteslästerlichen Gemälde und Götzenstatuen zu zerstören.

Dass die umstrittenen Objekte inzwischen nicht mehr existierten, galt als gewiss. Wie zahlreiche andere ketzerische Gemälde, Skulpturen und figürliche Kunstobjekte waren sie der Götzenverachtung der Konvertiten zum Opfer gefallen.

Die Limousine fuhr auf den Berliner Dom zu, hinter dem sich in der Ferne – wie ein futuristisches Minarett – der alte Fernsehturm in den nächtlichen Himmel reckte. Einst war der Dom von christlichen Symbolen gekrönt gewesen. Diese hatte man jedoch gegen den islamischen Halbmond ausgetauscht. Wie es hieß, wurde das ehemalige evangelische Gotteshaus, wie die meisten anderen Gebäude auf der Museumsinsel, nicht mehr genutzt. Wie ein diabolisches Bauwerk ragte es mit seiner barocken Fassade und den grünen Kuppeln bedrohlich neben der schadhaften Straße empor.

Auf dem Gelände der Museumsinsel hatte man die alten Straßennamen beibehalten. »Lustgarten«, las Ludwig ein noch aus vorislamistischer Zeit erhalten gebliebenes Schild, als der Chauffeur in die Straße einbog, die am alten Dom vorbeiführte. *Wie hatten die Christen die Straße, die direkt an ihrem Gotteshaus vorbeiführte, nur so nennen können?*

Ludwig wandte den Blick ab und schaute in den Park gegenüber. An seinem Ende erstreckte sich über die gesamte Breite ein monumentales Gebäude, dessen Front nur aus Säulen zu bestehen schien. Es war ebenfalls unbeleuchtet und weckte – wie der alte Dom – in ihm die Vorstellung eines von den falschen Göttern und Götzendienern aufgegebenen Tempels.

Je näher sie dem Bauwerk kamen, umso mehr Einzelheiten konnte er erkennen. In der Nähe der Treppe stand, auf mehreren Findlingen ruhend, eine eigenartige Schale aus Stein. Welche Bedeutung ihr einst zugekommen war, vermochte sich Ludwig genauso wenig zu erschließen wie die Symbolik der gegen Raubtiere kämpfenden Reiterstatuen, die die breite Freitreppe zu beiden Seiten flankierten.

Offenbar sollte der Chauffeur sie zu diesem Säulengebäude bringen, denn er bog mitten auf der Straße scharf nach links ab, lenkte die Limousine unsanft über den Randstein und fuhr dann über den verdorrten Rasen bis vor die breite Freitreppe.

Der Wagen stoppte. »Wir sind am Ziel«, drang die Stimme des Chauffeurs aus einem versteckten Lautsprecher. »Bitte steigen Sie aus. Ich habe noch andere Gäste abzuholen.«

Ludwig öffnete den Wagenschlag und sah skeptisch zu dem verlassen aussehenden Säulenbau hinüber. Die Wand hinter den Stützen war in gemauerte Kassetten unterteilt. Fenster konnte er nicht erspähen. Die hohe doppelflügelige Tür in der Mitte war geschlossen.

»Nun komm schon«, forderte Selim vergnügt, der vorausgegangen war und von der Treppe aus auf Ludwig hinab sah.

»Wir sollten nicht hier sein.« Ludwig setzte einen Fuß auf die erste Stufe und schielte zu den Bronzereitern auf den von Grünspan überzogenen Pferden hinauf. Sie schienen mit den gewaltigen Lanzen in den zum Stoß erhobenen Händen nach ihm stechen zu wollen.

Zögernd folgte er seinem Kollegen durch die Vorhalle bis vor die Tür. Hinter ihm wurde das Schnurren des Bekenner-Motors leiser. Die Limousine rollte querfeldein durch den alten Park auf die Karl-Liebknecht-Straße zu.

Als Ludwig vor der Tür stand, bemerkte er, dass sie von hohen Fenstern eingefasst war. Diese waren jedoch dick mit schwarzer Farbe übermalt. Er horchte angestrengt: Er glaubte leisen Gesang und gedämpftes Gelächter zu vernehmen.

»Das Fest ist wohl schon voll im Gang.« Selim hob die Faust, um sich mit Klopfen bemerkbar zu machen. Anscheinend wurden sie erwartet, denn in diesem Moment schwang die Tür auf. Der Bärtige, der im Türrahmen erschien, trug einen schwarzen Anzug mit langen Rockschößen und einer weißen Hemdbrust. Er deutete eine Verbeugung an, und sagte, ohne die Kennkarten der Besucher verlangt zu haben: »Treten Sie ein, meine Herrschaften.«

Einladend deutete er in die hell erleuchtete Halle, und schloss die Tür sorgsam wieder, nachdem Ludwig und Selim eingetreten waren.

»Wenn Sie wünschen, können Sie Turban und Mantel ablegen. Ich werde alles bis zu Ihrer Heimfahrt sicher verwahren.«

Verdattert starrte Ludwig zu der Garderobe hinüber, die vor den Säulen des linken Treppenhauses aufgebaut war. Hinter dem Tresen stand eine Frau. Sie war nicht sehr hübsch. Doch die Tatsache, dass sie ein rotes Kleid anhatte und das Haar offen trug, machte sie zu etwas Besonderem.

Ohne den Blick von der Frau abzuwenden, die gleichgültig vor sich hin schaute, tat Ludwig es seinem Freund gleich, zog den Turban vom Kopf und streifte den Mantel ab. Der Mann nahm beides entgegen und reichte es an die Frau weiter, die Ludwigs Kopfbedeckung in einem Fach deponierte und den Mantel an einen Haken hängte.

Die meisten Fächer waren schon belegt. Sie enthielten jedoch nicht nur Turbantücher oder Kappen, sondern auch Kopftücher und Schleier. Auf den Bügeln glaubte Ludwig sogar, Burkas und andere Schleiergewänder auszumachen. Die Anzahl der hinterlegten Kleidungsstücke ließ vermuten, dass sich mehrere Dutzend Personen im Gebäude aufhielten.

»Folgen Sie mir«, ließ der Mann im Frack sich vernehmen, der auch diesmal nicht vergaß, eine Verbeugung anzudeuten und in die Richtung zu weisen, in die er die Männer zu führen gedachte.

Ludwig fühlte sich nicht ganz wohl in seiner Haut. Sie ließen die Treppenaufgänge hinter sich und durchquerten die Halle in Richtung auf eine weitere Tür zu. Die Statuen ernst dreinblickender Männer und beschämend freizügig gekleideter Frauen flankierten die Wände. Nun waren auch der Gesang und das Gelächter deutlicher zu hören. Beides kam hinter der Tür hervor, der sie sich näherten.

Der Mann griff nach dem Knauf. »Viel Vergnügen«, sagte er, als er die Tür aufzog. Der Gesang und das Gelächter schwollen plötzlich laut an.

Ludwig glaubte, zu träumen. Wie ein Schlafwandler setzte er einen Fuß vor den anderen und sah sich staunend in dem hohen runden Saal um. Die Rotunde erstreckte sich über zwei Stockwerke und wurde von einer in Kassetten unterteilten Kuppel gekrönt, deren mittiges rundes Fenster ebenfalls mit Farbe geschwärzt war. Auf der Höhe der oberen Etage führte eine Galerie um den Saal herum.

Wie die Frontfassade war auch der Saal von Säulen umgeben. In den Zwischenräumen standen auf brusthohen Sockeln Marmorstatuen unterschiedlicher Größe. Ihren anmutigen, stillen Posen konnte Ludwig sich nur schwer entziehen. Verwirrt stellte er fest, dass Selim nicht mehr an seiner Seite war. Stattdessen entdeckte er ihn inmitten der Menschen, die sich um einen großen runden Tisch in der Mitte des Saals versammelt hatten, um sich an Speisen und Getränken zu bedienen. Wie die an der Garderobe abgegebenen Kleidungsstücke Ludwig schon hatten ahnen lassen, waren die anwesenden Frauen alle unverschleiert. Und nicht nur das: Ihre Kleider standen denen der marmornen Frauenstatuen an Frivolität und Freizügigkeit in nichts nach.

Mit einer Miene als begriffe er nicht recht, was hier vor sich ging, beobachtete Ludwig das Treiben am Tisch. Mit einem Teller auf der Hand nahmen sich die Männer und Frauen mit Gabeln oder bloßen Händen von den üppig dekorierten Speisen. Zurechtgeschnittene Braten, gedünstetes Gemüse, Weißbrotstangen und angemachte Soßen waren ebenso vorhanden wie exotische Früchte und bunte Süßspeisen.

Ludwig glaubte seinen Augen nicht zu trauen, als er das gegrillte Schwein sah, das in Tischmitte auf einer Erhöhung thronte. Ein roter Apfel steckte in dem aufgesperrten knusprigen Maul. Der schwere süßliche Geruch nach gebratenem Fett und Kräutern hing in der Luft. Der von den Speisen aufsteigende Dunst tanzte schillernd im Licht der Scheinwerfer, die auf der Galerie aufgestellt waren und in die Rotunde hinabstrahlten.

Ludwigs Nase witterte noch einen anderen, schwer einzuordnenden Geruch. Erst als er gewahr wurde, dass einige Männer glimmende Zigarren in den Händen hielten, wusste er, woher der schwere würzige Duft kam. Nicht nur die Männer rauchten. Einige Frauen führten lange Zigarettenspitzen an ihre geschminkten Lippen.

Nun bemerkte Ludwig einen weiteren Tisch. Er war rechts vom Eingang vor den Säulen aufgebaut und mit schlanken hohen Gläsern und Batterien von Flaschen beladen. Dort hatten sich viele Gäste versammelt, um sich die sprudelnden oder goldgelben Flüssigkeiten einschenken zu lassen.

Ludwig brauchte keine Fantasie, um sich vorzustellen, worum es sich bei diesen Getränken handelte. Verstört wandte er den Blick ab – und entdeckte endlich die Quelle der Musik.

Auf einer kleinen Bühne stand ein weißer Flügel. Der Mann, der auf dem einfachen Schemel vor dem ominösen Instrument saß und mit krummen Fingern die vergilbten Tasten bediente, war so alt, dass er die Demokratie als junger Mann hautnah miterlebt haben musste. Der Deckel des Flügels war geschlossen. Eine junge Frau fläzte sich darauf herum. Ihr schwarzes Kleid bildete einen harten Kontrast zu dem weißen Instrument und ihrer elfenbeinfarbenen Haut. Außerdem zeigte es von ihrem Körper mehr als es verdeckte. Während sie sich verführerisch herumräkelte, rutschte der glatte Seidenstoff an ihren Oberschenkel auf und ab oder gewährte einen Blick auf ihre üppig schwellenden Brüste.

Ludwigs Mundwinkel zuckten. Die Frau sang! Weil er nur auf ihren Leib statt auf ihr Gesicht geachtet hatte, war ihm das Bügelmikrofon entgangen, das hinter ihrem Ohr klemmte. Ein transparenter Draht mit dem Mikrofon führte zu ihrem Mund. Ihre Lippen bewegten sich kaum, als sie mit lasziver Stimme Worte ins Mikro hauchte.

Ludwig lauschte verzückt. Dem Klang nach zu urteilen sang sie ein französisches Chanson.

»Ludwig! Was stehen Sie da herum und halten Maulaffen feil?«

Verwirrt riss Ludwig sich vom Anblick der Sängerin los und schaute sich unter den Gästen nach dem Mann um, der seinen Namen gerufen hatte. Ein hoch gewachsener Herr winkte ihm mit einer Zigarre vergnügt zu. In der anderen hielt er einen Teller, auf dem sich gebratene Wachtel und grüner Spargel stapelten. Die Männer, die ihn umstanden und ebenfalls in Ludwigs Richtung schauten, lachten und feixten.

Nun erst erkannte Ludwig, wer der Mann war. »Herr Kolmar«, sagte er verwirrt und trat auf den Abteilungsleiter zu. »Was hat das alles zu bedeuten? Wollen Sie meinen Glauben und meine Standhaftigkeit auf die Probe stellen?«

Kolmar strich mit der Zunge über die Spitzen seiner fettigen Schnurrbarthaare. Dann deutete er mit der Zigarre in die Runde. »Glauben Sie, der ganze Aufwand wurde nur Ihretwegen betrieben? Für wie wichtig halten Sie sich?«

Ludwig senkte beschämt den Blick. Mehr als über das schallende Gelächter der Umstehenden ärgerte er sich über die unbedachte Frage, die ihm nur wegen seiner extremen Verwirrung über die Lippen gekommen war.

Kolmar legte eine Hand auf Ludwigs Schulter. Der Rauch der Zigarre stieg Ludwig in die Augen. »Schämen Sie sich nicht«, sagte er begütigend. »Die anderen haben ähnlich reagiert, als sie zum ersten Mal auf einem unserer Feste waren.«

»Ich... verstehe das alles nicht«, sagte Ludwig kleinlaut. Er hatte Angst, den anderen einen erneuten Anlass zur Belustigung zu geben. Doch die bärtigen Gesichter der Umstehenden waren nun eher ernst und gefasst.

»Das brauchen Sie auch nicht.« Kolmar zog die Hand wieder zurück. »Stellen Sie keine Fragen. Schalten Sie Ihren Kopf aus. Versuchen Sie stattdessen das Ganze hier zu genießen.«

»Aber... es ist doch gegen die...«

Kolmar brachte ihn mit einem herrischen Wink zum Schweigen. »Sie haben sich diese kleine Belohnung redlich verdient, Ludwig. Vermasseln Sie sie nicht.«

Selim tauchte plötzlich an Ludwigs Seite auf. Mit den Worten »Hier trink, dann geht's dir gleich besser«, drückte er ihm ein kühles feuchtes Glas in die Hand.

Ludwig hob das schlanke Glas und betrachtete skeptisch die darin perlende schwachgoldene Flüssigkeit.

»Es ist Champagner«, sagte Selim aufmunternd. »Die Flasche ist uralt. Sie stammt noch aus vorislamistischer Zeit. Niemand in der Champagne wäre heute noch so leichtsinnig, dieses göttliche Gebräu herzustellen – Gott sei's geklagt!«

Ludwig gab den drängenden Blicken der umstehenden Männer nach, hob das Glas zögernd an die Lippen und trank.

Er stillte seinen Durst und konnte sich nicht erinnern, dabei jemals etwas Vergleichbares empfunden zu haben. Der Champagner schäumte in seiner Mundhöhle auf. Etwas von den freiwerdenden Gasen stieg ihm in die Nasenhöhle. Tränen schossen in seine Augen. Er konnte den aufkeimenden Hustenreflex nur mit Mühe unterdrücken. Hastig würgte er die kühle Flüssigkeit hinunter und hustete hinter vorgehaltener Hand. Der Champagner schwappte über den Glasrand und benetzte seine Hand.

Selim klopfte ihm auf den Rücken und stimmte in das Lachen der anderen Männer ein. »Das war bestimmt das letzte Mal, dass du etwas von diesem kostbaren Schampus verkleckerst.«

Ludwig wehrte die Hand seines Freundes ab. Trotzig nahm er den nächsten Schluck. Diesmal war er vorsichtig und spürte erstaunt den prickelnden Sinneseindrücken nach, die der Champagner in ihm hervorrief.

Selim nickte wissend. »Siehst du? Jetzt geht es dir – wie versprochen – besser.«

Die Umstehenden schienen das Interesse an Ludwig verloren zu haben. Sie wandten sich ab, um sich den Speisen auf ihren Tellern zu widmen oder einen Gesprächspartner zu suchen.

»Kommen Sie«, sagte Kolmar, der noch immer vor Ludwig stand. »Ich stelle Sie dem Direktor des Ifnes vor.« Er blinzelte verschwörerisch. »Er hat darum gebeten, mit Ihnen zu sprechen, ehe Sie betrunken oder sich den Wanst mit Schweinebraten voll geschlagen haben.«

Kolmar drehte sich um und versenkte seine Zigarre im Vorbeigehen mit der glühenden Spitze voran in dem Glas, das eine junge Frau in den Händen hielt. Diese warf ihm zwar einen giftigen Blick zu, wagte aber nicht, sich über sein rüdes Verhalten zu beschweren.

»Wer sind all diese Leute?«, fragte Ludwig, während er zu Kolmar aufschloss. Unsicher blickte er sich nach Selim um. Doch der war ihnen nicht gefolgt.

Kolmar schüttelte missbilligend den Kopf. »Keine Fragen – schreiben Sie sich das hinter die Ohren, Ludwig! Jeder hier hat sich auf die eine oder andere Weise um Deutschland verdient gemacht. Das sollte Ihnen als Information genügen.«

Sie näherten sich einer Gruppe älterer Herren, die sich vor einer Frauenstatue versammelt hatten. Ihre Rundungen zeichneten sich unter dem dünnen Überwurf, den der Bildhauer ihr auf den Körper gemeißelt hatte, überdeutlich ab. Die Gruppe bestand aus vier graubärtigen, gepflegt aussehenden Männern, die offenbar deutscher Abstammung waren. Nur einer sprach. Die Blicke der anderen hingen an seinen Lippen, während sie beipflichtend nickten und gewichtige Mienen aufsetzten.

»Herr Hacke?«, sprach Kolmar den Redenden leise an.

Hacke hielt inne und schaute den Leiter der 3. Abteilung eine Weile an. Seine hohe Stirn, die in lichtes graues Haar überging, war gefurcht und die von buschigen Brauen überschatteten grauen Augen blickten aufmerksam. Es sah aus, als wäre Kolmar für den Mann nicht wichtig genug, um sich sofort an seinen Namen zu erinnern.

»Was gibt es denn, Anwar?«, sagte er schließlich nicht eben höflich.

Kolmar, offenbar an das herablassende Verhalten des Mannes gewöhnt, trat gelassen einen Schritt beiseite und deutete auf Ludwig. »Sie wollten mit Herrn Rauber aus der zweiten Abteilung bekannt gemacht werden.« Er wandte sich an Ludwig. »Ludwig, das ist Adam Hacke, der Direktor des Berliner Instituts für Netzsicherheit.«

Als hätte er seine Schuldigkeit damit getan, zog Kolmar sich zurück. Der Direktor ließ sich bei seinen Zuhörern kurz entschuldigen. Mit einer väterlichen Geste legte er Ludwig einen Arm um die Schultern und führte ihn zur nächsten Figur.

»Wissen Sie, wozu dieses Gebäude einst diente, Ludwig?«

»Im Netz existieren keine Informationen über die Museumsinsel«, sagte Ludwig. »Vermutlich aus gutem Grund«, fügte er für den Fall hinzu, dass der Direktor seine Bemerkung als provokativ empfand.

Hacke zog den Arm zurück und tätschelte die Marmorfigur, vor der sie standen. »Es ist fast zweihundertvierzig Jahre her, als das Alte Museum, das nach Entwürfen Friedrich Schinkels gebaut wurde, eröffnet wurde.« Er lächelte spöttisch. »Die Idee, die der Errichtung dieses klassizistischen Bauwerks zugrunde lag, war, dass alle Bürger gleichberechtigten Zugang zu Kunstwerken haben sollten. Hier sollten die einfachen Menschen sich an den Hinterlassenschaften alter Kulturen ergötzen und bilden.«

Er wandte sich Ludwig zu. »Es konnte gerade noch verhindert werden, dass diese einfachen Menschen, von religiösem Wahn getrieben, das Alte Museum stürmten und die unersetzlichen Statuen kaputtschlugen.« Selbstgefällig sah er sich in der Halle um. »Jetzt sind die Kunstschätze wieder nur ausgewählten Personen zugänglich, wie vor der Errichtung dieses Museums.«

»Existieren die Überlieferungen denn noch, die über die Bedeutung der Statuen Auskunft geben?«, fragte Ludwig.

»Was glauben denn Sie? Wir wären ja verrückt, wenn wir es zugelassen hätten, dass das Kulturerbe unserer Nation zum Teufel geht, nur weil sich in dem Land eine andere Religion durchgesetzt hat.«

Ludwig blinzelte indigniert. »Wer, bitte, sind wir?«

Der Direktor strich lächelnd über seinen Bart. »Nun, Ludwig, was halten Sie von dieser Versammlung?«, wechselte er übergangslos das Thema.

Ludwig nahm an, dass sein Gesprächspartner genau wusste, was in ihm vorging und es für den Beweis von Beschränktheit hielt, wenn er versuchte, ihm etwas vorzumachen. »Um ehrlich zu sein, ich bin schockiert«, sagte er aufrichtig.

Der Direktor lachte. »Nun – das bin ich ebenfalls. Wenn auch aus anderen Gründen als Sie.«

Erst jetzt bemerkte Ludwig, dass Hacke einer der wenigen war, der weder einen gefüllten Teller noch ein Glas Alkohol oder eine Zigarre in der Hand hielt.

»Es erstaunt mich, dass man sich hier ungestraft unislamischem Verhalten hingeben darf«, sagte Ludwig vorsichtig. »Alkohol, Schweinefleisch, Musik und Nikotin...« Er schüttelte sich.

»Niemand zwingt Sie, es Ihnen gleichzutun«, erwiderte der Direktor und begutachtete demonstrativ Ludwigs Champagnerglas.

Als wöge es plötzlich Zentner, ließ Ludwig die Hand sinken. Hacke schmunzelte. »Sie sind nicht dumm, Ludwig. Sie werden schon noch Gefallen an den kleinen Belohnungen finden. So etwas hält den Geist bei Laune und spornt ihn an, sich mehr anzustrengen als zuvor.«

»Ich werde vermutlich in die Hölle kommen.«

»Was glauben Sie, wo Sie leben?« Hacke verzog spöttisch den Mund. »Tun Sie sich keinen Zwang an; jedenfalls nicht, wenn es Ihnen erlaubt ist. Sie könnten es eines Tages weit bringen, Ludwig. Aufgeweckte junge Männer wie Sie braucht das Land.« Er zuckte mit den Schultern. »Wenn Sie kein Verlangen verspüren, sich an dem Fest zu beteiligen, lassen Sie es halt bleiben. Letztendlich sind Sie allein für sich verantwortlich.«

Er rückte den Kragen seines Jacketts zurecht und strich sich mit den Fingern über den Oberlippenbart. »Und nun amüsieren Sie sich. Wir zählen auf Sie.«

Mit diesen Worten wandte er sich ab und kehrte zur Gesellschaft alter Männer zurück.

»Komischer Kauz.« Ludwig schaute ratlos in sein Glas. »Ich soll tun, was mir beliebt...« Frustriert ließ er das Glas wieder sinken. Hätte er doch nur gewusst, was er wirklich wollte. Wie sollte er sich je Klarheit darüber verschaffen, wenn er tagein tagaus damit beschäftigt war, Gesetze zu befolgen, die sein Leben bis ins kleinste Detail regelten?

Verstohlen schaute er sich um. Wohin er auch blickte, sah er Männer und Frauen, die sich prächtig zu amüsieren schienen – in dem vollen Bewusstsein, wegen ihrer Verfehlungen den geraden Weg in die Hölle gewählt zu haben.

Da blieb sein Blick plötzlich auf einem von drahtigen Locken gerahmten Gesicht einer jungen Frau hängen, die in eine rote Tunika gehüllt war. Lässig an eine Säule gelehnt stand sie da und beobachtete die Sängerin. Dabei nippte sie gedankenverloren an einem Champagnerglas und bewegte die freie Hand und die Hüften in der Art einer Bauchtänzerin zum Takt der Klaviermusik.

*Doria!* Ludwig konnte gerade noch verhindern, dass er den Namen laut ausrief. Schamesröte stieg ihm ins Gesicht. Er spürte, dass sein Herzschlag sprunghaft beschleunigte.

Eine Weile stand er reglos da. Dass sich ausgerechnet Doria unter den Gästen dieses Allahs Gesetze verhöhnenden Festes aufhielt! Nervös blickte er sich um. Die Art und Weise, in der die anwesenden Männer ungeniert mit den unverschleierten Frauen verkehrten, ließ ihn hoffen, dass er mit keiner Strafe rechnen musste, wenn er sich Doria nun näherte.

Hastig kippte er den Inhalt des Champagnerglases hinunter und trat dann entschlossen auf die Sekretärin zu.

\*

»Wir sind uns noch nicht vorgestellt worden«, sagte Doria, als sie Ludwig von unten prüfend in die Augen sah. »Und doch scheinen Sie mich zu kennen. Wie kommt das?«

Ludwig lächelte verunglückt. Er war ein Idiot. Warum auch hatte er sich keine Worte zurechtgelegt, bevor er diese aufregende Frau ansprach? »Hallo Doria – ich bin sehr erfreut, Sie hier anzutreffen.« Einen hirnrissigeren Start für die Konversation mit einer Frau, deren Gesicht er, wenn er sich korrekt verhalten hätte, nicht erkennen durfte, hätte ihm nicht einfallen können.

Mit einer fahrigen Geste deutete er auf ihr Gesicht. »Es sind Ihre Augen«, sagte er. »Daran habe ich Sie erkannt. Sie sind grün. Solche grünen Augen gibt es auf der ganzen Welt nur einmal.«

Doria lächelte. Seine Worte hatten ihr offensichtlich geschmeichelt. »Jetzt verstehe ich endlich, warum die meisten Ehemänner darauf bestehen, dass ihre Frauen Burkas und Handschuhe tragen. Offenbar ist jeder Körperteil einer Frau dazu angetan, einem Mann den Kopf zu verdrehen.«

Ludwig grinste verwegen, wobei er sich nicht ganz sicher war, ob der genossene Alkohol oder Dorias betörendes Wesen ihn dazu verleitete. »Sie können versichert sein, dass ich nicht das geringste Verlangen verspüre, mich auf jedes weibliche Wesen zu stürzen, das mir einen Blick auf einen Körperteil gewährt. Es gehört mehr dazu als das, um das aufrichtige Begehren eines Mannes zu wecken.«

Jetzt war er sicher, dass es der Champagner war, der seine Zunge gelöst hatte. Sein Metabolismus war den Alkohol nicht gewöhnt. Er reagierte auf eine Art, die ihn erschreckte, zugleich aber auch faszinierte.

»Offenbar sind Sie ein Mann, der weiß, was er will.« Doria stieß sich von der Säule ab und brachte ihre Lippen nahe an sein Ohr. »Es war ziemlich gewagt, mir den Zettel zuzuspielen, Ludwig. Sie hätten sich eine Anzeige bei der Sittenpolizei einhandeln können.« Sie lehnte sich wieder an die Säule und musterte ihn erwartungsvoll.

»Ich... war mir ziemlich sicher, dass Sie mich nicht verraten würden.«

»So? Haben Sie das etwa auch in meinen Augen gelesen?«

Ludwig zögerte ihr zu gestehen, dass ihre Nachricht ihn zu seinem riskanten Vorgehen ermuntert hatte. Vielleicht hielt sie ihn für weniger mutig und verwegen, wenn er ihr in Erinnerung rief, dass sie den ersten Schritt getan hatte.

»Wie auch immer«, sagte er gleichmütig. »Mein auf dem Zettel notierter Wunsch, baldmöglichst ein Treffen mit Ihnen zu arrangieren, hat sich ja nun von selbst erfüllt.«

Sie nickte bedächtig. »Anfangs war ich mir nicht sicher, ob Sie eine gute Partie wären, Ludwig. Ein Sachbearbeiter aus der zweiten Abteilung könnte den Ansprüchen einer Frau meiner Art kaum gerecht werden. Zwar steht bei Ihnen in absehbarer Zeit eine Beförderung in die dritte an, doch das wäre nur eine geringfügige Verbesserung Ihrer Stellung.«

Ludwig verspürte plötzlich das heftige Verlangen, etwas zu trinken, das seinen Mut beflügelte. »Und warum sind Sie trotzdem nicht abgeneigt?«

Doria lachte leise und schüttelte kaum merklich den Kopf. »Warum seid ihr Männer eigentlich immer so überzeugt von euch?«

»Es liegt vermutlich in unserer Natur. Sie haben meine Frage noch nicht beantwortet.«

Sie reichte ihm ihr leeres Glas. »Sie sind *hier*, Ludwig. Offenbar hat man Wichtiges mit Ihnen vor. Das macht Sie – zugegeben – enorm anziehend. Und nun holen Sie mir bitte einen Champagner.«

Lächelnd nahm er ihr Glas und ging zum Getränkeausschank hinüber. Hinter dem Tisch stand ein in eine weiße Livree gekleideter schmächtiger Mann, der seinen Wunsch entgegennahm. Als Ludwig kurz darauf mit zwei vollen Champagnergläsern zu Doria zurückkehren wollte, musste er feststellen, dass sie Gesellschaft bekommen hatte. Anwar Kolmar und einige andere Männer, die er nicht kannte, umringten sie.

Als Doria ihm einen warnenden Blick zuwarf, blieb er unschlüssig stehen. Da schlug ihm plötzlich jemand von hinten derb auf die Schulter.

»Da sind Sie ja, Ludwig!« Der kleinwüchsige Hannes Elia stand hinter ihm und grinste breit unter seinem graumelierten Bart hervor. Er wandte sich den Leuten vor dem Buffet zu und rief: »Das ist der Bursche, der das köstliche Interview mit Scheich Mohammad Hamdillah nicht ins Muslimnetz stellen wollte!«

Die Männer gaben ein paar halbherzig klingende Bemerkungen von sich, schenkten Elia darüber hinaus jedoch keine Beachtung.

Elia, offenbar gewöhnt, dass man ihn ignorierte, lachte übertrieben laut und schlug Ludwig noch einmal auf die Schulter. »Sie müssen noch eine Menge lernen, mein Junge. Besonders, da Sie ja jetzt zum Zirkel gehören.«

Ludwig fragte sich, wie es diese Männer und Frauen schafften, sich draußen, außerhalb der Museumsinsel, nichts von dem Lasterleben anmerken zu lassen, dem sie hier während ihren Festen frönten.

Plötzlich machte Elia ein bestürztes Gesicht. »Sie haben ja noch gar nichts gegessen!« Er fuchtelte mit den Händen. »Trinken Sie schnell aus. Dann lassen Sie sich von mir sagen, welche der Speisen es wirklich wert sind, für sie eine Sünde zu begehen.«

Unschlüssig schaute Ludwig zu Doria hinüber. Kolmar stützte sich mit dem lang ausgestreckten Arm an der Säule ab, an der die junge Sekretärin lehnte. Er flüsterte ihr etwas ins Ohr. Sie lachte hell auf.

Abrupt führte Ludwig eins der Champagnergläser an den Mund und leerte es in einem Zug. Er zögerte nicht lange, auch das zweite Glas zu leeren.

Dann ließ er sich von dem vergnügt kichernden Elia am Arm zum Buffet führen.

# 3. Kapitel

*Wir Muslime tragen nur Waffen, um Frieden zu verbreiten.*
*Wir wollen die Welt vom Unglauben und Atheismus reinigen.*

Zynab Ghazali
1936 Gründer der »Muslim Women's Association«, einer
Organisation, die Ende der 1950er Jahre mit der
Muslimbruderschaft verschmolz

Als der elektronische Weckruf des Muezzins Ludwig aus dem Schlaf riss, wusste er zuerst nicht, wo er sich befand und welcher Tag heute war. Dann begriff er, dass er in seinem Bett lag und der Wecker den baldigen Beginn des Mittagsgebets ankündigte.

Entsetzt führ er hoch. Er hatte verschlafen! Längst hätte er im Ifnes sein müssen. Darüber hinaus hatte er auch das Morgengebet sträflich versäumt!

Zornig würgte er die quäkende Stimme ab, indem er mit dem Kissen auf den Moscheewecker schlug. Unwillkürlich fragte er sich, wie er überhaupt hierher gekommen war. Er konnte sich beim besten Willen nicht erinnern, wie das Fest im Alten Museum geendet hatte.

Stöhnend setzte er sich auf und massierte seine Schläfen, in denen ein heftiger Schmerz pulsierte. Verschwommene Bilder von tanzenden Männern und Frauen, zerbrochenen Tellern und Speiseresten auf dem Boden, von Alkohol, der ihm aus den Mundwinkeln in den Bart floss, während er aus der Flasche trank, wehten ahnungsvoll durch sein noch umnebeltes Bewusstsein.

Beschämt stand Ludwig auf und begutachtete sich angewidert. Er war vollständig angekleidet. Das Hemd war fleckig. Es roch nach Alkohol und kaltem Nikotin. Das linke Hosenbein hatte einen Brandfleck.

Die Hände an die schmerzende Stirn gepresst überlegt er, was er tun sollte. Es war undenkbar, sich in seinem Zustand auf den Weg ins Ifnes zu machen.

Plötzlich erinnerte er sich, dass er an der Seite des zwergwüchsigen Chauffeurs im Dunkeln die Haustreppe hinauf gewankt war. Kiral war unten im Bekenner geblieben. Nachdem er sich während der Fahrt aus dem offenen Fenster heraus übergeben hatte, war er auf den Polstern zusammengesackt und eingeschlafen.

»Sie sind bis zum Freitagsgebet von allen Pflichten befreit, Rauber«, hatte der Chauffeur erklärt, nachdem er Ludwig umständlich in die Wohnung bugsiert hatte. Anschließend hatte er eine Kennkarte durch den Schlitz des Wohnungsrechners gezogen und etwas in die Tastatur eingegeben.

Ludwig glaubte sich zu erinnern, dass die Kennkarte des Mannes grün und mit einem roten Halbmond versehen war. Der Chauffeur war offenbar Arzt – er hatte dem Hausapparat mitgeteilt, dass der Bewohner krank war und bis zum Mittagsgebet von allen religiösen Pflichten befreit werden musste. Der Wecker hatte demzufolge am Morgen gar nicht Alarm geschlagen.

*Heute ist Freitag!* Diese Erkenntnis hatte auf Ludwig dieselbe Wirkung wie ein über seinem schmerzenden Schädel ausgeschütteter Kübel mit eiskaltem Wasser. Er musste das Mittagsgebet unbedingt in einer Freitagsmoschee verrichten – dazu war er verpflichtet. Ein Versäumnis zog schlimme Konsequenzen nach sich.

Er wankte ins Badezimmer. Als er eine halbe Stunde später vor dem Spiegel im Wohnungsflur stand und seinen Turban band, fühlte er sich schon nicht mehr ganz so elend. Dies hatte er aber nur der Tatsache zu verdanken, dass ihm eingefallen war, dass der Chauffeur eine Tablette auf seinen Nachttisch gelegt hatte, bevor er gegangen war. »Schlucken Sie die morgen. Sie wird die Symptome mildern, damit Sie wieder einigermaßen klar denken können.«

Ludwig klappte den Mantelkragen hoch und drapierte den Bart über die Knopfleiste. Dann verließ er die Wohnung, um sich zur Freitagsmoschee in seinem Stadtteil zu begeben.

Zurückhaltend, doch um Höflichkeit bemüht, grüßte er die Nachbarn, die ihm auf der Treppe begegneten. Er trat auf die Straße hinaus. Das graue Tageslicht erschien ihm unerträglich hell. Überall wimmelte es vor Anwohnern, die sich auf den Weg zum Freitagsgebet gemacht hatten. Ludwig nickte freundlich, wenn er ein bekanntes Gesicht erblickte.

Die Stadt, die sonst einen ausgestorbenen Eindruck machte, war nun mit quirligem Leben erfüllt. Nie, außer vor dem Freitagsgebet, bekam man so viele Kinder zu Gesicht. Ihr Lachen und Rufen hallte hell von den Fassaden wider, begleitet von den Ermahnungen der Mütter und den rauen Zurechtweisungen der Väter.

Hatte ein Kind das sechste Lebensjahr erreicht, waren die Eltern verpflichtet, es in die Freitagsmoschee mitzunehmen. Die Kleinen beteten zusammen mit der Mutter und den anderen Frauen in separaten Räumen. Während zu den Männern ein Imam sprach, mussten die Frauen mit einer Videoübertragung der Predigt vorlieb nehmen. Wie die Männer, so mussten aber auch Frauen und Kinder Gebetskappen aufsetzen. Zuwiderhandlung wurde schwer bestraft.

Während Ludwig eilig ausschritt, versuchte er sich zu erinnern, ob er vergangene Nacht noch einmal mit Doria zusammen gekommen war. Die Bilder, die daraufhin in ihm aufstiegen, ließen ihn sorgenvoll die Stirn furchen.

Offenbar hatte er mit der Sängerin Konversation getrieben und sich dazu hinreißen lassen, sie so lange zu bedrängen, bis Selim ihn von ihr fortgezogen hatte, woraufhin es fast zu einer Schlägerei gekommen war.

Ludwig hob fröstelnd die Schultern und schritt energischer aus. Was er getan hatte, war entsetzlich. Es hätte ihn nicht gewundert, wenn die Menschen um ihn herum ihm seine Verfehlung angesehen hätten.

Heilfroh, die Moschee endlich erreicht zu haben, stellte er sich ans Ende der Warteschlange. Als die Reihe an ihn kam, wich er dem Blick des Imam aus, der seine Kennkarte in Empfang nahm und in den Erfassungsapparat einführte.

Nachdem Ludwig im Männerbereich Mantel und Turban abgelegt und die Schuhe ausgezogen hatte, vollzog er die rituelle Waschung. Anschließend begab er sich zusammen mit anderen Männern zum Eingang des Gebetsraumes. Dort wurde ihm vom Vorbeter eine Gebetskappe und ein zusammengerollter Teppich ausgehändigt. Ludwig nickte dankend, wählte einen Platz am äußeren Rand der sich langsam füllenden Halle und breitete den Teppich aus.

Die Leihteppiche waren äußerst robust und schwer. Sie waren mit demselben feinen Drahtgeflecht durchwirkt wie die Gebetskappen. Beides musste nach Ende der Veranstaltung zurückgegeben werden und wurde anschließend desinfiziert. Eigene Utensilien mitzubringen war aus Hygienegründen verboten.

Ludwig kniete sich auf den Teppich und stülpte die Kappe über. Während er die filigrane Kopfbedeckung auf seinem noch immer leicht schmerzenden Schädel zurechtrückte, wurde er an sein Abenteuer auf dem Tempelhofer Flughafen erinnert. Beim Aufsetzen des Helms für die Gedankensteuerung der Drohne hatte er auf der Kopfhaut ein ähnliches Kribbeln und Ziehen gespürt. In seinen Haaren knisterte es, als wären sie elektrostatisch aufgeladen.

Ludwig machte seinen angeschlagenen Zustand dafür verantwortlich, dass er für diese alltäglichen Phänomene plötzlich so empfänglich war. Er empfand das leichte Kribbeln, das er sonst kaum wahrnahm, als unangenehm. Er hatte den Eindruck, lange Nadeln würden durch seine Schädeldecke in sein Gehirn gestochen.

Erschöpft nahm er die Haltung eines in sich gekehrten Gläubigen ein und spürte – ähnlich einem sich selbst geißelnden

Schiiten – schuldbewusst-lustvoll den schlimmen Nachwirkungen des Festes nach. Schließlich war es so weit. Der Imam betrat den Saal. Augenblicklich verstummten die gedämpften Unterhaltungen. Gemächlichen Schrittes ging der in einen weißen Kaftan gehüllte Mann an der Betnische vorbei zum Predigtstuhl. Er grüßte die Knienden mit huldvollem Nicken, doch sein von einem langen braunen Vollbart dominiertes Gesicht wirkte finster und verschlossen.

Als der Imam die Treppe des Predigtstuhls hinaufstieg, knarrten die Stufen. In Erwartung der anstehenden Hassrede nahm Ludwig eine Sitzhaltung ein, die gespannte Aufmerksamkeit vermitteln sollte. Der große Wandbildschirm auf der anderen Seite der Betnische schaltete sich ein.

Wie immer zu Beginn der Freitagspredigt wurde auf dem Bildschirm eine Weltkarte abgebildet, auf der die Religionsgebiete farblich gekennzeichnet waren. Die Karte war auf dem neuesten Stand, denn außer Alderney, die ebenso scharlachrot eingefärbt war wie England, erstrahlten die Kanalinseln im grünen Glanz der Islamisten.

Soweit Ludwig es beurteilen konnte, hatte sich der Grenzverlauf der Religionsgebiete ansonsten nicht verändert.

Inzwischen hatte der Imam auf dem thronartigen Sessel unter dem Baldachin Platz genommen und den auf dem Pult liegenden Koran aufgeschlagen. Als er eine Sure vorlas, tat er dies mit mahnend-beschwörender Stimme.

»Den Gläubigen wird es wohl ergehen, denjenigen, die in ihrem Gebet demütig sind, und denjenigen, die sich von unbedachter Rede abwenden.«

Ludwig verfiel in einen dumpfen Dämmerzustand. Er hatte diese aus dem Arabischen übersetze Koranpassage zu oft gehört, um ihr noch irgendeine Bedeutung beizumessen.

»Wenn du dich nun auf dem Schiff eingerichtet hast, du und diejenigen, die mit dir sind, dann sage: Das alleinige Lob gehört Allah, der uns von dem ungerechten Volk errettet hat!«

Ludwig hatte das Gefühl, eine Brausetablette wäre ihm ins Gehirn eingeführt worden. In den Windungen kribbelte und prickelte es. Die Gehirnmasse schien sich zusammenzuziehen, um sich im nächsten Moment wieder auszudehnen und gegen die Schädeldecke zu drücken.

Nie zuvor hatte er die seltsamen Empfindungen, die ihn beim Freitagsgebet regelmäßig heimsuchten, so intensiv erlebt wie jetzt. Nur mit Mühe konnte er ein Stöhnen unterdrücken. Auch wagte er nicht, sich an den Kopf zu fassen, aus Angst, die Geste könnte von dem Beamten der Glaubenspolizei, der ihn vielleicht durch eine Kamera beobachtete, als Folge von Alkoholgenuss gedeutet werden.

»Der Islam ist zuoberst und hat nichts über sich!« Das durchdringende Keifen des Imams brachte Ludwig wieder zu sich. Der Mann war von seinem Sessel aufgesprungen und schüttelte die Faust. »Tötet die Götzendiener, wo immer ihr sie findet; ergreift sie, belagert sie und lauert ihnen aus jedem Hinterhalt auf!«

Die im Saal versammelten Männer stimmten ein zorniges Rufen und Brüllen an, in das Ludwig automatisch einfiel. Er schrie unartikuliert und vergrößerte seine Anstrengung noch als er merkte, dass das Schreien ihn von seinem Schmerz ablenkte. Wie die anderen Gläubigen verstummte er jedoch sofort wieder, als der Imam die Arme hob und seine Hasspredigt fortsetzte.

Ludwig schloss kurz die Augen. Sein seltsam desolater Zustand hatte wohl länger angedauert als ihm bewusst war. Dass der Imam die Koranlesung beendet und mit der Predigt begonnen hatte, hatte er gar nicht mitbekommen.

Auch das auf dem Schirm wiedergegebene Bild war jetzt ein anderes. Das raue, verwegene Gesicht eines schielenden Mannes war zu sehen. Der Bart und das lange, rötliche Haar waren zu Zöpfen geflochten, Stirn und Wangen schwarz tätowiert. Bei den verschlungenen, in die gegerbte Haut eingeätzten Runen handelte es sich um heidnische Symbole. Den Hals des Mannes zierte ein geflochtenes Lederband, an dem ein kleiner mit Schriftzeichen versehener Hammer hing.

*Diesen Freitag sind also die Asen wieder dran,* dachte Ludwig, der das Foto nicht zum ersten Mal sah. *Die letzten Wochen hat er immer gegen die Puritaner gehetzt, weil wir gegen sie um die Kanalinseln gekämpft haben. Wahrscheinlich bereitet unser Militär gerade eine Offensive gegen die Asen in Europa vor.*

»Wehe jedem durch und durch sündigen Lügner, der vom wahren Glauben vernommen hat und sich hierauf hochmütig dem Götzenglauben zuwendete, als ob er nicht gehört hätte! Auf ihn wartet schmerzhafte Strafe!«

Ludwig hob die Fäuste, brüllte aufgebracht und schüttelte wütend den Kopf, bis der Imam wieder zu sprechen anfing.

Von allen Feinden des Islams waren die Asen den Gläubigen am unheimlichsten. Sie verkörperten den inneren Widersacher, gegen den umso vehementer vorgegangen werden musste, da es sich bei ihnen um Menschen handelte, die im wahren Glauben aufgewachsen waren und sich trotzdem gegen ihn stellten.

Die nun folgende Hasstirade weckte in Ludwig den Eindruck, dass die Asen gar keine Menschen sondern Missgeburten waren. Sie waren mit einem Makel behaftet, der nur durch ihren Tod aus der Welt geschafft werden konnte. Die Versammelten fingen immer an zu brüllen und zu toben, wenn die Stimme des Imams sich vor Eifer und Hass überschlug. Ludwig trommelte mit den Knien der untergeschlagenen Beine auf den Boden und schrie und kreischte mit vor Wut entstellter Stimme. Unwirsch fuchtelte er mit den Armen, warf den Kopf hin und her, als müsse er einen unerträglichen Schmerz abschütteln. Er bemerkte es kaum, wenn der Ellbogen seines Nachbarn ihn an der Schulter traf oder seine herum schwingende Faust gegen einen ausgestreckten herumfuhrwerkenden Arm boxte.

Als die Predigt zu Ende war und die Zeit des Gebets anbrach, hatte Ludwig sich heiser geschrien. Er war in Schweiß gebadet und kam sich vor, als wäre er gerade eigenhändig gegen den auf dem Bildschirm abgelichteten Asen losgegangen. Demütig und erschöpft krümmte er den Rücken und drückte die überhitzte Stirn auf den Gebetsteppich.

»Allahu akbar«, murmelte er gemeinsam mit den anderen im Saal versammelten Gläubigen, während es in seinen Haaren elektrisch knisterte.

*

Ludwig hastete zackig die Straße entlang. Eile war geboten, denn bevor er den Bus zur *Straße der einzigen Wahrheit nahm*, wollte er noch schnell unter die Dusche, um sich den Hassschweiß vom Körper zu spülen.

Wie immer nach dem Freitagsgebet schienen die Leute wie ausgewechselt. Waren sie auf dem Weg zur Moschee noch ausgelassen und fröhlich gewesen, so trotteten sie jetzt schweigsam und mit verschlossener Miene einher, den Blick stumpf ins Leere gerichtet. Kinder ließen den Kopf hängen und stolperten hinter Müttern her, die sie an den Armen hielten und mitzerrten.

Wie Schwämme das brackige Schmutzwasser einer Pfütze aufsaugen, so schienen die Häuser nun die Menschen auf der Straße in sich aufzunehmen. Auch Ludwig tauchte schließlich ins Halbdunkel des Treppenhauses seines Wohnblocks ein. Nicht mehr lange, und Berlin präsentierte sich wieder so verlassen und verwaist wie alle deutschen Städte, seit der Islam den Alltag ihrer Bewohner bestimmte.

Ludwig brauchte nur zehn Minuten, um sich frisch zu machen. Obwohl er wie benebelt war, verrichtete er die alltägliche Wäsche schnell und mit der gebotenen Gründlichkeit. Als er kurz darauf auf die Straße trat, trug er unter dem abgewetzten Mantel einen frischen Anzug.

Verwundert blieb er stehen und blinzelte verdattert. Am Randstein stand sein Gläubiger. Dass das universalgrün lackierte Fahrzeug ihm gehörte, erkannte er an dem Minikoran, der an einer Kordel am Rückspiegel hing – und an der Beule am vorderen linken Kotflügel.

Ein Mann mit blondem Bart und schwarzer Kappe auf dem lockigen Haar stieg aus und winkte Ludwig übers Wagendach hinweg zu.

»Jussuf – sag bloß, mein Wagen ist schon fertig?«

»Ich habe dir eine Nachricht aufs Mobtel geschickt«, sagte sein Jugendfreund und kam um den Wagen herum auf ihn zu.

Ludwig zog sein Mobiltelefon hervor. Er machte eine schuldbewusste Miene, als er bemerkte, dass es ausgeschaltet war.

»Dass du die Reparatur so schnell erledigst, habe ich nicht geahnt.«

»Für alte Freunde tut man doch alles.«

Verlegen zuckte Ludwig mit den Schultern. »Den Wochenlohn krieg ich erst am Abend.«

Jussuf winkte ab. »Die Rechnung wurde schon beglichen – mach dir deswegen keinen Kopf.«

»So? Von wem denn?«

»Ein Mitarbeiter des Ifnes war bei mir. Offenbar ist man daran interessiert, dass du beweglich bist.« Jussuf klopfte Ludwig auf die Schulter. »Ich wusste immer, dass aus dir mal was wird.« Prüfend musterte er Ludwig. »Ich hoffe, du wirst dich an mich erinnern, mein Junge. Freunde sollte man nicht vergessen.«

»Selbstverständlich nicht. Warum sollte ich?«

»Du weißt doch, wie das manchmal ist.« Jussuf schaute sich verstohlen um und fuhr dann mit gesenkter Stimme fort: »Nichts steht über dem Islam. Freunde nicht. Die Familie auch nicht. Und ehe du dich versiehst, stehst du allein da und niemand hilft dir. Das kann ziemlich unangenehm werden.«

Ludwig wurde misstrauisch. »Steckst du etwa in Schwierigkeiten?«

Sein Freund schüttelte hastig den Kopf. »Ich doch nicht! Allahu akbar, mein Freund. Allahu akbar. Ich wollte nur wissen, ob du zu schätzen weißt, dass ich für dich und deinen Gläubiger stets da war, wenn es darauf ankam.«

»Klar – du bist ein prima Kumpel, Jussuf.«

Jussuf lächelte unglücklich. »Freut mich, das zu hören. Ehrlich!« Mit beiden Händen schüttelte er Ludwig die Hand.

»Soll ich dich zurück in die Werkstatt fahren?«, fragt Ludwig.

Jussuf Wiedler schüttelte den Kopf. »Lass mal. Es ist tut mir ganz gut, unter Leuten zu sein.« Er wandte sich ab und stapfte Richtung Bushaltestelle davon.

Einen Moment lang sah Ludwig seinem Schulfreund nach, unter dessen Mantel die Hosenbeine eines ölverschmierten Blaumanns hervorschauten. »Danke, Jussuf!«, rief er. Doch Jussuf schien ihn nicht zu hören.

Über alle Maßen erfreut wandte Ludwig sich seinem Wagen zu. Er konnte noch gar nicht fassen, dass das gute Stück wieder in seinem Besitz war. Er setzte sich hinter das Lenkrad, schob die Kennkarte in den Zündschlitz und startete den Motor.

Während er mit dem Gaspedal spielte und dem auf- und abschwellenden Motorsurren lauschte, lehnte er sich behaglich zurück und tätschelte selbstzufrieden die Armatur. Dann stellte er den Hebel auf »Fahren«, lenkte den Wagen vom Randstein fort, wendete auf der Fahrbahn und fuhr an den an der Bushaltestelle Wartenden vorbei in Richtung Stadtzentrum.

\*

Im Ifnes angekommen, erlebte Ludwig eine weitere Überraschung. Er hatte seinen Wagen in der Bunkergarage abgestellt und die Eingangshalle über die Kellertreppe erreicht. Als der Pförtner ihn unter den am Empfangstresen vorbeihastenden Mitarbeitern erspähte, beendete er abrupt das Telefongespräch, das er gerade führte und winkte Ludwig zu sich.

»Sie sollen sich in der dritten Etage melden, Herr Rauber«, sagte er ohne Umschweife, lächelte dann aber doch freundlich unter seinem ergrauten Bart hervor. »Herzlichen Glückwunsch zu Ihrer außergewöhnlichen Beförderung. Der Prophet kann stolz auf Sie sein!«

»Danke.« Ludwig wusste nicht, wie ihm geschah. Seit er den gefälschten Speicherantrag der Puritaner entdeckt hatte, wandelte sich sein Leben auf eine Art, die ihm langsam unheimlich wurde.

Er folgte dem Hauptkorridor ins angrenzende Verwaltungsgebäude. Schulter an Schulter mit den Kollegen stieg er die Treppen hinauf. Als er das zweite Stockwerk erreichte, blickte er sich nur kurz um. Seine enge Kabine im Großraumbüro der 2. Abteilung gehört nun der Vergangenheit an.

Überrascht stellte er fest, dass er weder Wehmut noch Abschiedsschmerz empfand. Seines Erachtens war diese Beförderung längst überfällig, wenn er auch daran gezweifelt hatte, dass sie jemals stattfinden würde.

Stolz und von einem Gefühl der Vorfreude beseelt ging Ludwig die Stufen zur dritten Etage hinauf. Niemand schenkte ihm besondere Beachtung. Es war, als würde er den Mitarbeitern der 3. Abteilung schon ewig angehören.

Auf dem Treppenabsatz entdeckte er Selim. Unter dem linken Auge des Kollegen war die dunkle Haut blau angelaufen. Dort hatte Ludwig ihn mit der Faust getroffen – daran erinnerte er sich jetzt überdeutlich. Sie hatten sich geprügelt, nachdem Selim ihn von der Sängerin fortgezogen hatte. Mit großer Mühe hatten einige beherzte Gäste sie von einander getrennt. Anschließend hatten sie dann mehrere Gläser Whisky getrunken, um sich wieder zu versöhnen.

Nervös kaute Ludwig auf seiner Unterlippe. Er wusste nicht, wie er seinem Kollegen nach allem, was in der vergangenen Nacht geschehen war, gegenübertreten sollte.

In diesem Moment wurde er von Selim bemerkt. »Ludwig!«, rief er und winkte. »Willkommen im Klub. Ich bin angewiesen worden, dich an deiner neuen Arbeitsstation einzuweisen.«

Ludwig nickte zurückhaltend und trat näher. Sein Versuch, eine Entschuldigung hervorzubringen, scheiterte jedoch kläglich. »Salam, Kiral«, sagte er stattdessen. »Lass uns gleich anfangen. Ich kann es kaum erwarten, mit der Arbeit zu beginnen.«

»So ist es recht. Immer bereit, für die Bewahrung und Ausbreitung des einzig wahren Glaubens zu kämpfen.« Selim lächelte. Dann drehte er sich zum Eingang des Großraumbüros um. »Komm, ich zeig dir, wo deine Arbeitsstation ist.«

\*

In den folgenden Tagen geschah es Ludwig öfter, dass ihm die Worte fehlten, wenn er Selim auf die Geschehnisse während des Festes in der Rotunde ansprechen wollte. Ihm war als sei sein Sprachzentrum blockiert, sobald sich seine Gedanken mit der Feier beschäftigten. *Ist mein Schuldgefühl tatsächlich so übermächtig, dass es mir förmlich die Sprache verschlägt, wenn ich über die Vorfälle im Alten Museum reden will?*, dachte er beklommen.

Am krassesten bekam er diese Blockade zu spüren, als er Doria am Donnerstag auf dem Weg zum Nachmittagsgebet auf der Treppe begegnete. Er schob sich wie zufällig neben sie, sodass sie nebeneinander die Stufen hinab stiegen. Er konnte sich noch immer nicht erinnern, ob er nach dem Gespräch noch mal mit ihr zusammengekommen und ob sie Zeuge geworden war, wie er die Sängerin bedrängt hatte.

Als er sich die Worte zurechtlegte, die er ihr ins Ohr raunen wollte, spürte er, dass ihm die Röte ins Gesicht schoss. Das Risiko, dass er gerade jetzt gefilmt oder beobachtet wurde, wollte er um jeden Preis eingehen, denn schon viel zu lange wartete er auf eine Gelegenheit, mit Doria in Kontakt zu treten. Diese Chance, endlich ein Treffen zu vereinbaren, wollte er sich nicht entgehen lassen.

Als er seinen Mut endlich zusammengenommen hatte und ihr zuflüstern wollte, dass er gern an ihre Begegnung in der Rotunde anknüpften wollte, brachte er keinen Ton heraus.

Unglücklich über sein Unvermögen fasste er sich unter dem Bart an den Hals, hustete gequält und versuchte erneut, die zurechtgelegten Worte auszusprechen. Doch es gelang ihm nicht.

Doria wandte kurz den Kopf in seine Richtung. Ein schwer zu deutender Ausdruck lag in ihren zwischen Kopftuch und Schleier hervorschauenden grünen Augen. Am Ende der Treppe angekommen, entfernte sie sich und strebte auf den Durchgang zum Frauenbereich zu.

Wie benommen ging Ludwig zu den von seinen Kollegen belagerten Waschbecken, um mit der rituellen Waschung zu beginnen.

\*

Mit jeder verstreichenden Woche schien das Ziel, mit Doria ein Treffen zu arrangieren, weiter in die Ferne zu rücken. In die 3. Abteilung hatte Ludwig sich jedoch schnell eingewöhnt. Seine Arbeit bestand darin, den von den Mitarbeitern der 2. Abteilung als bedenklich eingestuften Speicheranträgen auf den Grund zu gehen und zu prüfen, ob böswillige Absichten hinter der Zustellung verdächtiger Gesuche steckten. War dies der Fall, musste die Glaubenspolizei eingeschaltet werden, die den Absender der Datei in Gewahrsam nahm, um ihn im Polizeigebäude einem Verhör zu unterziehen.

Was dort im Einzelnen mit den Verdächtigen geschah, entzog sich Ludwigs Kenntnis. Allzu genau wollte er es auch nicht wissen. Er gab sich jedoch große Mühe, den Sachverhalt so sorgfältig wie möglich zu prüfen, damit gewährleistet war, dass kein Unschuldiger in die Verhörmühle der Glaupo geriet.

Nachdem sich auch nach dem achten Freitagsgebet in Bezug auf Doria nichts ergeben hatte, konnte er der Versuchung nicht widerstehen, heimlich Informationen über sie sammeln. Über seine Arbeitsstation hatte er Zugriff auf die Archive der Meldebehörde, des Geburtenregisters, der Armenversorgungsstelle und mehreren anderen Verwaltungsbehörden. Er konnte zwar nicht ausschließen, dass er bei der Arbeit von der Glaubenspolizei überwacht wurde, doch er ging das Risiko ein und forschte sogar nach Dorias Adresse.

Wie sich ergab, wohnte sie in einem kleinen Apartment im östlichen Stadtteil Mohammedshain. Er prägte sich die Adresse ein und ging weiter seiner Arbeit nach.

Zwei Tage später, als er noch mit der Entscheidung rang, ob er Doria heute Abend einen Überraschungsbesuch abstatten sollte, klingelte es an seiner Wohnungstür. Ludwig erschrak zu Tode, als er auf dem Bildschirm der Gegensprechanlage zwei Männer in der Uniform der Sittenpolizei erblickte. Ihre Bärte waren eckig geschnitten, und sie starrten mit finsterer Miene in die Kamera.

»Machen Sie auf, Rauber«, sagte der ältere Polizist und hielt seinen Ausweis vor das Objektiv. »Wir haben mit Ihnen zu reden!«

Ludwig hatte keine Wahl. Wie betäubt berührte er die Taste, die die Haustür entriegelte. In der offenen Wohnungstür stehend lauschte er ängstlich den Schritten der Beamten und schalt sich einen Narren, weil er geglaubt hatte, seine privaten Nachforschungen würden unentdeckt bleiben.

Aufs Schlimmste gefasst führte er die Männer ins Wohnzimmer. Sie lehnten mürrisch ab, als er ihnen einen Tee anbot.

Wie es die Art der Sittenpolizei war, kamen sie gleich zur Sache. Ohne Ludwigs Aufforderung nachzukommen sich zu setzen, warfen sie Fotos auf den Couchtisch.

Völlig perplex stellte Ludwig fest, dass auf den Schnappschüssen sein Schulfreund Jussuf Wiedler abgelichtet war.

»Sie kennen diesen Burschen?«, fragte der Ältere, der sich als Wladimir Hudschin vorgestellt hatte.

Ludwig nickte betroffen. Eben war er noch drauf und dran gewesen, sich wegen seiner weichen Knie aufs Sofa fallen zu lassen. Nun blieb er stehen und starrte fassungslos die 3-D-Fotografien an. Sie zeigten Jussuf und einen jungen blonden Mann. Ihre Oberkörper waren entblößt. Die Art und Weise, wie sie sich berührten, ließ keinen Zweifel aufkommen, dass ihr Verhältnis mehr als kumpelhaft war.

»Hatten Sie mit Jussuf Verkehr, Herr Rauber?« Diesmal war es der Jüngere, der die Frage stellte. Seinen Namen hatte er mit Kayan angegeben. Seine Stimme war schrill und unangenehm, und er schien Ludwig mit dem Blick seiner dunkelbraunen Augen durchbohren zu wollen.

Ludwig schüttelte den Kopf. »Seit unsere Wege sich nach der Koranschule getrennt haben, habe ich nur hin und wieder beruflich mit ihm zu tun gehabt. Er ... er hat sich um meinen Gläubigen gekümmert, wenn er kaputt war, was nicht eben selten ...«

»Das wissen wir schon«, fuhr Kayan barsch dazwischen. »Ist Herr Wiedler Ihnen gegenüber jemals zudringlich geworden?«

Ludwig sah beunruhigt zwischen den beiden Männern hin und her. Er dachte an seine letzte Begegnung mit Jussuf, und an die eindringlichen Worte, die er an ihn gerichtet hatte. Wenn er zu diesem Zeitpunkt schon im Visier der Sittenpolizei gewesen war, war die Begegnung sicherlich gefilmt worden...

»Kann sein, dass er mich hin und wieder angefasst hat«, sagte er gequält. »Aber diese Gesten waren, wie mir schien, rein freundschaftlicher Natur...«

Kayan machte sich Notizen. »Hat Herr Wiedler Sie auch während Ihrer gemeinsamen Schulzeit begrabscht?«

»Begrabscht? Nein! Natürlich nicht! Ich bin nie unsittlich von ihm berührt worden.«

»Eben sagten Sie aber doch, er hätte sie angefasst?«

»Ja – aber doch nur so, wie es Freunde eben hin und wieder tun!«

»Wollen Sie andeuten, dass Ihnen die Berührungen Herrn Wiedlers *nicht* unangenehm waren?«, hakte Hudschin nach. Er sprach ruhig und gelassen, was ihn in Ludwigs Augen noch gefährlicher machte.

»Darüber habe ich nie nachgedacht«, antwortete Ludwig zurückhaltend. »Jussuf ist ein Freund. Mehr habe ich nie in ihm gesehen.«

»Sie sind unverheiratet«, bemerkte Kayan und sah sich spöttisch in dem Wohnzimmer um. »Verspüren Sie denn kein Verlangen nach einer Frau?«

»Doch, natürlich. Ich ... ich werde mich in Kürze wahrscheinlich verloben.«

»Al-hamdulilla. Darf man erfahren, wie die Glückliche heißt?«

»Natürlich nicht!« Ludwig gab sich entrüstet und zeigte unwirsch auf die kompromittierenden Fotos. »Ich werde doch nicht zulassen, dass meine Zukünftige mit derartigem Schmutz konfrontiert wird!«

Hudschin nickte kaum merklich. »Sie empfinden also Abscheu vor Ihrem Freund?«

»Eigentlich ist er gar kein richtiger Freund«, sagte Ludwig unglücklich. »Wir haben zusammen die Schulbank gedrückt, mehr nicht. Es war eher Zufall, dass ich später wieder mit ihm zu tun hatte. Hätte ich mir keinen Wagen zugelegt, wüsste ich bis heute nicht, dass Jussuf in einer Werkstatt arbeitet.«

»Sie würden uns also zustimmen, wenn wir festhalten, dass Sie Wiedlers Zudringlichkeiten als belästigend empfunden haben?«

»Auf jeden Fall.« Ludwig nickte lahm. Er bedauerte zutiefst, dass Jussuf nicht mehr zu helfen war. Es hatte keinen Sinn, den Kopf für ihn hinzuhalten oder als sein Fürsprecher aufzutreten. Das hätte ihn nur selbst ins Fadenkreuz der Sittenpolizei gebracht. »Hätte ich geahnt, welche Absichten er mit diesen Berührungen verfolgte, hätte ich das doch längst bei der Sittenpolizei gemeldet.«

Die beiden Männer schauten sich einen Moment lang schweigend an.

»Wir wollen es vorerst bei dieser Befragung bewenden lassen, Herr Rauber«, sagte Hudschin. »Ich würde Ihnen aber dringend raten, so rasch wie möglich zu heiraten. Es kann nicht angehen, dass ein Mann so lange ohne Frau lebt. Das ist wider die göttliche Vorsehung.«

»Mein Junggesellenleben wird ja auch nicht mehr lange dauern.«

Kayan sammelte die Fotografien wieder ein und verstaute sie in der Manteltasche. Mit den üblichen Lobpreisungen Allahs verließen die Polizisten die Wohnung.

Ludwig ließ sich schwer in den Sessel fallen. Mit dem Gläubigen nach Mohammedshain zu fahren und Doria zu besuchen, war jetzt undenkbar. Man würde ihn beschatten und ausspionieren. Wenn die Sittenpolizei herausfand, dass er ohne Einwilligung eines Vormunds einer unverheirateten Frau nachstieg, konnte ihn das in Teufels Küche bringen.

Frustriert ergriff er die Fernbedienung, schaltete den Fernseher ein und starrte abwesend auf den Bildschirm.

\*

Am nächsten Morgen erhielt Ludwig endlich eine Gelegenheit, in Dorias unmittelbare Nähe zu kommen, denn er und Selim wurden nach dem Morgengebet ins Büro des Abteilungsleiters gerufen.

Wie meistens, wenn er Doria von seiner Arbeitsstation aus heimlich beim Durchqueren des Großraumbüros beobachtete, stieg ihm auch jetzt wieder das Blut zu Kopfe, als er das Vorzimmer von Kolmars Büro betrat und sie hinter dem Schreibtisch sitzen sah.

Doria blickte zu ihnen auf, grüßte höflich und sagte, während sie auf die Verbindungstür deutete, dass Herr Kolmar bereits auf sie wartete.

Ludwigs Hals war feuerrot. Er wollte Doria ein Zeichen geben. Irgendetwas tun, das ihr zeigen sollte, wie viel ihm an ihr lag.

Außer einem erstickten »Salam Aleikum«, brachte er aber nichts zustande.

Irgendetwas hatte Doria trotzdem aufmerken lassen, denn ihr Blick ruhte etwas länger auf ihm als schicklich gewesen wäre. Ein freudiger Schreck durchzuckte ihn: Sie hatte ihm zugeblinzelt und dann schnell den Blick gesenkt!

Vor lauter Verblüffung wäre er seinem Kollegen, der an der Verbindungstür stehen geblieben war, um anzuklopfen, beinahe in den Rücken gestolpert. Nachdem Kolmars mürrisches »Herein!« erklungen war, traten die Männer ein.

Kolmar wies sie mit einer fahrigen Geste an, auf den Besucherstühlen Platz zu nehmen. Dann erklärte er, der Direktor des Berliner Ifnes hätte mit dem Kommandanten des Luftwaffenstützpunktes Tempelhof eine Abmachung getroffen, von der Kiral und Ludwig unmittelbar betroffen seien. Er erläuterte kurz, wie schwierig es war, Piloten zu finden, die die erforderliche Konzentration und Willensstärke aufbrachten, um die Gedankensteuerung moderner Kampfdrohnen sicher zu beherrschen. Da Kiral und Ludwig sich bereits in einer schwierigen Situation bewährt hatten, sei man übereingekommen, sie hin und wieder, wenn es einen Engpass gab, an die Luftwaffe auszuleihen.

Genau dieser Fall war nun eingetreten. Kiral und Ludwig sollten sich unverzüglich zum Flughafen Tempelhof begeben. Alles Weitere würden sie von Generalmajor Gür persönlich erfahren. Ein Hubschrauber würde in wenigen Minuten auf dem Institutsdach landen und sie abholen.

Danach bedeutete Kolmar den Besuchern mit einem herablassenden Wink, das Büro wieder zu verlassen.

Diesmal blickte Doria nicht von ihrer Arbeit auf als die Männer das Sekretariat durchquerten. Ludwig fragte sich, wie Kolmar, der offensichtlich Interesse an Doria hatte, es schaffte, sich während der Arbeit nichts von seinen Ambitionen anmerken zu lassen. Auch über sich selbst war er mehr als verwundert. Wenn er seinen Vorgesetzten sah, musste er immer daran denken, wie vertraulich er während des Festes mit Doria umgegangen war. Und obwohl ihn dies maßlos wütend machte, war ihm Kolmar gegenüber noch nie eine Bemerkung herausgerutscht. Ludwig hatte nicht gewusst, dass er so diszipliniert sein konnte.

Wenig später saßen sie im Passagierbereich des Hubschraubers und flogen in südlicher Richtung über Berlin hinweg. Ludwig fürchtete sich ein wenig vor dem bevorstehenden Einsatz: Er erinnerte sich noch genau an seinen üblen Zustand nachdem seine Drohne mit dem Satelliten kollidiert und der Gedankenkontakt abgerissen war. Er hatte ein ziemlich mulmiges Gefühl, als er nach der Landung des Hubschraubers auf der Wiese vor dem Verwaltungsgebäude des Flughafens in die Steuerzentrale des Luftwaffenstützpunktes kam. Im Raum wimmelte es diesmal vor Militärs und Männern in weißen Kitteln. Die Liegen waren fast alle besetzt. Die Piloten trugen Gedankenlesehelme und ballten die Fäuste, als könnten sie es kaum erwarten, auf irgendetwas zu feuern.

Professor Albrecht nahm sie wortkarg in Empfang und führte sie zu zwei nebeneinander stehenden Liegen. »Sie kennen das ja schon.« Er kratzte sich den spärlichen Backenbart. »Der Generalmajor wird Sie gleich einweisen.«

Mit diesen Worten eilte er davon, um an einem Rechner eine Eingabe zu machen.

Ludwig steckte seine Kennkarte in den Helmschlitz und machte sich bereit. Die ihn umgebende hektische Betriebsamkeit steigerte seine Beklommenheit. Er freute sich nicht mal auf das Gefühl der Freiheit, das ihm vorgegaukelt wurde, wenn sein Gehirn mit der am Himmel fliegenden Drohne verbunden war.

Als Generalmajor Gür endlich zwischen sie trat, waren schon mehrere Minuten vergangen. »Die Systeme sind einsatzbereit«, sagte er kurz angebunden. »Die Drohnen treffen in wenigen Minuten am Einsatzort ein. Hören Sie mir jetzt genau zu.« Er wartete, bis Ludwig und Selim ihm mit einem Nicken bedeutet hatten, dass er ihre ungeteilte Aufmerksamkeit hatte. Dann verschränkte er die Hände hinter dem Rücken. »Wir werden mit einem Drohnenverband zur Küste von England vorstoßen«, verkündete er. »Dieses einzigartige Unternehmen ist uns nur möglich, weil wir die Kanalinseln Guernsey und Jersey halten. Die Vorbereitung für diese Operation wird seit Wochen mit viel Druck vorangetrieben. Jetzt können wir die Früchte unserer Arbeit endlich ernten.«

Er machte eine grimmige Miene. »Ich will Ihnen nicht verschweigen, dass die Puritaner kurz davor stehen, einen Gegenschlag zu führen, um die Inseln zurückzuerobern. Vermutlich ist dies unsere einzige Chance, die geplante Operation durchzuführen. Wenn wieder um diese Inseln gekämpft wird, kriegen wir keine Transportmaschine mehr in die Luft, um die Drohnen unmittelbar an die englische Küste heranzuführen.«

Er blickte auf seine Armbanduhr. »Die von St. Peter Port auf Guernsey gestartete Transportmaschine wird in Kürze die Pufferzone vor der englischen Küste erreichen und die Drohnen abwerfen. Ihre Aufgabe wird es sein, die Maschinen ins feindliche Gebiet zu lenken und die an Bord befindlichen muslimischen Botschaften abzusetzen.«

Er schaute Selim an. »Ihre Drohne ist mit einem Sender ausgerüstet. Er wird Funkbotschaften ausstrahlen, die die Ungläubigen von ihrem Irrglauben abbringen und bewegen sollen, das islamische Glaubensbekenntnis auszusprechen.« An Ludwig gewandt fuhr er fort: »Ihre Drohne hat Flugblätter geladen. Sie sollen über einer Ortschaft abgeworfen werden.« Streng musterte er die beiden Männer. »Haben Sie alles verstanden?«

Ludwig und Selim nickten.

»Dann los!«, rief Gür unternehmungslustig in die Runde. »Zeigen wir den Puritanern, wozu Männer des wahren Glaubens fähig sind!«

\*

Ludwig fiel ins Bodenlose. Über ihm schwebte vor einem grau verhangenen Himmel der gewaltige Rumpf der Transportmaschine, aus deren Luke, wie an einer Perlenschnur aufgereiht, silberne Drohnen fielen. Als sich der Bug seiner Kiste im Fall senkte, sah er unter sich die von weißlichen Schaumsäumen überzogene dunkelgrüne Meeresoberfläche.

Ohne große Anstrengung fing er den Sturz seiner Maschine ab und stabilisierte den Flug. Anschließend flog er eine Schleife in die Richtung, in die der transparente Pfeil in seinem Sichtfeld zeigte.

Ein felsiger Küstenstreifen tauchte vor ihm auf. Unmittelbar vor der Uferböschung waren unter der schäumenden Wasseroberfläche sanft abfallende schroffe Felsformationen auszumachen. Wracks von Kriegsschiffen und Flugzeugen schimmerten in der Tiefe. Ob es sich um Kriegsmaschinen der Islamisten oder der Puritaner handelte, konnte Ludwig nicht erkennen. Die Spürer der Drohne erfassten diese Objekte zwar, machten aber keine Angaben über ihre Herkunft. Die Wracks waren teilweise von Bartalgen überwuchert, die unheimlich in der Strömung hin und her wogten.

Hinter dem Felsufer erstreckten sich graugrüne, von unbefestigten Straßen und Wegen durchzogene Wiesen. Das Gelände stieg steil an und war von kargen Felserhebungen durchsetzt. Morast und Pfützen zeugten von dem lang anhaltenden schlechten Wetter, für das dieser Küstenabschnitt berüchtigt war.

Etliche Felsen, die wie Geschwüre aus den kargen Wiesen ragten, waren zu Geschützstellungen ausgebaut worden. Dies verriet Ludwig nicht nur die Warnanzeige der Spürer, sondern auch die gelblichen Funken, die verborgene Haubitzen plötzlich in den Himmel spien, um die Eindringlinge abzuwehren.

Die Stellungen wurden von den Kampfdrohnen augenblicklich unter Beschuss genommen. Ein auf 11.00 Uhr emporwachsender Explosionspilz ließ Ludwig vermuten, dass ein Munitionsdepot der Puritaner getroffen worden war.

Da wurde die Drohne, die in etwas geringerer Höhe vor ihm her flog, plötzlich von einer Glutlanze getroffen, barst auseinander und stürzte ab.

Rasch ließ Ludwig seine Maschine an Höhe gewinnen und vollführte willkürliche Kapriolen, um den feindlichen Kanonen kein Ziel zu bieten. Das Gefühl von Freiheit und Weite, das ihn nun überkam, war so überwältigend, dass er die Gefahr einen Moment lang vergaß. Dass er diesen Ausflug nicht zu seinem Vergnügen unternahm, wurde ihm schlagartig bewusst, als hinter ihm ein rötlicher Feuerschein aufzog.

Damit er mit der in Flugrichtung ausgerichteten Optik zur Quelle des hinter ihm liegenden Himmelsfeuers spähen konnte, ließ er die Drohne um ihre Querachse wippen und schwenkte die Kamera bis zum Anschlag nach oben.

Für einen kurzen Moment geriet die Transportmaschine in sein Sichtfeld. Mit dem Bug nach unten geneigt und eine fette von Flammen durchwirkte Rauchsäule hinter sich herziehend, stürzte der Koloss auf das Küstengewässer zu.

Ludwig stabilisierte seine Maschine und glitt, von einer thermischen Strömung getragen, in großer Höhe dahin. Zu den Wracks am Ufergrund würde sich in Kürze ein neues gesellen. Die ums Leben gekommene Besatzung würde ebenso als Fischfutter enden, wie Jahre zuvor die Marinesoldaten, die während einer längst vergessenen Schlacht mit ihren Schiffen vor der Küste untergegangen waren.

Ludwig hatte die Geschützstellungen unterdessen hinter sich gelassen. Kahle Büsche und Hecken säumten die Straßen und die brachliegenden Felder unter ihm. Er richtete seine Aufmerksamkeit auf eine Ansammlung ärmlich aussehender Häuser.

Das Informationssystem zeigte an, dass die Gebäude der kleinen Ortschaft East Prawle vorgelagert waren. Die Personenspürer hatten in den Gebäuden drei Männer erfasst.

*Wahrscheinlich sind es bloß Soldaten,* überlegte Ludwig. *Es lohnt nicht, hier Flugblätter abzuwerfen.* Er konzentrierte sich kurz auf die Skala, die die Anzahl der in seiner Nähe fliegenden Drohnen anzeigte. Trotz des Sperrfeuers waren von den zwölf Maschinen noch zehn übrig. Ob Kiral ebenfalls durchgekommen war, konnte er nicht feststellen.

Ludwig war überzeugt, dass die Sender in den Drohnen schon begonnen hatten, die Gottesbotschaft abzustrahlen. Jetzt musste er nur noch einen geeigneten Ort finden, über dem er die Flugblätter mit dem Glaubensbekenntnis abwerfen konnte. East Prawle war zwar nur ein Nest mit einer Handvoll Häusern und knapp fünfhundert Einwohnern, doch die nächst größere Ortschaft schien Ludwig zu weit entfernt, um sie sicher zu erreichen. Ihr Eindringen in den englischen Luftraum war längst bemerkt worden. Die Abwehrmaßnahmen würden nicht mehr lange auf sich warten lassen. Also hielt er zielstrebig auf den kleinen Ort zu.

East Prawle schmiegte sich in eine ausgedehnte Hügelflanke und bot einen trostlosen Anblick. Die älteren Gebäude waren aus den gleichen Feldsteinen errichtet wie die niedrigen kreuz und quer verlaufenden Grundstücksbegrenzungsmauern, die dem Kaff aus der Luft das Aussehen eines Irrgartens verliehen. Die überwiegende Anzahl der Gebäude war jedoch weiß verputzt. Am auffälligsten war die Holzkirche mit ihrem eckigen hohen Turm. Das weiß anlackierte Gotteshaus verströmte einen unnatürlichen Glanz, der umso mehr ins Auge stach, da die Umgebung eher grau und farblos war. Ludwig vermutete als Ursache irgendeinen Farbzusatz – vielleicht Nanopartikel, die den an eine strahlende Aura erinnernden Schimmer verströmten.

Im Vergleich zu Berlin waren verhältnismäßig viele Menschen im Freien unterwegs. Das ganze Dorf schien auf den Beinen zu sein. Die Männer trugen lange derbe Mäntel mit weitem Kragen und breitkrempige spitze, mit Schnallen verzierte Hüte. Die Frauen waren überwiegend in langarmige graue Kleider gehüllt, deren Saum bis zum schlammigen Boden reichte. Unter den Kopftüchern schaute langes, im rauen Küstenwind flatterndes Haar hervor.

Der Geschützlärm, der von der Küste herübergeweht war, hatte die Menschen aufgeschreckt. Sie starrten zum Himmel hinauf und deuteten auf die vor den grauen Wolken silbrig aufschimmernden Drohnen.

Eine Automatikfunktion hatte Ludwig einige Einzelheiten in rascher Abfolge in einem kreisrunden Teilbereich des Sichtfeldes vergrößert dargestellt. Als er nun über die Kirche hinweg flog und ein Ausschnitt des dahinter liegenden Platzes optisch herangeholt wurde, ließ er die Abfolge stoppen.

In dem runden Vergrößerungsausschnitt war ein brennender Scheiterhaufen zu sehen. Das Feuer musste erst vor wenigen Minuten von den Männern mit Fackeln entfacht worden sein, denn die Flammen, die zwischen den um den Pfahl geschichteten Holzscheiten auflöderten, waren noch niedrig und sonderten eine Menge Rauch ab.

Entsetzt richtete Ludwig seine Aufmerksamkeit auf die an den Pfahl gebundene Frau. Der Saum ihres Kleides, an dem über der linken Brust ein auffälliger, scharlachroter Flicken prangte, hatte Feuer gefangen. Die Frau trat um sich und warf den Kopf hin und her, sodass ihr rotes langes Haare umherwirbelte. Sie riss an den Fesseln, bewegte gequält die Schultern; doch vergebens.

Ludwig schnürte es auf der Liege die Kehle zu. Auf einem Podest neben dem Scheiterhaufen stand ein Priester. Ludwig erkannte ihn an dem weißen, den Hals eng umschließenden Bäffchen. Sein Gesicht war wie das eines Wahnsinnigen verzerrt, während er den auf dem Platz versammelten Menschen etwas zuschrie.

*Sie wollen sich von den Tieren unterscheiden*, dachte Ludwig verächtlich. *Das ist ihnen auch gelungen. Kein Tier tut einem anderen so etwas an!*

Unwillkürlich musste er an seinen Vater und die Steinigung seiner Mutter denken. Der plötzlich heiß in ihm aufwallende Hass aktivierte die Waffensysteme der Drohne.

Ohne lange zu überlegen, welche Konsequenzen ihm daraus erwachsen könnten, setzte Ludwig zum Sturzflug auf den Kirchhof an. Als er den Priester im Fadenkreuz hatte, löste er das Maschinengewehr aus.

Als das MG anfing zu rattern, wurde Ludwigs Drohne von den Versammelten entdeckt. Die Männer und Frauen stoben voller Furcht auseinander. Der Priester, der Anstalten machte, vom Podest zu springen, verwandelte sich, als die Projektilgarbe ihn traf, in eine rötliche Nebelwolke.

Dicht über die Köpfe der in Panik geratenen Menschen hinweg fliegend, zog Ludwig die Maschine hoch und öffnete die Luke. Flugblätter fielen heraus, flatterten wie trunkene Schmetterlinge in die Tiefe. Einige fingen Feuer als sie sich auf den Scheiterhaufen herabsenkten.

Ludwig hätte die Frau mit dem scharlachroten Flicken auf der Brust gern gerettet. Er sah jedoch keine Möglichkeit, sie von dem Pfahl zu lösen. Er zog die Drohne in den Himmel empor, nahm den Schub zurück und drückte den Bug nach unten, um sich einen Überblick zu verschaffen.

Die Szene in seinem Blickfeld erschreckte ihn. Soldaten waren auf der Bildfläche erschienen! Aus einem Schuppen in der Nähe der Kirche schoben sie zwei auf Rollgestelle montierte Geräte ins Freie. Auf dem ersten Blick sahen die Maschinen wie mobile Radareinheiten aus. Doch der seltsame korkenzieherförmige Ausleger, der aus der Mitte der Parabolantenne ragte, ließ Ludwig befürchten, dass es Waffen waren.

Die Geräte verfügten anscheinend über ein Zielerfassungssystem. Die Parabolantennen bewegten sich, sodass die Ausleger stets auf die beiden Drohnen zielten, die, als die Gedankenpiloten zu entkommen versuchten, über den Dächern waghalsige Manöver flogen.

Fast zeitgleich schossen unsichtbare Strahlen aus den Antennen hervor. Sie waren für Ludwig nur deshalb zu erkennen, weil sie die Luft heftig flirren ließen als sie auf die Drohnen zurasten. Die Maschinen wurden getroffen und schmierten ab. Während die eine in einen Geräteschuppen krachte, schlug die andere ins Dach eines Wohnhauses ein.

Erst jetzt bemerkte Ludwig, dass sein Ortungssystem keine weiteren Drohnen in seiner Nähe registrierte. Offenbar waren alle der rätselhaften Waffe zum Opfer gefallen.

Entsetzt beobachtete er, dass die beiden Parabolantennen empor schwenkten. Die Ausleger wiesen in seine Richtung.

Im selben Moment fühlte er sich am Kopf gepackt. Jemand machte sich an seinem Helm zu schaffen und riss ihn ihm vom Kopf.

Das heftige Schwindelgefühl, das Ludwig augenblicklich erfasste, drehte ihm den Magen um. Er stieß Selim, der sich mit dem Helm in der Hand über ihn beugte, von der Liege fort, beugte sich über den Rand und übergab sich.

Silbrige Funken stoben aus dem Helminneren. Selim schleuderte die Haube erschreckt von sich, sodass sie an dem Kabelstrang hängend wie ein Licht sprühendes Pendel zwischen den wie kopflos umher rennenden Offizieren und Wissenschaftlern vor und zurück schwang.

*

»Es war eine perfide Falle!« In Gürs Augen blitzte aufrichtiger Zorn. »Die Puritaner sind so hinterhältig wie ihr Glaube fehlgeleitet ist!«

Der Generalmajor war an Ludwigs Liege herangetreten, neben der auch Selim und ein weiterer Pilot standen. »Diese Ungläubigen sind des Schaitans! Es kam mir gleich verdächtig vor, dass so wenige unserer Drohnen dem Sperrfeuer zum Opfer fielen. Diese unreinen Schweine haben euch absichtlich passieren lassen, um ihre neue Höllenmaschine an euch zu testen!«

Auf der Liege sitzend blickte Ludwig betrübt den Rollträgen hinterher, auf denen die Piloten aus dem Raum geschafft wurden, die nicht das Glück gehabt hatten, rechtzeitig von ihren Helmen getrennt zu werden. Die Sanitäter hatten sie mit breiten Riemen festgeschnallt, denn sie zuckten spastisch und ruckten unkontrolliert mit dem Kopf hin und her. Einige Piloten schrien, andere brabbelten Unverständliches. Speichelschaum quoll über ihre Lippen und versickerte zwischen den Barthaaren. Ihre Augen waren so nach oben verdreht, dass nur das Weiße der Augäpfel zu sehen war.

Ludwig schüttelte sich. Um ein Haar wäre es ihm ebenso ergangen. Er schenkte Selim ein dankbares Lächeln: Seine Kiste und die, die der unversehrt gebliebene Luftwaffenpilot gelenkt hatte, waren beim Anflug von den Haubitzen abgeschossen worden. Diesmal hatte Selim sich von dem Schock schneller erholt und sich zu den Offizieren an den Bildschirmen gesellt. Als er gesehen hatte, wie es den Piloten ergangen war, deren Drohnen von den Parabolkanonen ausgeschaltet worden waren, war er zu Ludwig geeilt und hatte ihm den Helm vom Kopf gezogen. Keine Sekunde zu früh.

»Herr Generalmajor!«, rief ein Offizier. Er hatte sich von der Arbeitsstation weggedreht und schaute besorgt zu der Gruppe hinüber.

»Was gibt's, Dietrich?«

»Uns liegt jetzt ein erstes vorläufiges Ergebnis der Analyse dieser Strahlen vor.«

Gür fuchtelte ungelenk mit dem Arm. »Lassen Sie hören, Mann.«

»Es handelt sich um einen stark modulierten elektromagnetischen Puls. Das Spektrum der Strahlen war auf die elektronischen Teile der Drohnen abgestimmt und zerstörte sie nach kurzer Verzögerung. Im Zeitfenster zwischen Treffer und Zerstörung haben die korrespondierenden Gedankensteuerungsmodule den subversiven Impuls in die Antennen auf unserem Dach weitergeleitet und gelangten über die Verteiler direkt in den Helm des Piloten, der die getroffene Drohne lenkte.«

»Sind in unseren Apparaten irgendwelche Schäden aufgetreten?«, verlangte Gür zu wissen.

»Verteiler und Helme sind hinüber«, antwortete der Mann. »Darüber hinaus konnten bisher keine Schäden festgestellt werden. Sicher können wir das aber erst nach einem abschließenden Testdurchlauf sagen.«

Verstimmt wandte sich der Generalmajor wieder den drei Unverletzten zu. »Sie haben hervorragende Arbeit geleistet, meine Herren«, sagte er heiser. »Ein Arzt wird Sie gleich untersuchen. Wenn Sie wohlauf sind, können Sie gehen und den Rest des Tages freimachen.« Er drohte spielerisch mit dem Zeigefinger. »Aber die täglichen Gebete nicht vergessen, verstanden?«

Nachdem Generalmajor Gül und der unversehrte Luftwaffenpilot gegangen waren, boxte Selim Ludwig kameradschaftlich auf die Schulter. »Da erwartet uns wohl wieder eine schöne Belohnung, mein Junge«, frohlockt er. »Was du mit dem Priester gemacht hast, wird nicht unbeachtet bleiben. Halt dich also heute Abend bereit.«

Ludwig war sofort klar, worauf er anspielte. Doch wieder gelang es ihm nicht, das Gelage im Alten Museum zur Sprache zu bringen. Es war, als hielte ein innerer Widerwille ihn davon ab.

Verstört betrachtete er den kaputten Helm. Der Offizier hatte angedeutet, dass zwischen Drohne und Pilot auf der Ebene der Gedankensteuerung wechselseitige Prozesse abliefen. Bisher hatte sich Ludwig über diese Technik nur wenig Gedanken gemacht. Nun wurde ihm die ganze Apparatur langsam unheimlich. Die Steuereinheit der Drohne empfing die von dem Helm ausgelesenen und von den Rechnern interpretierten Gedanken des Piloten und setzte sie in Flugmanöver um. Umgekehrt wurden die Daten, die die Spürer und Sensoren der Drohne lieferten, von den Rechnern der Empfangsstation so moduliert und über die Helme ins Gehirn des Piloten geleitet, dem sie wie echte Sinneseindrücke vorkamen.

Ludwig überkam ein Frösteln, als er daran dachte, wie sehr sich die Nebenerscheinungen ähnelten, die beim Freitagsgebet und auf der Liege der Gedankensteuerungseinheit auftraten. Liefen in der Freitagsmoschee etwa ähnliche technische Prozesse ab wie während der Gedankensteuerung?

Er fragte sich auch erneut, warum es ausreichte, die Kennkarte in den Helmschlitz zu stecken, um die Maschine auf seine Gedankenimpulsmuster hin zu eichen. Waren diese Muster etwa auf der Kennkarte abgespeichert, sodass sie von der Gedankenlesemaschine nur noch abgerufen werden mussten?

Ludwig verdrängte die nagenden Gedanken, denn schon näherte sich ein Sanitäter, der ein Tablett mit aufgezogenen Spritzen vor sich hertrug.

\*

Nach dem Sonnenuntergangsgebet in seiner Wohnung bereitete sich Ludwig für das Fest vor. Tatsächlich klingelte es eine halbe Stunde später an der Wohnungstür. Unten im Hauseingang stand wieder der kleinwüchsige Chauffeur. Mit denselben knappen Worten befahl er Ludwig, herunterzukommen.

Auch diesmal saß Selim wieder im Fond des Bekenners, als Ludwig in den Wagen stieg. Er grüßte knapp, schien an einer Konversation jedoch nicht interessiert, denn er wandte den Kopf und schaute unbeteiligt aus dem Fenster.

Die Fahrt zur *Straße der einzigen Wahrheit* verlief in bedrückendem Schweigen. Ludwig sah Selim mehrmals von der Seite an, konnte in dessen Gesicht jedoch keine Regung ausmachen, die darauf schließen ließ, was in seinem Kopf vor sich ging. Er wirkte gleichgültig, als unternähmen sie eine unliebsame aber nichtsdestotrotz notwendige Dienstfahrt. Schließlich nahm Selim die neue Ausgabe der *Prophetischen Nachrichten* an sich, die in einer Tasche der Tür steckte, und schlug sie auf.

Ludwig durchfuhr ein heißer Schreck. Auf der letzten Seite der Zeitung war ein Foto Jussuf Wiedlers abgebildet. »UNZUCHT«, war das Foto mit fetten Buchstaben übertitelt. Der anschließende Bericht war kurz und sachlich: Man hatte Wiedler während eines Prozesses vor dem Schariagericht der Homosexualität überführt. Von einer Enthauptung wurde in seinem Fall jedoch abgesehen, denn er hatte während der Auspeitschung auf der Wache der Sittenpolizei gelobt, seinen perversen Gelüsten in Zukunft zu entsagen. Wiedlers weitaus jüngerem Partner war ein solches Gelöbnis nicht abzuringen gewesen. Deswegen hatte der Richter für ihn die Höchststrafe vorgesehen, die auf dem Innenhof des Gerichts sogleich vollzogen worden war.

Wiedler hatte der Enthauptung seines Partners beiwohnen müssen. Danach war er in die Besserungsanstalt Werneuchen verbracht worden, wo man ihn nun therapierte.

Ludwig fiel das Atmen plötzlich schwer. Von dieser Einrichtung hatte er gehört. Die Behandlungsmethoden, mit denen man den gottlosen Neigungen der Insassen dort zu Leibe rückte, reichten von Elektroschocks bis zur Kastration...

Nachdem sie die Straßensperre Richtung Museumsinsel passiert hatten und der Chauffeur den Bekenner auf den Weg zum Alten Museum in gewohnter Weise über den Randstein hatte holpern lassen, schaltete sich der Lautsprecher ein.

»Sie bleiben bitte im Wagen, Herr Rauber. Ich habe Weisung, Sie an einen anderen Ort zu bringen.«

Selim hob eine Augenbraue. »Was habe ich gesagt? Deine Verwegenheit hat Eindruck gemacht, Ludwig.« Er stieg aus, winkte lässig und strebte eilig der Freitreppe entgegen.

*

Der Chauffeur fuhr an der Ostflanke des Alten Museums vorbei auf eine Rasenfläche zu, an deren Ende sich im Dunkeln ein weiteres ominöses Säulengebäude erhob. Auf der rechten Fahrbahnseite, dem Alten Museum direkt gegenüber, erstreckte sich eine kleine Schonung aus kargen knorrigen Bäumen. Als der Chauffeur das Ende der Straße erreichte, stoppte er kurz, da aus dem Wald zwei Gestalten hervorgetorkelt kamen und quer über die Kreuzung rannten: Eine Frau und ein Mann. Der bärtige, hünenhafte Mittvierziger hatte seiner zierlichen und wesentlich jüngeren Begleiterin einen Arm um die Schultern gelegt und drückte sie ungestüm an sich. Die Frau lachte und schüttelte das offene Haar, als genösse sie das Gefühl des kalten Nachtwindes, der sich darin verfing. Ihre Brüste schimmerten hell unter dem zur Hälfte aufgeknöpften Kleid hervor, als sie durch den Scheinwerferkegel des Bekenners eilte.

Beschämt sah Ludwig nach rechts und links zu den zerstörten Brücken hinüber, die die quer über die Insel verlaufende Straße einst mit den angrenzenden Stadtteilen verbunden hatten. Das Pärchen verschwand in einem alten Gebäude; der Bekenner rollte weiter über die Kreuzung hinweg auf die Wiese zu.

Sie folgten einem die Rasenflächen teilenden Weg, umrundeten einen in der Dunkelheit unbeachtet vor sich hinsprudelnden Springbrunnen und stoppten schließlich vor einer hohen Freitreppe. Kaum war der Bekenner zum Stehen gekommen, löste sich ein Mann aus dem Schatten einer Stele, auf der eine Statue stand. Er trat auf den Wagen zu und öffnete die Fahrgasttür.

»Folgen Sie mir bitte, Herr Rauber.« Der Mann war in eine dunkle Livree gekleidet, zu der sein breiter Vollbart nicht so recht passen wollte. Zu der uniformartigen Dienerkleidung hätte nach Ludwigs Dafürhalten eher ein gepflegtes offenes Gesicht gepasst und nicht dieses von einem dunklen Bart überwucherte verschlossene Antlitz, das zu allem Überfluss auch noch von einem schwarzen Turban überschattet wurde.

»Wo bringen Sie mich hin?«, fragte er und folgte dem Diener die steile Treppe hinauf. Sein Begleiter hielt es entweder nicht für nötig die Frage zu beantworten oder eine Sperre, wie die, die auch Ludwig gelegentlich blockierte, hinderte ihn am Sprechen.

Schließlich langten sie vor einem hohen Säulenportal an, das wie der Eingang zu einem heidnischen Tempel aussah. Die sich anschließende Eingangshalle mit den breiten Treppen mutete wie das Innere eines alten Theaters an. Der Mann führte Ludwig ins erste Stockwerk, öffnete eine breite hohe Tür und deutete stumm in den dahinter liegenden hell erleuchteten Raum.

Zögernd trat Ludwig ein. Die Saalwände waren voller dunkler alter Ölgemälde. Wildromantische düstere Naturszenen waren auf den Bildern dargestellt. Ihre Intensität und Ausdruckskraft zogen Ludwig unweigerlich in den Bann.

Am Ende der Halle standen von Skulpturen flankierte Sessel in einer lockeren Gruppe zusammen. Die Männer, die dort Platz genommen hatten, hielten bauchige Gläser in den Händen und unterhielten sich angeregt. Einige rauchten Zigarren. Andere naschten von dem Konfekt, das auf Tellern bereit stand, die zwischen den Armen der Skulpturen klemmten.

»Da ist ja unser Held!«, schallte ein Ruf zu Ludwig hinüber.

Die Gespräche verstummten. Die bärtigen Gesichter der alten Männer drehten sich in Ludwigs Richtung. Einer erhob sich aus seinem Sessel: Adam Hacke, der Direktor des Berliner Ifnes. Gemächlich kam er näher. Er blieb jedoch auf halber Strecke stehen, wandte sich einem Gemälde zu und winkte Ludwig heran.

Der Direktor unterbrach seine Betrachtung nicht, als Ludwig neben ihn trat. Da er den Eindruck hatte, Hacke erwarte von ihm, dass er dem Gemälde seine Aufmerksamkeit schenkte, wandte Ludwig sich ihm zu und legte den Kopf schief.

Viel war auf dem dunklen Ölbild nicht zu sehen. Im Vordergrund verlief eine felsige Küste, dahinter erstreckte sich ein düsterer, von Schaum gekrönter Meerstreifen. Den meisten Platz nahm der Himmel ein. Er beanspruchte etwa ein Drittel des Gemäldes und hellte sich zum oberen Bildrand hin merklich auf.

Die schwarz gewandete Gestalt, die am Klippenrand stand und – den Rücken dem Betrachter zugekehrt – das düstere Naturschauspiel verfolgte, hätte Ludwig fast übersehen, so klein und unscheinbar war sie. Bis auf den kahlen Schädel hob sie sich kaum vom Hintergrund des dunklen Meeres ab.

»Wie finden Sie es?«, fragte Hacke unvermittelt, ohne den Blick von dem Gemälde abzuwenden.

Ludwig zuckte ratlos mit den Schultern. »Seltsam«, sagte er unentschlossen. »Wozu hat der Maler so viel eintönige Landschaft um die Figur herum gemalt? Es hätte eine weitaus kleinere Leinwand ausgereicht, um den schwarz gekleideten Mann darzustellen.«

Hacke lachte still in sich hinein. »Sie denken zu pragmatisch, Ludwig. Sie müssen das Gemälde als Ganzes betrachten.« Er deutete auf die dunkle Gestalt. »Unzweifelhaft ist der Mönch der wichtigste Bestandteil der Komposition – das haben Sie richtig erkannt. Ohne seine Umgebung aber würde er ziemlich jämmerlich wirken. Was meinen Sie?«

»Der Mann ist ein christlicher Mönch? Dieses Bild – es hätte verbrannt werden müssen!«

Hacke winkte ab. »Die religiöse Zugehörigkeit des Abgebildeten spielt keine Rolle. Es ist die Tatsache, dass der Mann trotz der überwältigenden Umgebung, in der er sich entsetzlich verloren und unbedeutend vorkommen muss, aufrecht da steht und sich alles in Ruhe ansieht. Ich meine, die wilde Einöde hätte ihn auch niederdrücken oder seelisch zerschmettern können. Doch statt sich in die Wellen zu stürzen, um seiner lächerlichen Existenz ein Ende zu bereiten, steht er da und schaut.«

Hacke drehte sich zu Ludwig um. »Ein Deutscher hat dieses Bild gemalt: Casper David Friedrich. Deutsch ist auch die Seele des Mannes, den er gemalt hat.« Er wandte sich wieder dem Gemälde zu. »Wir sind ebenso wie das Kerlchen da. Die Umstände, in denen wir leben, können uns noch so gewaltig und übermächtig erscheinen, trotzdem bleiben wir aufrecht stehen. Denn wir wissen, dass sich das Wetter jederzeit ändern kann. Am nächsten Morgen können wir vielleicht die Sonne am Horizont aufgehen sehen, und das Meer ist ruhig und spiegelglatt. Vielleicht regnet es aber auch und wir werden nass.«

Er warf Ludwig einen Seitenblick zu. »Verstehen Sie, was ich Ihnen sagen will?«

Ludwig furchte die Stirn. »Sie meinen, es ist unerheblich, welche Umstände um uns herum herrschen?«

»Das trifft es ungefähr«, erwiderte Hacke nicht ganz zufrieden. »Vor langer Zeit haben die Deutschen in einer Diktatur gelebt und waren für den Tod vieler Menschen verantwortlich, die sie auf die eine oder andere Weise für schuldig hielten oder beseitigt wissen wollten. Dann wurde der einen Hälfte der Deutschen von den Nationen, die sie besiegt hatten, die Demokratie verordnet, während die andere Hälfte in einer schlecht durchdachten Planwirtschaft leben musste.« Er hob die Hände. »Und jetzt sind wir islamistisch.«

Ludwig bekam eine ungefähre Ahnung, worauf der Direktor hinaus wollte. »Das Wetter ändert sich.«

Hacke nickte bedächtig. »Und niemand kann es verhindern. Es gab zwar Versuche, die Wetterverhältnisse zu beeinflussen, doch sie sind kläglich gescheitert. Man kann also mit Fug und Recht behaupten, dass kein Mensch das Wetter bewusst lenken kann.«

Er verschränkte die Arme hinter dem Rücken und wippte selbstgefällig auf den Fußballen. »Durch ihre Lebensgewohnheiten haben die Menschen das Klima zwar als Ganzes verändert, doch dies geschah eher ungewollt und auf nicht vorhersehbare Weise. Das Wetter resultiert aus Faktoren, von denen der Mensch nur einer unter vielen ist. Ähnlich verhält es sich mit den gesellschaftlichen Gegebenheiten. Sie werden von der Gesamtheit der Menschen bestimmt. Manch einer mag versuchen, Einfluss zu nehmen. Doch wie groß diese Gruppe auch sein mag, irgendwann müssen diese Individuen erkennen, dass sie dem Schicksal genau so machtlos gegenüberstehen wie dieser Mönch den Naturgewalten.«

Er drehte dem Bild den Rücken zu. »Könnten wir sehen, was sich hinter dem Mönch befindet, sähen wir alle beständigen Dinge, die er geschaffen hat, obwohl er so klein und unbedeutend wirkt.« Hacke legte Ludwig eine Hand auf die Schulter. »Die Seele der Deutschen wird immer aufrecht da stehen und schauen,

Ludwig. Und dabei werden wir Dinge erschaffen, die dem Wetter trotzen, wie zum Beispiel die Kunstschätze, die auf dieser Museumsinsel versammelt sind.«

»All diese Skulpturen und Gemälde wurden von Deutschen gemacht?«

Hacke schüttelte unwillig den Kopf. »Sie denken schon wieder pragmatisch, mein Lieber. Auch das Zusammentragen und Bewahren von Zeugnissen aus anderen Kulturkreisen ist eine Art Schöpfungsakt.« Er winkte ab. »Sehen Sie sich wie diesen Mönch, Ludwig. Bleiben Sie aufrecht und schauen Sie. Aber hüten Sie sich davor, zu glauben, Sie könnten etwas an dem ändern, was Sie sehen.«

Ludwig nickte verwirrt und betrachtete den Mönch erneut. Er überlegte, ob es vielleicht an seinem Pragmatismus lag, dass sich ihm die Argumentation des Direktors nicht ganz erschließen wollte. Konnte es nicht auch sein, dass der Mönch deshalb so stoisch da stand und beobachtete, weil er zu verstehen versuchte, welche Mechanik hinter dem verborgen war, das sich so gewaltig vor seinen Augen ausbreitete?

Von seinen Gedanken überwältigt, murmelte er: »Ein erstaunliches Gemälde.«

»Nicht wahr?« Hacke lächelte zufrieden. »Es freut mich, dass Sie verstanden haben, Ludwig. Sie sind ein mutiger, entschlossener Mann. Männer wie Sie können Dauerhaftes erschaffen – vorausgesetzt, sie haben begriffen, wie machtlos sie sind. Trotz dieses frustrierenden Wissens aufrecht zu bleiben... das zeichnet unsere Nation aus und wird sie auch dann noch bestehen lassen, wenn der Islam längst Geschichte ist.« Er tätschelte Ludwigs Schulter. »Und nun gehen Sie und amüsieren Sie sich. Sie haben es sich verdient.«

Ludwig nickte zerstreut. »Danke übrigens, dass Sie die Reparatur meines Gläubigen beschleunigt und die Rechnung beglichen haben.«

Hacke lächelte bescheiden. »Eine Kleinigkeit. Lassen Sie mich wissen, wenn Sie noch einen Wunsch haben.«

»Der Mann, der meinen Wagen repariert hat...« Ludwig sprach, ohne nachzudenken. Doch Hacke würgte ihn mit einer rigorosen Handbewegung ab.

»Wiedler hat vergessen den Regenschirm aufzuspannen als es regnete. Und nun ist er nass geworden. Wer sich nicht nach dem Wetter richtet, darf sich nicht über Unpässlichkeiten beschweren, die diese Lässigkeiten nach sich ziehen. Es gibt nichts, was wir für Wiedler tun könnten.«

Ludwig schluckte. Hackes Worte hatten ihm deutlich gemacht, wie schnell man die Gunst wieder verlieren konnte, derer man so unverhofft teilhaftig geworden war. »Ich... wollte auf etwas anderes hinaus«, erklärte er einer inneren Eingebung folgend. »Es könnte der Eindruck entstehen, dass auch ich meinen Regenschirm nicht aufgespannt habe, als es regnete.«

Hackes Miene verfinsterte sich. Doch bevor er etwas erwidern konnte, fuhr Ludwig fort: »Um diesem Eindruck entgegen zu wirken, ist es dringend erforderlich, dass ich mit einer Frau zusammenkomme und heirate.«

Die Miene des Direktors hellte sich auf. »Sie haben schon eine Dame ins Auge gefasst?«

Ludwig nickte. »Sie heißt Doria Shalik.«

Hacke strich sich nachdenklich über den Bart. »An dieser Schnecke ist doch auch Kolmar interessiert.« Er winkte ab, als Ludwig entgeistert den Mund aufmachte. »Ich werde die Sache für Sie regeln. Wenn Sie einen Regenschirm brauchen, kriegen Sie einen. Und nun verschwinden Sie endlich.«

Ludwig deutete eine Verbeugung an, drehte sich um und schritt auf den Ausgang zu. Auf dem Flur wurde er von dem Diener in Empfang genommen, der ihn wieder zu dem in seinem Bekenner wartenden Chauffeur zurückbrachte.

\*

Das Fest in der Rotunde war in vollem Gange. Selim hieß Ludwig lautstark willkommen und drückte ihm ein volles Champagnerglas in die Hand. Einige Männer prosteten ihm zu und nickten wohlwollend. Offenbar hatte sich herumgesprochen, dass er in der Alten Nationalgalerie gewesen war. Diese Ehre wurde vermutlich nicht jedem zuteil. Ludwig wurde, nachdem er seinen Teller gefüllt hatte, von vielen Gästen umringt, die unbedingt wissen wollten, was die »Herrschaften« von ihm gewollt hatten.

Mit Hinweis auf seinen Hunger vertröstete Ludwig die Leute auf später. Nachdem er endlich seine Ruhe hatte, langte er ordentlich zu und sah sich kauend im Saal um.

Als er Doria erblickte, machte sein Herz einen Freudensprung. In der Nähe des Konzertflügels lehnte sie an einer Säule und lauschte der Sängerin, die ein deutsches Volkslied zum Besten gab.

Plötzlich hatte Ludwig keinen Appetit mehr. Er deponierte den Teller auf dem Sockel einer Statue und ging zur Getränkeausgabe. Mit zwei vollen Champagnergläsern trat er wenig später auf Doria zu. »Schon wieder allein?« Er reichte ihr einen Kelch.

Sie nahm ihn entgegen und musterte ihn über den Rand des Glases hinweg. »Vor einigen Minuten musste ich mich noch mit Anwar Kolmar herumschlagen«, sagte sie. »Im Ifnes wahrt er Abstand und behandelt mich mit verhaltenem Respekt, wie man es von einem Gläubigen einer anständigen Frau gegenüber erwarten darf. Doch hier, in diesem Museum ...«

Sie ließ den Satz unvollendet und nahm einen großen Schluck. Das Glas war fast leer, als sie es wieder absetzte.

»Ich habe es Ihnen zu verdanken, dass Anwar mich plötzlich in Ruhe lässt, nicht wahr? Kurz bevor Sie eintrafen, erhielt er einen Anruf. Es hätte nicht viel gefehlt und er hätte ihn ignoriert, weil er seine Finger mal wieder nicht bei sich behalten konnte.« Sie strich über ihr Kleid als wolle sie Schmutz abwischen. »Er war ziemlich ungehalten, als er mit dem Anrufer sprach. Er warf mir finstere Blicke zu. Dann ist er einfach gegangen.« Sie deutete mit einem Nicken an Ludwig vorbei. »Er beobachtet uns.« Sie lächelte. »Aber sehen Sie nicht hin. Sein Blick würde Sie auf der Stelle töten.«

Ludwig räusperte sich. »Warum gehen wir nicht woanders hin? Irgendwo, wo wir ungestört sind?«

Einen Moment lang sah sie ihm schweigend in die Augen. »Warum nicht? In diesem Gebäude werden wir aber nirgendwo unbeobachtet bleiben.«

»In der Nähe gibt es ein Wäldchen.«

Doria lächelte. Dann nickte sie zustimmend.

Hastig trank Ludwig sein Glas aus, nahm ihre Hand und zog sie mit hinaus.

\*

Als es vorbei war, drehte er sich keuchend auf den Rücken, zog den Hosenschlitz zu und schaute verklärt zu den Baumkronen empor, die sich schwarz vor dem nächtlichen Himmel abzeichneten. »Wie habe ich nur so lange ohne das leben können?«, fragte er atemlos.

Doria lachte verhalten, schob den Rock über ihre Schenkel und schickte sich an, die Blusenknöpfe zu schließen. »Sag jetzt nicht, es war dein erstes Mal.«

Ludwig hielt ihre Hände fest. »Nicht«, bat er. »Der Anblick ist einfach zu schön.«

»Ich friere.« Doria befreite ihre Hände und fuhr mit dem Unterbrochenem fort. Ludwig seufzte bedauernd, als ihre fahl schimmernden Rundungen unter der Bluse verschwanden.

»Was wird jetzt aus uns?«, fragte er.

»Was meinst du?« Sie nahm auf dem Mantel, den Ludwig über den Boden gebreitet hatte, eine bequemere Haltung ein.

Er schaute sie unverwandt an. Ihr Gesicht war in der Dunkelheit kaum auszumachen. »Könntest du dir vorstellen, mich zu heiraten?«

Doria lachte gekünstelt. »Für mich war es nicht das erste Mal. Weißt du genau, dass du mit so einer Frau zusammenleben willst?«

»Es ist mir egal.« Ludwig setzte sich aufrecht hin. »Mir ist es ernst, Doria. Ich will nur dich; keine andere.«
»Du willst mich wirklich zur Frau haben?«
Ludwig nickte heftig. »Werde meine Frau, Doria. Ich werde gut für dich sorgen und dich bestimmt immer gut behandeln.«
»Keine Schläge oder Züchtigungen, wenn ich widerspreche oder dir mal nicht beiwohnen will, wenn dir danach ist?« Sie lachte abfällig, als glaube sie ihm nicht; als würde sie keinem Mann auf der Welt ein solches Zugeständnis abnehmen.

Ihr Lachen versetzte Ludwig einen Stich ins Herz. »Wenn du erst meine Frau bist, bist du vor Männern wie Kolmar sicher.«
»Das glaubst du.«
Betrübt schüttelte er den Kopf. »Das bedeutet also, nein?«
»Das habe ich nicht gesagt.«
Er legte eine Hand auf ihren Bauch. »Verstehe mich bitte nicht falsch. Ich will dich nicht drängen. Du sollst dir die Sache gut überlegen. Es ist nur so, dass wir wahrscheinlich nicht über das sprechen können, was in dieser Nacht zwischen uns vorgefallen ist – selbst wenn wir es wollten und ungestört wären. Darum müssen wir diese Angelegenheit jetzt besprechen.«

Sie musterte ihn interessiert. »Mich hindert niemand am sprechen«, behauptete sie keck.

Ludwig seufzte. »Warum kannst du nicht ernst bleiben, Doria? Merkst du denn nicht, dass ich dich liebe?«

Sie schwiegen eine Weile.

»Vielleicht bin ich einer Heirat mit dir nicht abgeneigt, Ludwig«, sagte Doria unvermittelt. »Verheiratet zu sein, würde mir viele Vorteile bringen. Aber ich muss mir in Bezug auf dich wirklich sicher sein.«

»Zweifelst du an meiner Rechtschaffenheit und meinem Glauben?«

Sie grinste. »Du hast zuerst Rechtschaffenheit gesagt, und dann erst den Glauben. Nimmst du dich etwa wichtiger als deine Ergebenheit zu Allah?«

Ludwig fuhr sich mit den Fingern durch das Haar. Die Kälte kroch nun allmählich in seine Knochen. »Vielleicht bin ich nicht halb so glaubensfest, wie ich gedacht habe. Wie könnte ich sonst an einem Fest wie diesem teilnehmen, ohne mich anderentags aus Reue der Sittenpolizei zu stellen?«

»Weil du deinen Spaß haben willst. Den meisten Männern auf dieser Insel geht es nur darum.«

Ludwig zuckte mit den Schultern. »Vielleicht finde ich aber auch deshalb Gefallen an diesen Festen, weil ich mit der Teilnahme die Verachtung ausdrücken kann, die ich für jeden Glauben auf der Welt empfinde.« Dies zu sagen traute er sich nur, weil er wusste, dass die Sprechblockade verhinderte, dass Doria ihn später verraten konnte.

»Du verachtest den Islam?«

»Ich verachte jede Religion, in deren Namen Menschen umgebracht werden!« Ludwig erschrak – zum einen, weil er die Worte leidenschaftlicher hervorgestoßen hatte als geplant. Zum anderen, weil er plötzlich gewahr wurde, dass er einen Stein in der Faust hielt. Ohne es zu bemerken, hatten seine nervös im Laub wühlenden Finger ihn ertastet und umschlossen. Als handele es sich um ein giftiges Tier schleuderte er ihn fort.

»Mir scheint, du bist bemerkenswerter, als ich angenommen habe.« Doria setzte sich hin. »Hast du eine Vermutung, warum du nicht über die Nächte auf der Museumsinsel sprechen kannst?«

Ludwig nickte. »Es hängt mit den Freitagsgebeten zusammen. Irgendwas wird in den Moscheen mit uns gemacht. Wahrscheinlich setzt man dafür dieselbe Technik ein wie bei der Gedankensteuerung der Kampfdrohnen. Diese Geräte können unsere Gedanken lesen und deuten – aber sie schicken auch Impulse in unser Hirn und manipulierten es.«

Doria war sichtlich verblüfft. »Jetzt weißt du, warum diese Feste nur in der Nacht von Donnerstag auf Freitag stattfinden. Das anschließende Gebet in der Freitagsmoschee gewährleistet, dass niemand, der über die Museumsinsel Bescheid weiß, etwas ausplaudern kann. Wenn du deine Kennkarten in der Moschee einlesen lässt, ordnet der Manipulator dir die erforderlichen Impulse zu und leitet sie über deine Kappe direkt in dein Gehirn.«

»Woher willst du das so genau wissen?«

Sie zuckte mit den Schultern. »Hier auf der Museumsinsel kann man einiges erfahren. Ich weiß zum Beispiel auch, dass die Gedankenmanipulationsmaschinen in den Moscheen helfen, die Bevölkerung ruhig zu stellen.« Sie legte den Kopf schief. »Weißt du, wie das gemacht wird? Die ins Gehirn eingespeisten Impulse verhindern, dass man über die Träume und Wünsche sprechen kann, die die Maschine zuvor in den Gedanken aufgespürt hat. Wenn man unfähig ist, Wünsche oder Verlangen auszudrücken, ist es, als existierten sie gar nicht. Die Menschen um uns herum sind blockiert. Sie können uns nicht mitteilen, was wirklich in ihnen vorgeht. So wird nie jemand auf die Idee kommen, sich gegen die herrschenden Verhältnisse in Europa aufzulehnen. Der Islamismus wird für immer und ewig Bestand haben.«

Ludwig starrte ins Leere. »Also kein Wetterumschwung in Sicht«, murmelte er. »Hacke hat gelogen. Er ist ein Wettermacher, wie auch die anderen Männer in der Alten Nationalgalerie! Er wollte mich glauben machen, dass die Menschen gegen das Schicksal machtlos sind.«

Doria küsste ihn auf den Mund. »Vielleicht sollte ich es tatsächlich mit dir versuchen.«

Ludwig blinzelte seine Benommenheit fort. »Du willigst also ein?«

Sie nahm ihre Handtasche, öffnete sie und wühlte darin herum. »Hier – das schenke ich dir.« Sie drückte Ludwig einen weißen Fetzen in die Hand.

Verständnislos hielt er die Gebetskappe hoch. Es handelte sich um das Modell, das in den Freitagsmoscheen ausgegeben wurde.

»Diese Kappe verhindert, dass in der Moschee fremde Impulse in dein Gehirn gelangen.«

Ludwig schaute Doria entgeistert an. »Woher hast du sie?«

»Das bleibt mein Geheimnis.« Doria drückte seine Hand um die Kappe. »Behalt sie. Aber achte in Zukunft auf deine Worte. Du musst die anderen glauben lassen, dass die partielle Sprachblockade weiterhin besteht.«

Sie erhob sich und rieb sich fröstelnd die Oberarme. »Lass uns jetzt reingehen. Mir ist schrecklich kalt.«

Ludwig schüttelte den Mantel aus und legte ihn ihr um die Schultern. »Wann verkünden wir, dass wir heiraten werden?«

Sie stupste seine Nase. »Adam Hacke scheint viel an dir zu liegen. Er soll als mein Vormund auftreten und uns zusammenbringen. Niemand wird dann wagen, uns Steine in den Weg zu legen – selbst Anwar Kolmar nicht.«

»Steine.« Ludwig schüttelte sich.

Sie nahm seine Hand. »Bitte«, flehte sie. »Ich friere. Bring mich rein!«

# 4. Kapitel

*Die Sehnsucht nach Glauben statt Verstehen scheint tief.*

Alice Schwarzer,
Islamismusgegnerin aus der Frühzeit
der Islamisierung Deutschlands

Dorias Gebetskappe in die Freitagsmoschee zu schmuggeln war riskant und gefährlich. Ludwig tat es trotzdem. Er hatte in seinem Schlafzimmer mehrmals geübt, die modulierte Kopfbedeckung so unauffällig wie möglich gegen die Kappe auszutauschen, die er von dem Imam bekommen würde.

Seitdem hatte er das Freitagsgebet dreimal mit der falschen Gebetskappe verrichtet. Das Prickeln in seinem Kopf und das Knistern in seinem Haar waren ausgeblieben. Außerdem strengte es ihn jetzt enorm an, ins Toben der Gläubigen einzustimmen, wenn der Imam die Hasspredigt hielt. Insgesamt wurde er innerlich ruhiger und gelassener, träumte oft vom Fliegen und empfand keine Scham, wenn er im Bett an Doria dachte und dabei auf seinen Körper einging.

Auf seine Arbeit schien sich die ausbleibende Gedankenmanipulation nicht nachteilig auszuwirken. Ludwigs Gewissenhaftigkeit war offenbar ein Bestandteil seiner Persönlichkeit und seinem Gehirn nicht eingetrichtert worden. So hatte er in den zurückliegenden Wochen gleich zwei Angriffe auf das muslimische Datennetzwerk aufgedeckt. Es ging um in Speicheranfragen versteckte Schadprogramme, die er im Laufe einer Routineüberprüfung von zuvor als unbedenklich eingestuften Dateien entdeckte. Die Gesuche kamen von den Betreibern neu eröffneter Schächtungs- und Bäckereibetriebe, die eigene Heimseiten einrichten wollten. Diese Betriebe stellten sich nach genauerer Überprüfung als Scheinfirmen heraus. Die Personen, die sie hatten registrieren lassen, blieben unauffindbar.

Wären diese Schadprogramme in den Bereitstellungsapparat gelangt, hätten sie augenblicklich begonnen, so viele Informationen wie möglich zu löschen. Dabei hätten sie die Weiterleitungspunkte benutzt, um sich im Speicherkubus auszubreiten. Auf ihrer Programmierungsebene entdeckte Ludwig germanische Runen. Mit diesen Sonderzeichen hatte der Urheber seine Arbeit offenbar signiert. Die Islamisten sollten wissen, wer für die Datenlöschungen verantwortlich war.

Da von den Datenbeständen in den Kuben Sicherheitskopien existierten, wären keine Informationen verloren gegangen. Der Arbeitsaufwand, der entstanden wäre, die gelöschten Daten wiederherzustellen, wäre jedoch erheblich gewesen.

Es überraschte Ludwig, dass es den Asen nicht darum ging, ihre Ideologie zu verbreiten oder Muslime von ihrem Glauben abzubringen. Ihre Aktion zielte allein darauf ab, eine islamistische Einrichtung zu sabotieren und Chaos zu verbreiten. Er musste sich eingestehen, dass er für diese Vorgehensweise heimliche Sympathie empfand.

Trotzdem wäre es ihm nicht eingefallen, die Asen zu unterstützen, indem er seiner Aufgabe etwa weniger gründlich nachgekommen wäre oder zugelassen hätte, dass ihre Schadprogramme in den Datenkubus gelangten. Im Zuge anschließender Kontrollen wäre sein Tun unweigerlich publik geworden und hätte ihn erheblich in Erklärungsnot gebracht. Mit seinen Heiratsplänen wäre es in diesem Fall aus gewesen. Der Direktor des Ifnes hätte sich kaum für einen Mitarbeiter eingesetzt, der schlampig arbeitete.

Dass Hacke tatsächlich nicht abgeneigt war, Ludwig in seinem speziellen Anliegen zu unterstützen, hatte er während eines Telefonats an diesem Morgen bereits durchblicken lassen. Um nähere Einzelheiten zu besprechen, hatte er Ludwig angewiesen, am Nachmittag in sein Büro zu kommen.

Den ganzen Tag über konnte Ludwig seine Aufregung nur schwer zügeln. Seit er in dem Wäldchen auf der Museumsinsel mit Doria zusammengekommen war, hatte sich keine weitere Möglichkeit ergeben, sich ihr unbemerkt zu nähern. Er verzehrte sich vor Sehnsucht und fieberte dem Tag entgegen, an dem er sie endlich legal und ohne Vorsichtsmaßnahmen in die Arme schließen durfte.

Nach dem Nachmittagsgebet war es endlich so weit. Ludwig ging in den alten Gebäudetrakt hinüber und ließ sich vom Pförtner beim Direktor anmelden.

»Sprechen Sie bitte bei Herrn Haddih im Büro vor«, sagte der alte Suhr, nachdem er telefonisch mit dem Privatsekretär des Direktors Rücksprache gehalten hatte. »Er wird sich Ihrer annehmen.«

Ludwig ging an dem massigen Empfangstresen vorbei auf die breite Treppe zu. Noch nie zuvor war er in den oberen Etagen des klassizistischen Bauwerks gewesen. Gewöhnliche Mitarbeiter hatten hier keinen Zutritt, es sei denn, sie wurden herbei zitiert, was selten ein gutes Zeichen war.

Die Dienststelle des Institutsdirektors erstreckte sich über das gesamte oberste Stockwerk und war mit einer Glasfront von der Treppe abgetrennt. In dem Raum dahinter residierte Haddih, der Privatsekretär, an dem jeder vorbei musste, der ins Heiligtum eintreten wollte.

Haddih war ein schmalbrüstiger schlaksiger Mann, dessen Gesichtshaut an eine schrumpelige grüne Olive erinnerte. Bucklig wie ein Aasgeier hockte er hinter seinem Schreibtisch und streichelte misstrauisch seinen schütteren Bart. Dabei begutachtete er Ludwigs Kennkarte. Schließlich erhob er sich schwerfällig und führte den Besucher in ein freies Besprechungszimmer.

»Warten Sie hier«, wies er Ludwig unfreundlich an und zog sich zurück.

Unruhig wanderte Ludwig an der Fensterfront auf und ab. Schon zigmal hatte er sich überlegt, wie er das Gespräch mit Hacke beginnen sollte, dem er bisher nur auf der Museumsinsel begegnet war. Er musste höllisch aufpassen, um ihn nicht merken zu lassen, dass er seit ihrer Begegnung in der Alten Nationalgalerie keine Gedankenbefehle mehr empfing. Die in sein Gehirn induzierte Sprachbarriere würde es unmöglich machen, dass er ihre Unterhaltung Hacke gegenüber erwähnte. Er durfte diese Begebenheit also mit keinem Sterbenswörtchen zur Sprache bringen.

Als die Verbindungstür aufging, fuhr Ludwig erschreckt zusammen. Hacke betrat den Raum und musterte prüfend seinen Besucher. Dann deutete er auf einen der Stühle, die um einen kleinen Tisch in der Mitte des Raumes herum gruppiert waren.

»Sie wollen also heiraten, Herr Rauber«, sagte Hacke reserviert. Er setzte sich an den Kopf des Tisches, mehrere Stühle von Ludwig entfernt.

»Es ist längst überfällig«, sagte Ludwig. Er lächelte stolz. »Die Frau, die ich ehelichen möchte, heißt Doria Shalik.«

Hacke musterte ihn einen Moment lang schweigend. »Es ist sehr erfreulich, dass Sie sich zu diesem Schritt entschlossen haben. Ich verstehe nur nicht recht, welche Rolle ich dabei spielen soll.«

»Frau Shalik hat weder Verwandte noch eine andere Person, die als ihr Ehevormund auftreten könnte.«

Hacke zog verwundert die Augenbrauen in die Stirn. »Sie wollen, dass ich diese Aufgabe übernehme? Wie kommen Sie darauf, dass ich so etwas tun würde?«

»Nun, ich habe mich, wie ich finde, für das Ifnes sehr verdient gemacht«, erwiderte Ludwig gefasst. »Das Institut hat von meiner Arbeit profitiert und im ganzen Land an Ansehen gewonnen. Dieses Ansehen könnte jedoch Kratzer bekommen, wenn ich weiterhin Junggeselle bliebe. Dass ich heirate, sollte auch in Ihrem Interesse liegen, Herr Hacke.«

Ludwig räusperte sich. »Da meine Wahl auf eine Frau gefallen ist, die keinen Vormund hat, mit dem ich den Ehevertrag aushandeln könnte, fände ich es nur recht und billig, wenn Sie diese Aufgabe übernähmen.«

Hacke zupfte nachdenklich an seinem Bart. »Warum gehen Sie mit Ihrem Anliegen nicht zu Ihrem unmittelbaren Vorgesetzten? So viel ich weiß, ist Frau Shalik bei Herrn Kolmar als Sekretärin eingestellt. Er würde sich als Vormund weitaus besser eignen als ich.«

Ludwig schüttelte bedauernd den Kopf. Mit dieser Frage hatte er gerechnet und im Vorfeld Vorkehrungen getroffen, um auf sie einzugehen. »Herr Kolmar hat abgelehnt, als ich ihn vergangene Woche fragte. Offenbar möchte er, dass seine Sekretärin unverheiratet bleibt.«

»Wie haben Sie Frau Shalik denn überhaupt kennen gelernt – ohne einen Vormund, der ein Treffen hätte arrangieren können?«

Diese Frage hatte auch Kolmar ihm gestellt. Und selbstverständlich hatte Ludwig sich auch darauf eine Antwort zurechtgelegt.

»Ich kenne Frau Shalik kaum«, räumte er ein. »Dass sie unverheiratet ist, wurde mir in der Kantine zugetragen. Unter den Schleiern steckt gewiss eine attraktive Person. Ich möchte sie gern kennen lernen. Aber dazu brauche ich nun einmal einen Vormund.«

»Verstehe.« Hacke nickte. »Als ihr höchster Vorgesetzter bin ich für Fräulein Shalik als Vormund natürlich prädestiniert.«

Ludwig lehnte sich auf seinem Stuhl zurück. Spielte der Direktor ihm nur etwas vor oder konnte er wirklich nicht so, wie er wollte, da er wie jeder andere in der Moschee eine auf ihn abgestimmte Gehirnwäsche erhalten hatte.

Irgendwie bezweifelte er, dass Letzteres der Fall war.

»Sie scheinen sich ziemlich sicher zu sein, dass sich die Mühe lohnt«, bemerkte Hacke. »Was ist, wenn Frau Shalik nicht an Ihnen interessiert ist?«

Ludwig zuckte gleichmütig mit den Schultern. »Dann habe ich wohl Pech gehabt. Einen Versuch ist es aber wert.« Er lächelte verklärt. »Ich würde viel dafür geben, Dorias Gesicht unverschleiert zu sehen oder ihre Hand zu berühren.«

»Verstehe«, sagte Hacke mit düsterem Gesicht. Er stand auf. »Warten Sie bitte einen Augenblick. Ich muss ein paar Vorkehrungen treffen.«

Nachdem er gegangen war, überlegte Ludwig, ob er etwas Verdächtiges gesagt hatte. Das Verhalten des Direktors kam ihm irgendwie seltsam vor. Doch ihm wollte nichts einfallen. Er war nicht von den einstudierten Worten abgewichen. Hacke hätte unmöglich bemerken können, dass seine Gedanken nicht manipuliert worden waren.

Als Hacke auch nach zwanzig Minuten noch nicht zurückkehrte, überkam Ludwig die Gewissheit, dass hier etwas nicht stimmte. Er überlegte ernsthaft, ob er versuchen sollte, zu fliehen. Doch wohin? Fast die ganze Stadt wurde von Kameras überwacht. Man könnte jeden seiner Schritte nachvollziehen und ihn aufspüren, wo immer er sich auch verkroch.

Als die Tür plötzlich aufgestoßen wurden und ein Beamter der Glaubenspolizei mit vorgehaltener Waffe ins Zimmer stürmte, blieb Ludwig gefasst sitzen.

»Im Namen Allahs, Sie sind verhaftet!« Der Polizist, ein Leutnant, packte ihn am Genick und stieß seinen Kopf hart auf die Tischplatte. »Sie wurden unislamischer Umtriebe überführt, Rauber!«

Ludwig wurden die Arme auf den Rücken gedreht und Handschellen angelegt. Als der Leutnant ihn vom Stuhl auf die Beine zerrte, betrat Hacke das Zimmer.

Er schüttelte betrübt den Kopf. »Sie haben mich maßlos enttäuscht, Ludwig. Sie hatten keine Veranlassung, mir vorzumachen, Sie könnten nicht über Dorias Schönheit sprechen.« Er trat dicht vor Ludwig hin und tippte mit dem Zeigefinger gegen dessen schweißnasse Stirn. »Es war ein Geschenk von mir an Sie, frei über die Frau zu reden, die Sie lieben.« Er lächelte feinsinnig. »Glauben Sie nicht, mir wäre verborgen geblieben, was sich im Wald auf der Insel abgespielt hat. Ich wollte Ihnen die Erinnerung an das Erlebnis nicht verderben, indem in diesen Bereich hinein manipuliert wurde. Trotzdem haben Sie mir vorgegaukelt, Sie seien in dieser Hinsicht manipuliert worden.« Er furchte die Stirn. »Mir war nicht klar, was Sie zu diesem Verhalten veranlasste. Doch jetzt weiß ich es.«

Er bedachte den Polizisten mit einem Nicken, woraufhin dieser sagte: »Meine Leute haben Ihre Wohnung durchsucht, Rauber. Unter Ihrem Kopfkissen wurde eine Gebetskappe gefunden. Sie sieht zwar aus wie eine aus der Freitagsmoschee, aber es handelt sich in Wahrheit um ein Machwerk der Asen. Die Heiden verteilen diese Kappen an Gläubige, von denen sie annehmen, sie könnten sie vom wahren Glauben abbringen.«

Hacke musterte Ludwig eingehend. »Sie können das Wetter nicht ändern, Ludwig. Warum haben Sie nicht auf mich gehört?«

Ludwig reckte das Kinn. »Sie und Ihresgleichen tun es doch auch.«

Hacke nickte, als hätte er mit einer solchen Antwort gerechnet. »Führen Sie den Ungläubigen ab, Hennings«, befahl er. »Und finden Sie heraus, wer ihm diese verdammte Kappe gegeben hat!«

\*

Irgendwann hatte es Ludwig aufgegeben, die Tage zu zählen. Wie lange er in der Isolationszelle der Scharia-Vollzugsanstalt in Moabit einsaß, konnte er nicht mehr sagen. Als die Stahltür aufschwang und Selim statt eines Vollzugsbeamten im Rahmen stand, hatte er schon mit seinem Leben abgeschlossen.

Wie ein verschrecktes Tier wich er auf der Pritsche in den Schatten zurück. Selim sollte die Blessuren nicht sehen, die seinen Körper bedeckten. Ludwig fühlte sich schuldig für das, was ihm während der Verhöre angetan worden war.

»Salam Aleikum«, sagte Selim mit rauer Stimme.

Ludwig nickte nur und kratzte seine verschorften, von Stockschlägen malträtierten Handrücken. »Was willst du? Es ist gefährlich, hierher zu kommen.«

»Nicht, wenn man einen festen Glauben hat.« Selim setzte sich auf die Pritschenkante. Ludwig drehte den Kopf zur Wand. Sein Nasenbein war gebrochen, die linke Wange zerschmettert. Wundwasser war in seinen Bart getropft und hatte die Haare zu verfilzten Strähnen verklebt.

»Der Glaube hat mich verlassen.« Ludwig hatte Mühe, ein Schluchzen zu unterdrücken. »Ich gehöre nicht mehr zu euch. Man wird mich im Gefängnishof aufknüpfen.«

»Ich habe bei Hacke ein gutes Wort für dich eingelegt«, sagte Selim.

Ludwigs Kopf ruckte herum. »Bist du verrückt!« Wirr starrte er seinen Freund an. »Man wird dich verdächtigen und ebenfalls foltern!«

»Viele Leute bedauern dein Scheitern, Ludwig«, entgegnete Selim ruhig. »Man hatte einige Erwartungen in dich gesetzt. Du hast gute Arbeit geleistet. Man hat mein Engagement für dich daher gewürdigt.« Seine Miene verdüsterte sich. »Leider hat deine Verstocktheit es nicht gerade leicht gemacht, die Männer umzustimmen.«

»Wenn du gekommen bist, um zu erfahren, wer mir die Kappe gegeben hat, muss ich dich enttäuschen«, schnappte Ludwig. »Ich habe die Schmerzen im Folterkeller doch nicht ertragen, um es dir nun anzuvertrauen!«

»Man weiß längst, wer es war«, gab Selim gelassen zurück. »Der Folterstuhl funktioniert ähnlich wie die Gedankensteuerung der Drohnen. Der Helm, der dir aufgesetzt wurde... Du musst ihn doch erkannt haben. Man hat deinem Gehirn die Wahrheit längst entrissen. Und obwohl du es geahnt haben musst, weigerst du dich, den Namen der Person auszusprechen – selbst unter der Folter.«

Ludwig presste die Augen zu, schüttelte unentwegt den Kopf und bewegte den Oberkörper vor und zurück.

Selim seufzte, als säße er vor einem uneinsichtigen Kind. »Wie auch immer. Doria ist verschwunden – schon vor etlichen Tagen. Niemand weiß, wo sie hin ist.«

Ludwig horchte auf, blinzelte verzweifelt gegen die aufsteigenden Freudentränen an. Doria war in Sicherheit?

Selim nickte. »Jemand muss ihr zur Flucht verholfen haben. Allein hätte sie es kaum geschafft, unterzutauchen.«

»Warum erzählst du mir das alles?«, blaffte Ludwig. Er war nicht sicher, ob er seinem Kollegen glauben durfte. Vielleicht war sein Besuch nur die Fortsetzung der Folter mit anderen Mitteln. Er musste weiterhin schweigen. Er würde die Frau, die er liebte, nicht verraten – diesmal nicht!

»Ich dachte, es würde dich interessieren.«

»Die Todgeweihten interessiert das Leben nicht.« Ludwig drehte den Kopf zur Wand. Aber Selim legte ihm eine Hand auf die Schulter.

»Du wirst nicht hingerichtet werden, Ludwig. Allah befiehlt den Gläubigen zu verzeihen, wenn der Sünder sich zum wahren Glauben bekennt.«

Unwirsch schüttelte Ludwig die Hand ab. »Seit meiner Festnahme habe ich nicht mehr gebetet. Die Wärter haben mich nicht einmal zum Freitagsgebet in die Gefängnismoschee gebracht.«

»Trotzdem ist man bereit, Gnade walten zu lassen und dich zur römischen Grenze zu schicken«, sagte Selim.

Ludwig fuhr herum. »Ihr schickt einen Ungläubigen gegen die Neo-Katholiken in den Dschihad?«

»Morgen ist Freitag.« Selim erhob sich. »Du wirst in die Moschee gebracht, damit du bereuen kannst und zum wahren Glauben zurückfindest. Anschließend wirst du zusammen mit anderen Begnadigten nach Lugano in die Schweiz geflogen, wo du dem Befehl von General Jamal Aulay unterstellt wirst. Er wird einen erfahrenen Kämpfer wie dich an der Front gut brauchen können.«

»General Aulay?« Ludwig lachte irre, denn er ahnte, warum dieser verdiente Militär die undankbare Aufgabe bekommen hatte, an der katholischen Front zu kämpfen, wo die Opferzahlen die höchsten waren und es seit Jahren keine Gebietsgewinne mehr gab. »Guernsey und Jersey – sie sind von den Puritanern zurückerobert worden, nicht wahr? Und Aulay konnte es nicht verhindern.«

»Mehr konnte ich leider nicht für dich tun«, sagte Selim.

»Du hast nichts für mich getan!«, rief Ludwig, als sein Kollege zur Zellentür ging. »Der Tod am Strang wäre mir lieber gewesen, als von den Katholiken dahingemetzelt zu werden!«

Selim schlug mit der Faust gegen die Stahltür und drehte sich noch einmal zu Ludwig um. »Allah sei mit dir. Ich wünsche dir alles Gute, mein Freund.«

Die Tür wurde geöffnet. Selim trat auf den Korridor hinaus. Benommen zog Ludwig die Beine an den Körper, schlang die Arme um die Knie und starrte wie im Fieberwahn gegen die nackte Zellenwand.

»Doria«, formten seine zitternden Lippen lautlos. »Doria. Meine Doria.«

\*

»Wie könnt ihr jetzt nur ans Beten denken?«

Nervös rückte Ludwig das Gewehr auf seiner Schulter zurecht. Vor drei Stunden hatte der Stoßtrupp, den er anführen sollte, die Garnison in Gandria verlassen. Zu Fuß waren sie der Straße, die parallel zum Lago di Lugano verlief, Richtung Grenze gefolgt. Diese war jetzt nur noch wenige Hundert Meter entfernt. Doch vor wenigen Minuten hatte die Armbanduhr des Ältesten aus dem Gotteskriegertrupp den Ruf des Muezzins abgespielt und die dreizehn Männer veranlasst, stehen zu bleiben, um sich auf das Nachmittagsgebet vorzubereiten.

»Wir sind Muslime«, sagte Pedro mit Nachdruck. Sein langer Bart war von weißen Strähnen durchzogen; das Haar, das unter seinem fleckigen Turban hervorschaute, war schneeweiß. Bedeutungsschwer pochte er mit dem Zeigefinger auf das Glas seiner Armbanduhr. »Muslime beten um diese Tageszeit.«

Ludwig schüttelte fassungslos den Kopf. Die Männer, die General Aulay ihm unterstellt hatte, stammten alle aus Deutschland. Sie zu fragen, welcher Verfehlung sie es zu verdanken hatten, als Gotteskrieger in diese Bergregion entsandt zu werden, hatte keinen Zweck. Selbst wenn sie es gewollt hätten, konnten sie darüber so wenig Auskunft geben wie er über seine Affäre mit Doria. Die Gehirnwäsche, die die Männer in der Freitagsmoschee der Garnison erhalten hatte, hatte ihnen eine umfassende Sprechblockade beschert.

»Seht euch doch nur mal um!«, rief Ludwig außer sich. »Wir könnten jeden Moment angegriffen werden! Jetzt zu beten ist reiner Selbstmord!«

»Eben darum ist es unerlässlich«, erwiderte der Alte verschmitzt. »Und Sie sollten es auch tun, junger Mann.«

Ludwig schüttelte den Kopf. »Ich befehle euch, weiter zu marschieren!«

Ungerührt gesellte sich Pedro zu seinen Kameraden, die im Staub am Straßenrand die rituelle Waschung durchführten.

Von einer Straße konnte eigentlich keine Rede mehr sein: Bombenkrater hatten das breite Asphaltband fast gänzlich zerstört und für Fahrzeuge unpassierbar gemacht.

Je näher sie der Grenze gekommen waren, desto häufiger hatten ihnen ausgebrannte Wracks und ramponierte Panzer den Weg verstellt. Die Fahrzeuge säumten die zum Ufer hin steil abfallende Böschung und waren sogar bis zu den Berghängen hinaufgeschleudert worden. Immer wieder waren sie auf Leichen gestoßen. Als sollten Massengräber anlegt werden, lagen die Gefallenen zu Dutzenden in den mit Regenwasser voll gelaufenen Trichtern. Zerfetzte und bis zur Unkenntlichkeit verkohlte Tote hingen aus den zerstörten Fenstern der Wracks oder zeichneten sich als bizarre Schemen im Inneren der Fahrzeuge ab. Ein ekelhaft süßlicher Gestank, durchmischt vom Geruch nach Verbranntem hing in der Luft, denn hier und da stieg Rauch aus einem Panzer oder einem Bombenkrater auf und erinnerte Ludwig daran, dass die Hölle jederzeit wieder losbrechen konnte.

Die Grenzlinie zwischen der islamistischen Schweiz mit ihren zahlreichen Kalifaten und dem von den Neo-Katholiken gegründeten Rom zählte zu den hart umkämpftesten Gebieten Europas. Dass sich der Grenzverlauf trotzdem seit Jahrzehnten kaum verändert hatte, war den Soldaten zuzuschreiben, die von beiden Seiten unentwegt an die Front geschickt wurden, sodass stets ein Kräftegleichgewicht existierte.

Ludwig suchte die zerfurchte Uferböschung mit Blicken ab und spähte dann auf den See hinaus. Die Berge auf der anderen Seite des lang gestreckten Gewässers waren römisches Gebiet. Die wenigen Ortschaften dort waren zu Festungen ausgebaut worden. Wie Schlote ragten die riesigen Rohre der heiligen katholischen Geschütze, die von den Priestern jeden Morgen aufs Neue geweiht wurden, zwischen Ruinen und Bunkern empor. Ihnen standen auf islamistischer Seite Ashura-Abfangraketen und Ramadan-Mörser gegenüber.

Kurz nach der Landung in Lugano war Ludwig Zeuge eines Raketengefechts geworden. Was die stundenlange Materialschlacht ausgelöst hatte, konnte ihm niemand sagen. Die Granaten und Raketen, die von beiden Uferseiten des Lago di Lugano abgefeuert wurden, richteten kaum Schaden an, denn sie trafen über dem See zusammen und zerstörten sich gegenseitig. Die Technik war auf beiden Seiten gleich ausgereift, sodass kein

Geschoss gegnerisches Gebiet erreichte und die Schlacht nur ein lärmendes, gewaltiges Spektakel war, das die Luft über dem See mit Rauchwolken und Explosionsblitzen erfüllte und die Wasseroberfläche aufpeitschte. Sie hatte Stunden später geendet, als der Konvoi, mit dem Ludwig und die anderen Gotteskrieger nach Gandria gebracht werden sollten, die Stadtgrenze von Lugano überquerte.

Ludwig wandte sich vom See ab und ließ den Blick den steilen Berghang auf der anderen Straßenseite hinauf gleiten. Obwohl Sommer war, trugen die wenigen nicht verbrannten Bäume weder Laub noch Blüten. Wo die Erde nicht unter abgestorbenem Dickicht verborgen lag, war sie mit grauem Staub bedeckt. Die chemischen Kampfmittel der Neo-Katholiken hatten alles Leben entlang des Grenzverlaufs zwischen der Schweiz und Italien über Jahrzehnte abgetötet.

Ludwig bemerkte zwischen einer Gruppe wie im Tode erstarrt dastehender kahler Bäume einige kauernde Gestalten.

»Deckung!«, rief er den Betenden zu und duckte sich hinter ein umgekipptes Panzerfahrzeug. Hastig stützte er das Gewehr auf die deformierte Stoßstange und suchte durch das Zielfernrohr nach den Männern zwischen den Bäumen.

Es waren Kreuzritter. Es war an den silbern glänzenden Uniformen, die aus gepanzertem Schuppenstoff hergestellt wurden, deutlich zu erkennen. Ein mit einem roten Kreuz verzierter weißer Überwurf verhüllte den Oberkörper der Männer. Spitz zulaufende Helme schützten sie; ihre transparenten Visiere dienten als Bildschirme für die Zielerfassung der Waffen, die sie mit sich führten.

Irgendetwas schien aber mit den Kreuzrittern nicht zu stimmen. Sie regten sich nicht, obwohl die Haltung, in der sie auf dem stark abschüssigen Boden kauerten, extrem unbequem sein musste. Sie mussten die Gotteskrieger unten auf der Straße längst erspäht haben, machten aber keine Anstalten, ihre Waffen auf sie zu richten.

Ludwig aktivierte die Vergrößerungsfunktion des Zielfernrohrs. Der Kopf des Kreuzritters, den er kurz darauf im Okular betrachtete, schwankte, denn angesichts dessen, was er zu sehen bekam, fiel es ihm schwer, seine Waffe ruhig zu halten.

Das Gesicht hinter dem Helmvisier wirkte wie mumifiziert. In den Höhlen der weit aufgerissenen Augen steckten blinde verdorrte Augäpfel. Die eingetrockneten geschrumpften Lippen entblößten zwei Reihen gelblicher Zähne.

Ein eisiger Schauer kroch Ludwig über den Rücken. Wie lange mochten die Leichname schon da oben kauern und die nachrückenden Gotteskrieger erschrecken?

Als er sich von dem schaurigen Anblick abwenden wollte, gewahrte er im Fernrohr eine Bewegung.

Alarmiert richtete er das Gewehr auf eine der vermeintlichen Leichen. Der Kreuzritter trug einen Tornister auf dem Rücken, der nun eine Granate ausspie. Das Geschoss zog einen weißen Rauchschweif hinter sich her und jagte heulend in den Himmel hinauf.

»Eine Halleluja-Granate!«, schrie Ludwig und schoss. Er sah, dass die Kugel das Helmvisier des Kreuzritters durchschlug und die Innenseite des transparenten Materials sich rot einfärbte. Dann warf er sich zu Boden und presste die Hände an die Ohren, wie er es während der kurzen Ausbildung in Gandria gelernt hatte.

Trotz dieser Maßnahme erschien ihm der Lärm der heulenden Granate unerträglich. Das lang gezogene schrille Tönen, das das Geschoss während seines Fluges verursachte, klang tatsächlich wie ein euphorisch ausgestoßenes mehrstimmiges Halleluja.

Der akustische Zusatz verfehlte seine Wirkung nicht. Ludwig war vor Angst wie erstarrt. Er wusste, dass seine Leute, wenn sie es nicht rechtzeitig schafften, sich die Ohren zuzuhalten, einen Gehörschaden davontragen würden. Das Heulen schwoll unentwegt an und endete schließlich in einer heftigen Explosion.

Die Granate musste in unmittelbarer Nähe eingeschlagen sein, denn der Boden unter ihm bäumte sich auf. Ludwig wurde mehrere Meter empor geschleudert. Obwohl das Wrack, hinter dem er in Deckung gegangen war, einen Großteil der Druckwelle auffing, wurde er wie eine Puppe durch die Luft geschleudert. Etwas traf seinen rechten Arm, dann stürzte er hart zu Boden.

Haltlos rollte Ludwig die Böschung hinab. Vergeblich versuchte er, irgendwo Halt zu finden. Doch das verdorrte Gestrüpp zerbröselte unter seinen zupackenden Händen und brach, sobald er in das tote Buschwerk hinein purzelte. Schließlich beendete ein Felsbrocken seinen Sturz.

Ludwig stöhnte schmerzgepeinigt auf und versuchte sich aufzurichten. Doch er war zu benommen und fiel immer wieder wie betäubt auf die Seite.

\*

Er musste das Bewusstsein verloren haben. Als er die Augen öffnete, hatte die Dämmerung eingesetzt. Am oberen Rand der Böschung bewegten sich Gestalten.

Ludwig verengte die Augen und spähte angestrengt zur Straße hinauf, um sich Gewissheit zu verschaffen: Waren es seine Glaubensbrüder oder der Feind? Er blinzelte irritiert. Doch das Bild, das die drei Männer boten, veränderte sich nicht. Sie trugen derbe Kleidung aus Leinen und hatten Fellumhänge über die Schultern geworfen. Das Haar trugen sie lang und offen, ihre Bärte waren geflochten. An breiten Gürteln hingen Schwerter oder Streithämmer.

*Asen,* dachte Ludwig verblüfft. *Es sind Asen!*

In diesem Moment wurde er entdeckt. Einer der Männer rief seinen Kameraden etwas in einer fremden Sprache zu und deutete auf Ludwig hinab. Ein halbes Dutzend wüst aussehender Gestalten erschien am Abgrund. Geschickt kletterten sie den Hang hinab.

Ludwig versuchte sich zu regen, doch ein stechender Schmerz, der durch seinen rechten Arm raste, ließ ihn stöhnend innehalten. Abwartend lag er da und starrte die Männer ängstlich an. Als sie seinen Fels erreicht hatten, kniete sich einer hin. Seine linke Gesichtshälfte war schrecklich entstellt. Vernarbtes Gewebe erstreckte sich von der Stirn abwärts bis zur Wange. Anstelle des linken Auges stülpte sich verknotetes Fleisch über das Jochbein. Die gesunde Wange war mit kräftigem rotem Barthaar bewachsen, das zu schmalen Zöpfen geflochten war. Das Haupthaar hatte ebenfalls einen rötlichen Schimmer, war auf der rechten Schädelhälfte jedoch wesentlich kräftiger als auf der verletzten. Über die Runen des Streithammers, den er in der Faust hielt, geisterten knisternd bläuliche Entladungen.

»Gehören Sie zu dem deutschen Stoßtrupp?«, fragte er mit tiefer, heiserer Stimme.

Ludwig nickte eingeschüchtert. »Wo sind die anderen?«, keuchte er.

»Es gibt keine anderen«, erwiderte der Mann kalt. »Alles, was wir bisher gefunden haben, ist organischer Matsch.«

In diesem Moment schob sich von hinten eine Gestalt an die Gruppe heran und drängte sich neben den Knienden. Eine Frau. Sie war gänzlich in Fell gekleidet und hatte das dunkle drahtige Haar zu Zöpfen gebunden, die zu beiden Seiten ihres Kopfes vorwitzig abstanden. Der Blick ihrer grünen Augen war fassungslos auf Ludwig gerichtet.

»Er ist es!«, rief sie den Männern zu. »Wir haben ihn gefunden – Odin sei Dank!« In ihren Augen schimmerte es feucht, als sie sich Ludwig zuwandte. »Die Götter haben meine Gebete erhört, du lebst!«

»Doria?« Ludwig versuchte sich aufzusetzen, wurde von dem plötzlich aufstiebenden Schmerz in seinem Arm jedoch sofort in bodenlose Schwärze gestoßen.

\*

Als er wieder zu sich kam, lag er lang ausgestreckt auf einer heftig schwankenden Trage. Zwei Männer schleppten ihn durch dunkle Nacht. Sein Kopf rollte kraftlos hin und her, doch sein Körper war festgeschnallt und mit Fellen zugedeckt.

Irrte er sich, oder war er unter diesen Fellen tatsächlich nackt? Sein Turban war fort. Stattdessen hatte man ihm eine Fellmütze über den Kopf gestülpt.

Da er den Empfindungen seines Körpers nachzuspüren begonnen hatte, spürte er nun einen hämmernden, stechenden Schmerz im rechten Arm. Er konnte das unter den Fellen steckende Glied jedoch nicht hervorziehen, um nachzusehen, wie es darum bestellt war.

Erst jetzt bemerkte er die anderen Männer. Sie folgten einem steil ansteigenden Bergpfad. Die Asen stießen weiße Atemwölkchen aus und hielten ihre Streithämmer empor. Deren runenverzierte Köpfe gaben ein fahles Licht von sich, das die Felsen ringsum gespenstisch beleuchtete.

Schon vor Längerem mussten sie die Vegetationsgrenze hinter sich gelassen haben: Wohin Ludwig auch schaute, sah er karge Gesteinsmassen, über die sich ein bedeckter Nachthimmel spannte.

Mit der Zunge befeuchtete er seine rissigen Lippen. »Wo... wo bringt ihr mich hin?«

Plötzlich war Doria an seiner Seite. Beruhigend legte sie eine Hand auf seine Brust. »Gleich bist du in Walhalla und in Sicherheit.«

Ludwig musterte sie. »Ich habe also nicht geträumt. Du bist es wirklich!« Er furchte die Stirn. »Es kann unmöglich ein Zufall sein, dass wir uns hier getroffen haben.«

Sie lächelte schwach. »Natürlich nicht. Ich wusste, dass du nach Lugano gebracht werden solltest. Bitte – du musst dich schonen. Später werde ich dir alles erklären.«

Sie schob eine Hand unter seinen Kopf und hielt ihm eine Feldflasche an die Lippen. »Trink. Das wird dir Linderung verschaffen.«

Ludwig schluckte, weil er sonst an dem süßen, nach Honig schmeckenden Gebräu erstickte wäre. »Was war das?«, keuchte er nach Atem ringend, nachdem er die halbe Flasche geleert hatte.

Sie lächelte. »Heiliges Met. Und nun schlaf.«

Ludwig spürte, dass ihm die Lider wieder zuzufallen drohten. Er war so schwach und müde.

»Ich – bin ja so froh«, flüsterte er und war im nächsten Moment wieder eingeschlafen.

*

Wie lange er geruht hatte, konnte er nicht abschätzen, denn als er erwachte, lag er in einer geräumigen Höhle. Der riesige Hohlraum war in mehrere Ebenen unterteilt und bestand aus vielen Nischen. Es herrschte ein schummeriges Licht, das von eisernen Öfen und unter der Decke hängenden Öllampen ausging. Man hatte Ludwig in ein Leinenhemd gekleidet und auf ein Lager aus Fellen gebettet. Solche Schlafstätten gab es in fast allen Nischen auf fast jedem Felssims. Doch die Unterkünfte waren alle verwaist.

Ludwig richtete sich auf seinem Lager auf. Lange musste er nach den Asen nicht suchen. Ein seltsames Stimmengewirr und Getöse richtete seine Aufmerksamkeit auf eine Grotte hinter einem natürlichen Felsdurchbruch. Dort hatten sie sich versammelt. Die Männer knieten auf dem harten Boden, verneigten sich ungestüm und warfen den Oberkörper hin und her. Dabei stießen sie gutturale Laute aus und schwangen immer wieder schwere phosphoreszierende Streithämmer.

Etwas abseits saß ein halbes Dutzend Frauen, darunter auch Doria. Sie wiegten sich und summten eine eigenartige, immer wiederkehrende Melodie. Doria hatte eine Trommel zwischen die Schenkel geklemmt und entlockte dem Instrument mit zwei Schlägeln einen schnellen monotonen Rhythmus.

Eine Weile verfolgte Ludwig das seltsame Treiben der Asen. Er zählte etwa zwanzig Männer, aber nur sechs Frauen. In den Fellkleidern boten sie einen wilden, barbarischen Anblick.

Erschöpft ließ er sich auf sein Lager sinken und untersuchte seinen verletzten Arm. Er war bandagiert und fühlte sich taub an. Doch der Schmerz war abgeklungen.

Ludwig döste ermattet vor sich hin und hoffte, dass das Spektakel nicht allzu lange dauerte. Das unverständliche Rufen der Männer schwoll unterdessen zu einem Brüllen an, das von den hellen Frauenstimmen noch übertönt wurde. Auch der Rhythmus war schneller geworden.

Endlich legte sich der Tumult. Die Männer und Frauen standen auf und schickten sich an, die Grotte zu verlassen. Mit der Trommel unter dem Arm trat Doria unter dem Felsdurchbruch hervor. Als sie sah, dass Ludwig wach war, ging sie zielstrebig auf ihn zu, lächelte warmherzig und stellte die Trommel vor der Bettstatt ab.

»Hat der Krach dich geweckt?« Sie setzte sich neben ihn.

Er schüttelte grinsend den Kopf. »Zum Glück war ich schon vorher wach. Hätte euer Getöse mich aus dem Schlaf gerissen, hätte ich bestimmt geglaubt, ich wäre tot und in der Hölle gelandet. Was habt ihr da getrieben?«

»Wir haben zu Odin und Thor gebetet, damit sie uns Kraft und Mut im Krieg gegen die Monotheisten verleihen.«

»Ich habe kein Wort von euren Gebeten verstanden.«

»Wenn wir unsere Götter anrufen, sprechen wir Germanisch, ihre Ursprache.«

Ludwig grinste. »Du bist ja wirklich eine Heidin.«

Sie legte den Kopf schräg und musterte ihn prüfend. »Stört dich das etwa?«

Ludwig zuckte mit den Schultern. »Solange du nicht erwartest, dass ich an deine Götter glauben soll, kannst du tun und lassen, was du für richtig hältst.«

»Es sind nicht *meine* Götter«, stellte Doria richtig. »Jeder kann zu ihnen beten. Sie lebten lange vor Christus und Mohammed. Doch sie gingen unter. Mit uns werden sie wieder auferstehen. Je mehr Menschen an sie glauben, desto stärker werden sie.«

Ludwig legte eine Hand auf Dorias Unterarm. »Ich glaube nicht mehr an einen Schöpfer – egal welcher Name ihm gegeben oder welche Gestalt ihm angedichtet wird.«

»Armer Ludwig.« Doria beugte sich herab. Als sie seine Stirn küsste, sog er ihren warmen aufregenden Duft tief in seine Lunge. »Du wirst sehen«, sagte sie und richtete sich wieder auf. »Eines Tages wirst du um den Aufnahmeritus bitten. Nur die Asen können die Menschheit vom Joch der Monotheisten befreien.«

Verstimmt furchte Ludwig die Stirn. »Du redest, als gäbe es auch bei euch eine Gehirnwäsche.« Sofort bereute er seine Bemerkung, denn ein abweisender Ausdruck trat in Dorias Augen. »Entschuldige«, sagte er und nahm ihre Hand, die sie ihm aber sofort entzog.

»Die Asen sind die Einzigen, die den Islamisten in ihrem Machtbereich trotzen. Du hast kein Recht, uns unlautere Methoden vorzuwerfen.«

»Ich habe es nicht so gemeint.«

Ein Mann trat an die Bettstatt. Es war der rothaarige Hüne mit der verätzten Gesichtshälfte. Grimmig starrte sein gesundes Auge auf den Verletzten hinab. »Eir hat deine Hand gut geführt, Doria. Unser Neuzugang scheint sich prächtig zu erholen.«

»Wer ist Eir?« Ludwig kroch bis an die Felswand und lehnte sich dagegen.

»Eir ist die Göttin der Heilung«, erklärte Doria. »Ihr Wissen um die Heilkunst ist unermesslich.«

Ludwig hob seinen verletzten Arm. »Eine Göttin hat dich gelehrt, wie man einen Arm verbindet?«

»Alle Muslime, die wir nach Walhalla holen, misstrauen uns anfangs«, sagte der Hüne. »Doch die meisten ändern ihre Einstellung. Sie erkennen, dass sie von den Islamisten getäuscht wurden und ihr einziges Heil darin besteht, sich uns anzuschließen.«

»Heil dir, Odin!«, riefen die Männer, die sich hinter dem Hünen versammelt hatten.

Ludwig sah sich unter den Asen um. »Wart ihr alle mal Islamisten?«

Der Rothaarige nickte. »Wir waren wie du, Ludwig.« Er schlug sich mit der Faust auf die Brust. »Ich heiße Ole Fritzlar. Ich war Schlachter in Thüringen. Ich habe Rindern, Schafen und Ziegen die Kehle bei lebendigem Leib durchtrennt und sie ausbluten lassen, wie der Islam es vorschreibt.« Er grinste schräg. »Dasselbe habe ich mit einem Beamten der Glaupo getan, als er mich überraschte, wie ich mich in meinem Schlachthaus mit seiner Frau vergnügte.«

Fritzlar warf den Kopf in den Nacken und stieß ein lautes Lachen aus, in das die Umstehenden augenblicklich einfielen. »In mir fließt ungezügeltes nordisches Blut, Ludwig!«, rief er und reckte die Arme in die Luft. »Es ist nicht meine Natur, mich den Zwängen einer monotheistischen Religion zu unterwerfen!« Stolz schob er das Kinn vor. »Um mich zu strafen, schickte man mich nach Tirol an die Glaubensfront, wo ich gegen die Neo-Katholiken kämpfen sollte. Ich habe viele dieser elenden Christen getötet, ehe meine Einheit von den feigen Kreuzrittern mit Granaten voller Weihsäure beschossen wurde.«

Er drehte Ludwig die verätzte Gesichtshälfte zu. »Schwer verletzt schlug ich mich bis zur Wildspitze durch. Dort lasen mich die Asen auf, brachten mich nach Walhalla und pflegten mich gesund. Ich habe nicht lange gezögert und bat um den Aufnahmeritus.«

»Walhalla nennen wir unsere Stützpunkte in den Alpen«, erklärte Doria. »Die meisten neuen Mitglieder rekrutieren wir unter den armen Kerlen, die aufgrund einer Verfehlung hierher geschickt und im Kampf gegen die Neo-Katholiken verwundet wurden.«

Ludwig musterte sie nachdenklich. »Bist du meinetwegen hier?«

Doria legte die Hand auf ihr Herz. »Var, die Göttin der Liebe, hat mir befohlen, dass ich mich um dich kümmern soll. Unser Verbindungsmann in Berlin hatte herausgefunden, wohin du gebracht werden sollst. Daraufhin bin ich zu diesem Walhalla-Stützpunkt gereist. Seit Tagen streifen wir durch dieses Gebiet, auf der Suche nach dir.«

Ludwig presste die Lippen aufeinander. »Warum habt ihr zugelassen, dass meine Kameraden ums Leben kamen?«

Doria senkte den Blick. »Obwohl unsere Waffen effektiv genug sind, greifen wir nur selten in das Kampfgeschehen ein. Wenn herauskommt, dass hier Asen leben, würde das Dschihad-Heer eine Großoffensive gegen uns starten. Ohne unsere Stützpunkte an der Front aber wäre es ungemein schwer, neue Mitglieder zu rekrutieren.«

Fritzlar legte Doria von hinten eine Hand auf die Schulter. »In deinem Fall hätten wir jedoch eine Ausnahme gemacht, Ludwig. Leider erfuhren wir zu spät, dass ein Stoßtrupp auf der Via Cantonale Richtung Grenze unterwegs war. Als wir eintrafen, hatte der Angriff schon stattgefunden.«

Doria wischte sich verstohlen eine Träne aus dem Augenwinkel. »Als ich die von der Halleluja-Granate zerfetzten Leichen sah, dachte ich, ich hätte dich verloren, Ludwig.«

»Wer bist du wirklich?«, fragte er.

»Sie ist die Tochter der Ingenieure, die Thors Hammer entwickelt haben«, erklärte Fritzlar an Dorias Stelle. Demonstrativ hob er seinen Streithammer. »Sie leben in Wanaheim in Skandinavien. In dieser versteckten Stadt werden auch wir eines Tages wohnen!«

Zustimmendes Gemurmel machte sich in der Höhle breit.

»Und aus welchem Grund warst du in Berlin?«, wollte Ludwig von Doria wissen.

»Ich hatte den Auftrag, das Berliner Ifnes auszuspionieren, um unsere Angriffe auf die Bereitstellungsapparate zu optimieren.« Sie lächelte verklärt. »Doch dann habe ich mich dummerweise in einen Ifnes-Mitarbeiter verliebt. Als er verhaftet wurde, tauchte ich sofort unter.« Sie gab ihm einen Kuss, woraufhin die umstehenden Männer laut johlten und krakeelten.

»Genug geredet!« Fritzlar drehte sich zu den Männern um. »Lasst uns feiern!«

\*

Ludwig gab Dorias Drängen erst nach, als aus einer Nische Laute drangen, die bewiesen, dass die Asen sich nicht genierten, sich trotz der Anwesenheit anderer ihrer Lust hinzugeben. Alles, was sie von der Gemeinschaft trennte, während sie sich liebten, war ein Ziegenfell, das Doria vor die Bettstatt gespannt hatte. Als sie später erschöpft und eng aneinandergeschmiegt da lagen, kicherten sie verlegen, denn einige der Männer fingen angesichts der Geräusche, die hinter dem Ziegenfell hervordrangen, an zu applaudieren und riefen »Heil dir, Odin!«

Ludwig strich mit den Fingerspitzen über Dorias Schulter. »Wie wäre mein Leben wohl verlaufen, wenn du mir nicht diese Botschaft hättest zukommen lassen«, überlegte er.

Doria schmiegte sich noch enger an ihn. »Von welcher Botschaft redest du?«, fragte sie schläfrig.

»Von dem Zettel, den du Kiral gegeben hast. Auf dem stand, dass du mich kennen lernen möchtest.«

»Da musst du wohl etwas durcheinander bringen, Liebster. Ich habe dir keine Botschaft geschrieben. Das Risiko wäre ich nie eingegangen.«

»Kiral, du Schlitzohr«, flüsterte Ludwig, als ihm bewusst wurde, dass sein Kollege den Schrieb selbst angefertigt hatte. Er vergrub seine Nase in Dorias Haar und war kurz darauf eingeschlafen.

Am nächsten Morgen versammelten sich die Asen in der Grotte zum Gebet. Ludwig schlenderte derweil durch die Höhle. Er spähte den langen Gang hinunter, der ins Freie führte. Der Zugang war verschlossen und nach außen hin, wie man ihm erzählt hatte, getarnt.

Tarnung schien eine Spezialität der Asen zu sein. Doria hatte Ludwig erklärt, dass die Stützpunkte in den Alpen mit Technik ausgestattet waren, die es den Islamisten unmöglich machten, sie zu orten. Dieselbe Technik schützte auch die Asenstadt Wanaheim.

Bedächtig setzte Ludwig seinen Erkundungsgang fort. In einer niedrigen Kaverne, die von einem Seitengang abzweigte, machte er eine beunruhigende Entdeckung: Als er das Fell beiseite schlug, das den Eingang verhüllte, erblickte er einen thronartigen Sessel aus Stahl. Es gab Vorrichtungen, um Füße und Hände an den Stuhl zu binden. Oben auf der hohen Rückenlehne war eine Haube montiert. Schmale Zylinder, aus denen lange dünne Stäbe hervorschauten, ragten daraus empor. Als Ludwig den Helm genauer untersuchte, stellte er fest, dass die Stäbe dazu dienten, in den Schädel des auf dem Sessel Festgebundenen eingeführt zu werden.

»Wir nennen diese Vorrichtung Odins Thron«, sagte hinter ihm eine Stimme.

Erschreckt wirbelte Ludwig herum. »Ole«, sagte er, als er in das verätzte Gesicht des Asen blickte. »Ist das Gebet schon vorbei?«

Der Hüne trat auf ihn zu. Er wirkte aber weder feindselig noch erzürnt. »Auf Odins Thron Platz zu nehmen, gehört zum Aufnahmeritus. Jeder Ase muss diese Prozedur über sich ergehen lassen – zur eigenen Sicherheit und zum Schutz der Gemeinschaft.«

»Wie soll ich das verstehen?«

Fritzlar pochte mit dem Zeigefinger gegen Ludwigs Stirn. »Wenn ein Ase in die Fänge der Islamisten gerät, hat Odins Thron zuvor dafür gesorgt, dass die Gedankenlesemaschinen seine Gedanken weder ausspionieren noch beeinflussen können. Die Behandlung auf dem Thron verhindert außerdem, dass wir Geheimnisse ausplaudern, wenn man uns Schmerzen zufügt.«

Schwer legte er seine vernarbte Pranke auf Ludwigs Schulter. »Auch du wirst dich auf diesen Thron setzen müssen. Ob du willst oder nicht!«

Ludwig öffnete den Mund, um etwas zu erwidern. Im gleichen Moment wurde die Höhle von einer heftigen Explosion erschüttert. Das Beben war so heftig, dass Gesteinsbrocken und Sand von der Decke stürzten. Ein riesiger Felsklotz fiel auf Odins Thron und zerschmetterte ihn.

»Wir werden angegriffen!« Fritzlar riss den Streithammer aus der Gürtelschlaufe, packte ihn mit beiden Händen und stürmte durch eine Wolke aus Gesteinsmehl hindurch auf den Gang hinaus.

*

Im Höhlensystem war Chaos ausgebrochen. Das Rattern von Maschinenpistolen, Schreie, Flüche und das trockene Knistern elektrischer Entladungen hallten von den Felswänden wider. Irgendwo war ein Feuer ausgebrochen. Rauch mischte sich unter den herabrieselnden Sand und die Gesteinsmehlwolken, die Ludwig die Sicht verstellten.

Fassungslos war er vor dem Eingang zu Odins Thron stehen geblieben und starrte in Richtung Haupthalle den Gang hinunter. Die umherirrenden Schemen aufgeschreckter Asen huschten durch die wogenden Rauchwolken. Ludwig sah, dass Männer fielen. Der Kopf einer vor der Gangmündung umher taumelnden Frau explodierte. Ihr Torso stürzte zuckend auf eine Bettstatt nieder.

»Ole!«, rief Ludwig, als er den Hünen erblickte. Fritzlar hatte ihm den Rücken zugekehrt und hielt Thors Hammer mit ausgestreckten Armen vor sich. Ein bläulicher Blitz schoss plötzlich aus dem Hammerkopf und fraß sich in die Brust eines Mannes, der aus einer Rauchwolke hervorgestürmt war. Ein Dschihad-Krieger! Er schrie schrill auf, spreizte wie unter einem plötzlichen Krampf die Arme und ließ sein Gewehr fallen. Haarfeine bläuliche Blitze hüllten seinen zuckenden Körper ein. Als sie erloschen, stürzte der Mann vornüber. Aus seinem offenen Mund und den nun leeren Augenhöhlen quoll Rauch.

»Wie haben sie Walhalla gefunden?«, rief Ludwig gegen den Lärm an und setzte sich taumelnd in Bewegung.

»Keine Ahnung!«, brüllte Fritzlar, ohne sich zu ihm umzublicken. »Diese Bastarde haben den Eingang frei gesprengt!«

Er zielte mit dem Blitze verschleudernden Kampfhammer auf einen weiteren Dschihad-Krieger, zuckte aber plötzlich zusammen und wankte zurück. Während seine Brust immer wieder aufs Neue von Projektilen getroffen wurde, prallte er mit dem Rücken gegen eine Felswand, kippte zur Seite und blieb, als wäre er plötzlich eingeschlafen, reglos liegen.

Kugeln pfiffen Ludwig um die Ohren. Er duckte sich, schlang die Arme um den Kopf und wich in die Kaverne zurück. Zitternd stand er da, bis der Gefechtslärm abflaute. Nur vereinzelt waren Schüsse oder das wütende Knistern eines Kampfblitzes zu vernehmen. Stattdessen hob nun ein Stöhnen, Jammern und Weinen an.

»Doria!« Von plötzlicher Angst gepackt eilte Ludwig in die Haupthalle. Er stolperte über einen halb verschütteten Toten und blieb erschreckt stehen, als er zwischen dem wogenden Rauch all die Leichen erblickte, die den Boden der Höhle bedeckten. Es befanden sich sowohl Asen als auch Dschihad-Krieger unter den Gefallenen.

Ludwig entschlüpfte ein unartikulierter Laut der Freude: Er hatte Doria entdeckt. Sie kauerte hinter einem Felsvorsprung. Andere Asen hatten in einer Felsbauchung Deckung gefunden.

Erschreckt wirbelte er herum. Aus dem Rauch, der aus dem Haupttunnel quoll, schoben sich Gestalten. Eine zweite Gruppe von Dschihad-Kriegern drang mit vorgehaltenen Waffen in die Höhle vor. Ludwig hob die Hände und schaute den Mann, der mit erhobener Waffe auf ihn zukam, gefasst an.

»Ich hasse Gott!«, zischte er mit unterdrückter Wut in der Stimme. Der Gotteskrieger holte aus und stieß ihm den Gewehrkolben mitten ins ungeschützte Gesicht.

\*

Die Zelle, in die man ihn sperrte, war der im Gefängnis von Moabit zum Verwechseln ähnlich, doch sie befand sich in einem Verlies in Lugano. Sechs Asen hatten das Gemetzel in der Höhle überlebt. Von einem Dschihad-Kriegerheer begleitet, hatte man sie zu Fuß nach Gandria und dann – in einem Konvoi – nach Lugano gebracht. Im Gefangenentransporter hatte Doria sich schutzsuchend in Ludwigs Arme geschmiegt. Am Gefängnis hatte man sie getrennt und in Isolationszellen gesperrt.

Wie viel Tage vergangen waren, konnte Ludwig nicht sagen. Er blickte nicht mal auf, als die Zellentür erneut geöffnet wurde, nachdem der Wärter ihm Minuten zuvor einen Klumpen trockenes Brot vor die Füße geworfen hatte. Als er Selim erkannte, blickte er müde von der Pritsche auf.

»Du?«

Selim war vor der Tür stehen geblieben und sah mit mitleidig-höhnischem Ausdruck auf seinen Freund herab. »Seit du aus Berlin fortgebracht wurdest, bin ich in deiner Nähe.« Er deutete nach oben. »Ich habe dich mit einer Drohne verfolgt, um dich im Auge zu behalten.« Er lächelte. »Mir war klar, dass Doria dich eines Tages zu den Asen bringen wird. Nur deswegen habe ich euch zusammengebracht. Die Liebe ist noch immer das effektivste Mittel der Indoktrination. Dank dir wissen wir nun, dass die Asen an dieser Front ihr Unwesen treiben.«

Ludwig ballte kraftlos die Fäuste. »Du wusstest, dass Doria ein Ase ist?«

Selim nickte. »Ich arbeite für den islamistischen Geheimdienst und war gut über diese Frau informiert. Ich ließ sie im Glauben, uns getäuscht zu haben und spannte sie für meine Zwecke ein.«

Ludwig fehlte die Kraft, sich zu erheben und auf Selim zu stürzten. Wie gelähmt saß er auf der Pritsche und starrte vor sich auf den Boden.

»Den Asen ist schwer beizukommen«, fuhr Selim im Plauderton fort. »Sie sind hirnmanipuliert und deswegen gegen die Gedankenmaschinen immun. Wendet man Foltermethoden an, um sie zum Sprechen zu bringen, löst der Schmerz einen induzierten Befehl aus, der alle Erinnerungen löscht.«

Er lächelte feinsinnig. »Will man die Asen zur Strecke bringen, sind subtilere Methoden gefragt.«

»Was habt ihr schon gewonnen?« Ludwig rieb sich übers Gesicht. »Ein Stützpunkt der Asen ist gefallen. Und wenn schon! Die Gefangenen nützen euch nichts. Ihre werdet keine Geheimnisse von ihnen erfahren.«

»Von ihnen nicht – aber vielleicht von dir.«

Ludwig erstarrte. »Ich bin jetzt auch ein Ase.«

»Ob dein Hirn schon manipuliert wurde, wird sich zeigen.« Selim zog die Zellentür auf und rief den Wärter herein.

Ludwig sprang auf, wurde von dem Wärter jedoch niedergerungen. »Was hast du vor?«, rief er verzweifelt, während der Mann ihm Hand- und Fußfesseln anlegte.

»Wir bringen dich in die Gefängnismoschee. Dort wurde ein neues Modell der Gedankenmanipulationsmaschine installiert. Sie kann mehr als die herkömmlichen Apparate. Wenn dein Hirn auf die Behandlung anspricht, wissen wir, dass die Asen noch keine Gelegenheit hatten, an dir rumzupfuschen. Du darfst dann so lange weiterleben, bis du mir alles verraten hast, was du über die Heiden weißt. Im anderen Fall wirst du auf der Stelle hingerichtet.«

»Du Schwein!« Ludwig sträubte sich, als der Wärter ihm eine Gebetskappe aufsetzte. »Du gottverdammtes Schwein!«

Selim reckte das Kinn, sodass sein Bart herausfordernd abstand. »Um sicherzugehen, dass das Freitagsgebet bei dir wirklich die gewünschte Wirkung erzielt hat, habe ich mir etwas ganz Besonderes einfallen lassen...«

\*

Das Kribbeln seiner Kopfhaut und seiner Gehirnwindungen hatte ihn so sehr verwirrt, dass er erst begriff, dass man ihn nach dem Freitagsgebet nicht in die Zelle, sondern auf den Gefängnishof geführt hatte, als er Doria erblickte.

Wie einst seine Mutter war auch sie an einen Pfahl gebunden. Ihr Haar war aufgelöst, das Kleid zerrissen. Dreckschlieren bedeckten ihr Gesicht und ihre Arme. Sie war zu benommen, um Ludwig unter den auf dem Hof versammelten Muslimen zu erkennen.

»Doria Shalik!«, rief ein Mann in der Tracht eines Mullahs mit deutlichem Akzent. »Du wurdest wegen mehrfachen Verstoßes gegen die Scharia und weil du dich vom wahren Glauben abgewendet hast, zum Tode durch Steinigung verurteilt!«

Doria bewegte kraftlos den Kopf und krächzte etwas Unverständliches.

Ludwig schnürte es die Kehle zu. Seine Geliebte so hilflos zu sehen, zerriss ihn innerlich. Er wollte zu ihr. Doch seine Beine gehorchten nicht.

Selim tauchte neben ihm auf.

»Du hast gehört, was er gesagt hat, Ludwig!« Befehlend deutete er auf eine Tonne, die bis zum Rand mit faustgroßen Steinen gefüllt war. »Nimm! Und wirf den ersten Stein!«

Ludwig schüttelte den Kopf, doch dann riss er entsetzt die Augen auf, als seine Hand sich ausstreckte und einen Stein ergriff. Mit dem Arm, den Doria gesund gepflegt hatte, holte er wimmernd aus und schleuderte den Brocken auf die Frau, die er liebte.

Als er den Arm wieder sinken ließ, stieß man ihn von der Tonne fort. Die Männer bewaffneten sich mit Steinen und schickten sich an, das Urteil des Mullahs zu vollstrecken.

»Siehst du?« Selim zog Ludwig von der johlenden Menge fort. »Es war doch gar nicht so schwer.«

»Sie...« Ludwig schluckte schwer. Sein Herz raste. »Sie ha-hat m-mich erkannt, als ich den Stein warf!«

»Ruhig Blut, Ludwig.« Selim klopfte ihm auf die Schulter. »Sie hat es ja ausgestanden.« Er winkte einem Wärter. »Du wirst jetzt in deine Zelle gebracht, damit du dich ausruhen kannst.« Er hielt kurz inne und schenkte Ludwig einen prüfenden Blick. »Ich glaube«, sagte er dann, »wir beide werden in den nächsten Tagen noch viel Zeit miteinander verbringen.«

### „HJB-News" monatlich – kostenlos – aktuell

Monatlich erhalten Sie per E-Mail aktuelle Infos zu den Verlagsobjekten der Verlage Unitall und HJB. Natürlich ist der Newsletter kostenlos und kann auch jederzeit wieder abbestellt werden. Um die HJB-News zu bekommen, müssen Sie nur auf der Seite www.hjb-news.de Ihre E-Mail-Adresse angeben und auf »Abschicken« drücken.

Der Newsletter „HJB-News" ist ein Service von

**www.hjb-shop.de**